爽《そう》年《ねん》

石田衣良

集英社文庫

爽年

そうねん

あれから七年の歳月が流れた。

ブラッド・ピットがチベットで過ごしたのと同じ歳月だ。

ある意味、ぼくの七年間も聖地巡礼と似ていたのかもしれない。古代仏教の聖なる教えではなく、女性たちから明かされる性の神秘の数々をめぐる巡礼だ。

　ぼくたちはたかだか二千五百年ほどの宗教の歴史をありがたがるけれど、自分自身の身体《からだ》に刻まれた有性生殖の十二億年を超える歴史には、たいした敬意を払わない。セックスなどコンビニで売っているスナック菓子と変わらない。そんなふうに考えなしに思いこみ、太古の珪藻《けいそう》類から始まった目もくらむような神秘の歴史など、ＳＮＳや経済ばかりが幅をきかせる現代では誰も評価しないのだ。

恐ろしく魅力的で、深く謎を秘めた力が、自分自身の肉体のなかにある。

その真実に気づくことなく、性はいまだに隠され撫《な》でまわされ蔑《さげす》まれながら、闇のなかでべたべたと愛玩される薄汚れた人形のように扱われている。人にはいえない夜の慰みものだ。ぼくのように非合法のボーイズクラブを経営する者からの指摘には、正当性などないという人もいるだろう。

けれど、ぼくは気づいたのだ。

この国に住む人たちの不幸の半分は、充《み》たされない性から生まれている。

誰ともつながることができず、コストパフォーマンスがいいとうそぶいて、孤独な人生を選ぶ百万単位の中年男女の膨大な群れ。世にあふれる粗末な鋳型《いがた》でつくられた貧しい性的イメージ。多くの人が、暗くどこか傷ついた顔で日々電車に乗り、街を歩いているのは、心と肌をすりあわせる相手がいないからなのだ。

幸福な女性は、不幸な女性ほど多くはない。

そして不幸な男性は不幸な女性と同じ数だけいる。

この七年間ぼくとぼくの仲間は、経済的な利益を生みだすだけでなく、女性たちの幸福を増やす幾分かの助けとなることができたと信じている。時間単位で貸しだされる部屋のなかで、誰も被害者のいない犯罪の現場で、一時間一万円のビジネスによって救済される人間も、現代のこの世界では確かに存在するのだ。

今回でぼくの物語は最後になるだろう。果てない巡礼にも、長らく続いた航海にも終わりのときはやってくる。それは巡礼者が目的のこたえを見つけ、帰るべき港に到着したからだ。

七年間を超える男娼《だんしょう》生活が、ぼくをどんなふうに変え、どんなふうに変えなかったか。

一生の仕事だと考えていた娼夫という仕事にどんなふうに決着をつけ、またつけなかったのか、ゆっくりとおつきあいいただきたい。

これは現代の性と「性の不可能性」を巡る現場からの生まれたての報告だ。

1

「始まりはこのバーだった」

ぼくはそういって、新たに改装を済ませた下北沢のバーを眺めた。木目のきれいなクルミ材の一枚板のバーカウンター、テーブル席はゆったりと間をおいて三卓。壁にはガラスと鏡でつくられた酒棚ができて、趣向を凝らした世界中のスピリッツのボトルで埋まっている。凍りついたガラスの波のようだ。

一番の特等席には「ル・クラブ・パッション」の前オーナーだった御堂静香《みどうしずか》の写真が組み木細工の写真立てにいれて飾ってあった。一枚は若き日にモデルをしていたころのもの。もう一枚はぼくが好きな四十代の写真だった。どちらも笑っているが、笑顔の深みは成熟した女性のほうが遥《はる》かに豊かだ。

「ああ、おれも覚えてる。きれいな人だったけど、あの静香さんがこんな腕利きだったなんてな」

日焼けサロン通いをやめたせいで漂白された顔で、田島進也《たじましんや》がいう。ぼくの古くからの悪友で、以前は渋谷でホストをしていた。棒のように細いタイと白いシャツ。ひとつだけ変わらないのはシルバーのアクセサリーで、初めてこのバーに御堂静香を連れてきたときにも、今と同じように身体中にメルセデスの小型セダン一台分ほどの銀をさげていた。シンヤにはぼくが声をかけ、クラブの手伝いをしてもらっている。

「そのときのママはどんな感じだったの?」

カウンターの端で御堂咲良《さくら》の指が語った。咲良は耳が聞こえず、口がきけない。しかし、慣れてしまえば、背が低いとか、眉が濃い程度の個性にしか感じられなくなった。ぼくはゆっくりと口の形を見せながらいった。

「シンヤとぼくでギムレット対決をしたんだ。静香さんのために二杯つくり、味比べをしてもらった」

咲良は顔じゅうで笑った。母の静香とは違って夏の日向《ひなた》のような笑いだ。

「贅沢《ぜいたく》な遊びね。どっちが勝ったの?」

ぼくはシンヤの顔を見た。もうあれから七年以上になるのだ。まだ若いけれど、十分に若いとはいえなかった。すぐ手が届くところに三十歳の関門が見えている。

「静香さんはどっちも勝たせなかった。今すぐのむならシンヤのほう、時間をおいてゆっくり味わうならぼくのほうといっていたよ」

シンヤが舌打ちをしていった。

「結果はおれの負けだよ、咲良ちゃん。リョウはスカウトされたけど、おれにはお声はかからなかった。これでも、まあまあいい仕事するんだけどな」

そのことなら今ついている客からの支持でよくわかっていた。シンヤは断然のトップという訳にはいかないが、四十人を超える男娼のなかで上位三分の一から落ちることはない。うちのクラブではぼくと平戸東《ひらとあずま》が、いまだに揺るぎないトップだ。

地上にあがる階段から声がした。アズマだ。黒いビロードでも撫でる響き。

「へえ、なかなかいい店だね。さすがリョウさん、こういう形でお金をおもてにだしていくんだ」

ぼくはカウンターのなかにはいった。まだ時間が早いので、全員に氷を浮かべたジャスミン茶をだす。今年の夏は雨が多くて涼しかったけれど、秋はいつまでたっても暑いままだ。シンヤがいった。

「それ、マネーロンダリングってやつだろ」

「そうもいう。あと何軒か、こうした店があってもいいね」

非合法のボーイズクラブであげた利益はそのままおもてにだすことはできなかった。

この店を買ったのもうちの事務所がつくった株式会社で、店の開店準備や運転資金をつうじてクラブの利益を裏から表にできるからだ。いつまでも裏の顔だけでやっていく訳にはいかなかった。誰もが年をとり成長する。それは情熱のクラブも同じだった。

「ふーん、おまえが実業家ねえ。リョウはほんと変わってんな。おれは今日、予約がはいってないからビールくれよ」

「ダメだ。いつ飛びこみがはいるかわからない。酒くさいやつをクラブにだすわけにはいかない。ぼくのどこが変わってるんだ？」

「はいはい、オーナー、わかったよ。だいたいおまえはこの店のバイトだけしてあとは登校拒否の引きこもりみたいなもんだったじゃないか。それがクラブの仕事を始めたとたんに目の色を変えた。断トツのナンバーワンだろ。気がつけば、静香さんの跡を継いでる」

　咲良の指先が動いた。

「そうね、初めて会ったときは誰のことも信じない目をしていた」

　ぼくはカウンターのなかから、地下のバーを見ていた。眺めは大学生のときとさして変わらない。あのころのぼくは生きる目標が見つからず、人生の暗い森のなかをさまよっていた。勉強をする気にも、働く気にもなれなかった。宙ぶらりんのまま毎晩たくさんの酔っぱらいに酒をだしていた。洗い立てのショットグラスをとり、乾いたタオルで磨く。一滴の水の跡さえ残さないように。

「ぼくはこの仕事のおかげで、初めて社会性が身についたんだ。この世界がどんなところで、自分がなにをするべきか発見した。静香さんは恩人だよ。あのままいっていたら、大学はなんとか卒業しても、普通の社会人になるのが嫌で非正規のアルバイトで一生を終えていた気がする」

シンヤがにやりと笑っていった。

「いや、おまえならなにかおもしろいことやってたはずだけどな。大人になるとどんなやつでも、すこしは世のなかにあわせて自分を丸めていくもんだ。でも、おまえはぜんぜん自分を変えなかった。そんなやつ、すくなくともおれはリョウしかしらない。いつのまにか自分が働いていたバーを買うなんて、カッコいいじゃん」

シンヤの懐かしい横浜なまりがでた。アズマがいう。

「よくわからないけど、シンヤさんのいうとおりだよ。リョウさんがほかの世界でなく、こっちにきてくれてよかったよ。やっぱり信用できる人といっしょに働きたいから。こっちには古くさくてぜんぜんセンスがない人が多いから」

男娼ビジネスは古い世界で、それこそ江戸時代の公娼制度に似たところも残っている。義理と人情、それに驚いたことに任侠《にんきよう》のにおいもする業界なのだ。それはよそのクラブを見ればよくわかった。咲良の指が語る。

「アズマくんとわたしだけなら、きっとクラブの再建はあきらめてた。でも、リョウくんにはこの仕事が天職だったんじゃないかな。今日は何時からなの?」

「五時から。ミッドタウンのホテル。ぼくがいないときは、バーはシンヤが見てくれ。ダミーだからおおきく稼がなくてもいいけど、赤字はダメだよ」

「はいはい、わかってますよ、オーナー。なんかおれが働いてた渋谷のホストクラブと比べると、こっちは上品すぎて調子が狂うんだよな」

アズマが笑っていった。

「お客が違うんだから、いっしょにしないで。うちにくるのはみんな最上ランクの素敵な人ばかりだよ」

「枕についちゃあ、やることは同じなんだけどな」

咲良が真剣な顔で指をつかった。

「ほんとうに誰にとってもセックスって同じなのかな。最高にも最低にもなる。セックスの高低差はみんなが想像しているより、遥かにおおきいと思うけど。リョウくんはどう思う?」

ぼくはカウンターからでて、秋の薄手の上着を手にとった。ガンクラブチェックのカントリージャケットだ。今年の流行《はや》りはおっとりとした郊外の紳士風である。

「それについてはまた今度。ぼくは現場で、その高低差を確かめてくるよ。今日はめずらしく初見《しょけん》のお客だから、がんばってくる」

地上への階段を早足でのぼった。わずかに蒸し暑いけれど、空気は乾いて秋のにおいがした。今日もいい仕事ができますように。ぼくは雲のうえにいる静香さんに心のなかで声をかけた。

2

メトロの階段をのぼって、六本木の交差点にでた。水路に沿って檜町《ひのきちょう》公園のなかを歩き、ミッドタウンにむかう。ぼくは仕事にいく途中の散歩が好きだ。あれこれと仕事の手はずを考えながら、街の風景を眺めるのが愉快なのだ。

エレベーターで二十八階にあがる。天井の高いロビーをとおり抜け、カフェへ。この時間はほとんどのテーブルが空席だった。ぼくに気づいた奥の窓際の女性が、軽く右手をあげた。襟に淡いブルーのファーをつけた紺のワンピース。年は四十プラスマイナス二歳。

　ぼくは笑顔を固定したまま、テーブルに近づき、会釈していった。

「座ってもよろしいですか、セリナさん」

　余裕のある表情で、彼女は笑った。

「ええ、もちろん。リョウくんね、話はトモミさんからきいている。ここのホテルをすすめられたのも、彼女からなの」

「そうでしたか」

　トモミさんは年の離れた裕福な夫を亡くし、遺産を受け継いでいた。まだ四十代初めと若いので、寄ってくる男を振り払うのでたいへんらしい。ぼくは驚いたのだが、東京には裕福な女性と交際することで生計を立てるプレイボーイという希少な種が存在するのだ。彼らのあいだでは新たな獲物の噂《うわさ》は一瞬で広まるという。年老いた金持ちの夫の訃報だ。

　ぼくは彼女のまえを見た。シャンパンのフルートグラスが三分の一になっている。

「こんなふうに男の人と会うのは初めてなの。緊張してね。あなたはどうする？」

ウエイターがやってきた。

「ハーブティーをください」

　ぼくは実際のところ、ハーブティーなど好きではなかった。ただ仕事のまえにコーヒーや紅茶のように香りが強いものを身体にいれないようにしているのだ。歯は磨けば済むが、汗や体液、とくにカウパー腺液には直前に身体にいれたもののにおいがでやすい。

「セリナさんはお仕事はなにをされているんですか」

　トモミさんとは明らかに身にまとう空気が違っていた。どこか厳しく険しい権威を、厚い軍用コートでも着こんだかのように周囲に放っている。英国のふたり目の女性首相に似た空気だ。髪型もショートのパーマでよく似ている。

「ずっとネットコマース関係。日本で大学をでて、アメリカでビジネススクールを終えて、そのまま就職したの。社長はアメリカ人の白人男性で、おもに本社との連絡要員ね。日本の支社は、わたしが切り盛りしている。むこうなら男女平等でしょうという人もいるけど、まだなかなかね」

「そうなんですか。じゃあ、セリナさんが副社長なんだ」

　二度目の冗談をきいたように彼女は笑った。

「そういうことになるわね。アメリカでもアングロサクソンで、身長が高い男性のほうが出世はしやすい。別にわたしたちの会社は、高い棚のうえにあるものをとる仕事じゃないんだけど」

ぼくも笑った。この人には鋭い知性と経験がある。きっとベッドでも素晴らしいことだろう。一般論でいえば、知性とセックスに対する良質の感性は正比例する傾向がある。

「こんな時間に呼ぶのは非常識だったかな」

秋の日もまだ明るい午後五時五分。ぼくは眼下の緑が豊かな夕日を浴びているのに目をやった。あの緑の半分はあと二カ月で地に落ちるだろう。

「セリナさんはそういうことはいっさい心配なさらないで、だいじょうぶです。今日だってご自分の好きなようにぼくをつかってくれてかまわないですよ。あまりたくさん血が流れるようなのは困るけど。でも、そういうのがお好みなら、うちにそっちのほうの天才がいますから」

ぼくは痛みだけを快感に翻訳するアズマのいたずらっ子のような笑顔を思い浮かべた。セリナさんはあわてていう。

「そっちのほうは趣味じゃない。わたしは至ってノーマルだから」

「それはよかった。ぼくと同じです」

初めての客を安心させるために保険をかけた。ぼくはこの道でなにがノーマルなのか、まだこたえをだせずにいる。

「あのね、リョウくん。わたしはまだ結婚していないの。この先もするかしないかはわからない。普通の女性のように婚活というのもしたことがないしね」

「魅力的な女性はあまりそういうのしないですよね」

セリナさんはぼくの顔をじっと見ていう。

「ありがと。リョウくんと話してるとなぜかたのしくなる。トモミさんのいうとおりだな」

新聞や女性誌には広く目をとおし、つねに話題の本を読むようにはしていた。言葉で心をつうじておくと、そのあとの仕事の厳しさは半減する。

「だから、こんな時間にしたんだ。終わったあと、ひとりでディナーをとるのは嫌だったから」

「わかります。ぼくもひとりだから」

実際には女性も男性と変わらなかった。ことが終わったあとはできるだけ早くまたひとりに戻りたいという人のほうが多い。けれどトモミさんやセリナさんのように、そのあとの自由でくだけた空気が好きだという客もめずらしくない。ぼくも身体を重ねたあと特有の、気のおけない男女の会話が好きだった。

「セックスはただのセックスではあるんだけど、なんだかものすごい秘密を分けあったって感じになりますよね。世界がひっくり返るくらいの秘密を」

「セックスをそんなふうに考えるんだ。リョウくん、おもしろい」

それからぼくたちはこれからセックスをする男女がかわすような会話を十五分ほど続けた。導火線に火がついた快楽の爆薬を交代で投げあうような会話だ。セリナさんはシャンパンのグラスを空けると、涙袋をほんのりと桜色にして上目づかいでいった。

「部屋にいきましょうか」

ぼくはうなずき、半分以上残ったハーブティーのカップをおいた。


部屋は角部屋のスイートだった。居間には二面に窓があるが、寝室のほうはひとつだ。ぼくはでかけるまえにシャワーを浴びてきている。部屋にあがってから、シャワーをつかうかは相手によって決めていた。

清潔好きな女性なら、直前にシャワーを浴びる。その場合はぼくも浴びる。そうでなければ、そのままベッドに流れる。セリナさんはシャワー派だった。彼女に続いてバスルームをでると、寝室は遮光カーテンを引いて真っ暗にされていた。おぼろげにものの輪郭がわかるくらい。四十代以降の女性ではよくあることだった。

つま先で探りながらダブルベッドにたどりつく。裸足《はだし》の足の裏に毛足の長いやわらかなカーペットが心地いい。

「失礼します」

無言でアッパーシーツをはがすのが苦手で声をかけた。セリナさんは身体をまっすぐに伸ばして、横たわっていた。お腹《なか》もでていない。腕や足は筋肉質に引き締まっている。なにか今でも定期的に運動をしているようだ。

(おやっ?)

最初にそう感じたのは、裸の肩にブラジャーとキャミソールの線が二重に見えたときだった。淡いピンクに淡いブルーのレースをふんだんにつかった高価そうなヨーロッパ製のキャミソールだ。普通のOLの二週間分の給与はするだろう。彼女はシャワーを浴びたあとで、また下着をつけ、キャミソールを着たのだ。

そっと肩に手をかけた。セリナさんは目を閉じている。身体が緊張でかちかちに固まっていた。このままでは最高の仕事はできない。

「すこしおしゃべりしませんか。セリナさんがアメリカでしりあった素敵な男性の話でもきかせてもらいたいな」

男性ならばＡＶやグラビアなどの視覚イメージが着火剤になる。多くの女性にとっては昔の素晴らしい性体験を詳細に回想するのが同じ役割になる。ぼくは夢のようだったという過去最高のシチュエーションを再現する手伝いを、複数の客相手にしたことがそれまでに何度かあった。

「話はもういいの。わたしとやって」

目を見開き、暗がりのベッドでまっすぐに見つめてくる。ぼくはバスタオルを脱ぎ落とし、セリナさんの身体を抱いた。女性の脂肪は年をとるほどやわらかさを増してくる。セリナさんの身体もおもての脂肪だけはやわらかかった。今は目をしっかりと閉じている。上半身はこちらに突きだすようなのに、下半身は逃げて腰が引かれている。求めながら拒否するこの感じはなんだろう。

「あの、もしかすると……」

ぼくの様子に気づいたのか、セリナさんが目を開いた。薄暗がりのなかで見る目はひどくみずみずしい。水面に小石でも投げたように怯《おび》えが揺れながら広がっていく。

「……セリナさん、初めてなんじゃないですか」

よっつ数えるほどゆっくりと息を吐き、セリナさんの全身から力が抜けていく。

「わかっちゃった？　いつ？」

「わかりませんでしたよ。気がついたのは今です」

「そう、わたしの処女じゃない振りは堂にいってるから。今まではみんなだまされたわ。トモミさんもね。これからどうする、リョウくん、四十すぎの処女なんて、気も ち悪いよね。わたしは勉強や仕事でいそがしすぎて、気がついたらこの年になっていただけなんだけど」

ぼくはダブルベッドで起きあがり、セリナさんの肩に手を伸ばした。抱くのでもつかむのでもなく、そっと肩の丸みに手を沿わせる。

「それだけ大切に守ってきたものを、今日は捨てようと勇気をだしてきてくれたんですよね」

セリナさんは笑った。

「大切だとも、守ろうとも思ってはいなかったかな。ただわたしは不器用だから、仕事と恋愛をうまく両立できなかったんだと思う。一度にひとつしかできないの」

遮光カーテンを閉め切ったホテルの寝室できく声は、ひどく親密だった。直接耳のなかに語りかけてくる気がする。

「どうして卒業しようと思ったんですか」

「四十歳までに到達したかったビジネス上の目標まで、あと一歩で手が届くところにきた。予定より二、三年遅れたけどね。それで、ほっと気を抜いて周囲を見まわしたら、みんなリラックスしてたのしんでいるみたい。セックスや恋愛なんかをね。わたしにはもう出産は無理かもしれないけど、残り半分の人生をひとりで生きるのは淋《さび》しいかもしれない。そんなふうに感じるようになった」

「ちょうどいいときだったんじゃないですか。セリナさんにとっては今だったということだと思う」

セリナさんはまだ処女の手をぼくの手に重ねてきた。

「いくらなんでも遅すぎない？　わたしの大学時代の友人は半分以上子どもを産んでるし、離婚して再婚した人もぱらぱらといるのよ」

「年齢なんて関係ないですよ。セックスをたのしむには、人それぞれにぴったりの年齢があるみたいです」

そうなのだ。とくに女性の場合は相手の問題も、自分の欲望の成熟も欠かせない。すくなくともその年齢は一般的に考えられているより十年は遅くやってくる。出産可能年齢からずっと遅れて性のピークがくる人もめずらしくない。

「これはアメリカでの調査ですけど、貧しいダウンタウンなんかで生まれて、十二歳で妊娠するような女性は性的なリタイアが早いそうです。二十代であがり。でも、初めてのセックスを比較的高い年齢で体験した人は、長い年月性的にアクティブであるという統計があります」

ぼくは娼夫の仕事をするようになって、セックスに関する調査や研究資料はできる限り読んでおくようにしていた。性はぼくにとってはおおきな関心事でライフワークだ。セリナさんは自嘲気味に笑った。

「ははっ、じゃあわたしはおばあちゃんになってもやりまくりね」

「ええ、そうだといいですね。今夜から始めてみましょう。ちょうどいいタイミングです」

驚いた顔をする。目にたまった水が丸く開いた。

「リョウくんはこんなおばさんのヴァージンもらってくれるの」

ぼくは厳しい声をだした。

「やめてください。セリナさんは自分をおばさんだなんて思ってないし、別に処女は病気でも呪いでもありませんよ。初めてをくれるなら、ぼくはすごくうれしい。光栄です」

薄闇のなか、じっとこちらを見つめる目で涙の膜が厚くなった。

「なるほどね、トモミさんのいうとおりね」

「なんていってました？」

「いつもその場にぴたりの言葉をくれるって。ベッドよりもそちらのほうがすごいかもしれないっていってた。それで、これからどうするの。わたし、なんでもするわ」

ぼくはベッドを離れ、バスルームにむかいながら返事をした。

「まず肉をやわらかくします」

3

バスタブに熱めの湯をためる。湯気で鏡がさっと曇り、ぼくの裸を消していく。汗をかいてしまうが、熱い湯につかると人間は内臓までやわらかくなるのだ。それで破瓜《はか》の痛みをかなり軽減することができる。ぼくたちは風呂の準備ができるまで数分間、たわいのない話をした。セリナさんはキスと胸だけのペッティングをした男性が今までふたりいたそうだ。ひとりは日本人で、ひとりはスペイン系のアメリカ人。

ぼくは水位を確かめ、水栓を閉じて、バスルームの明かりを消した。廊下の明かりをつけ、バスルームの扉を半分開いておく。いきなりだから、キャンドルの準備はない。薄明かりは中年女性のベストフレンドだ。寝室にもどりベッドのセリナさんに声をかける。

「先にバスタブにつかっていてください。あとからいきます」

「わかった。なんだかわたしどきどきしてきた。たのしみだなあ。今から一時間後には処女じゃなくなってるのね。夢みたい」

そういうとセリナさんはバスルームに移動した。ぼくは自分のショルダーバッグからローションの小瓶をとりだし、ベッドサイドにおいた。めったに使用することはないが濡《ぬ》れにくい人用の秘密兵器だ。淡くラベンダーの香りがついている。


「いいですか」

ノックはせずにそういった。

「どうぞ」

裸のままはいっていく。セリナさんがバスタブの半分を空けてくれた。背中を抱くように熱い湯のなかに滑りこむ。乳房にあたらないように慎重に彼女の身体に腕をまわした。二の腕や腰まわり、それに太腿《ふともも》にはうっすらと脂肪がつき始めているが、引き締まったきれいな身体だった。

「運動はなにをしているんですか」

「テニスとロードをすこし」

テニスと自転車か。下半身がしっかりとしているのもうなずける。

「すごくきれいな身体ですね。肌も素敵だ」

こういうときには言葉を節約しないこと。同時に、実際に感じていないことは口にしないこと。ぼくがクラブで学んだ基本の法則だ。

セリナさんは自分の二の腕をつまんでいう。

「ここがいくらワークアウトしても落ちないのよね」

ぼくは背中と首のあわせめにキスをした。ちいさな悲鳴に似た声を漏らして、セリナさんはいった。

「そんなところが気もちいいんだね。身体って不思議」

「男からしたら、無駄な脂肪がいいんですよ。それはたいていの若い男にはないものだから。女性の身体のやわらかいところって、みんな脂肪じゃないですか。胸とかお尻とか」

二の腕をつかみながらセリナさんはいう。

「それはそうだけど、気になるのよね。コンプレックスって理由なんてないものだから」

そうなのだ。人がもつコンプレックスには理由などない。体型や知能や感覚は、すべての人間にばらつきがある。遺伝子の表現型は幅広く散らばったほうが、種の生存に有利だからだ。つまり環境の変化に種として耐えられるように、人はこんなに違っている。その違いがさまざまなコンプレックスを生み、ときに生存をおびやかしたりする。それが原始的な有性生殖をおこなう生物でなく、社会的に生きざるを得ない人間の不思議だった。

「女性のコンプレックスが好きだという男はたくさんいますよ。ぼくは二の腕、昔からずっと好きだった。とくに三十代以上の人の」

母を早く亡くしたせいか、ぼくは子どものころから年上の女性が好きだった。それは三十歳近くなった今でも変わらない。

警戒心をもたれないようにうしろから抱くだけで、セリナさんの乳房や性器にはさわらなかった。身体の芯まであたたまり、額に汗がにじむようになってから、ぼくたちはバスルームをでた。

浅いキスから、だんだんと深く舌をからませる。何度かキスを繰り返して、ぼくはいった。

「これから全身をさわります。うーんと弱くだから、痛いことはないと思います。それで、気もちのいいところがあったら、教えてくださいね」

中指の腹はとても鋭敏なセンサーだ。ぼくはセリナさんの右肩から探索を開始した。ふれるかふれないか、ときには体温は伝わるが直接にはふれないくらいのかすかさで、全身を探っていく。右肩から肘《ひじ》におりていく。二の腕の内側を刷《は》くように撫でると、セリナさんはいった。

「そこ、いいみたい」

頭のなかで地図でもつくるように、二の腕の内側にチェックをいれる。前腕をおりて、手首の裏へ。

「そこもいいみたい」

手首にもチェック。手首から先では、中指と薬指にチェック。指と指のあいだの薄い肌にもチェック。てのひらの中央のくぼみにもチェック。右腕だけで、無数の快楽のチェックポイントが生まれる。左右は対称なので、左腕もほぼ同じだろう。

胴体にもどりふたたび右肩から、首筋をのぼっていく。耳は全部が感じやすいようだった。というより感覚器の集中する頭部は、どこもかしこもポイントなのだ。目のまわり、唇とその周辺、舌の先、頬と額、首筋のすべて、頭皮と髪の生え際。

ぼくの指が頭蓋骨を一周して、胸にもどってくるころには、セリナさんの息は荒くなっていた。

「そうなんだ、みんな、仕事だけでなく、こんなことしてたんだ」

誰もがこれほど精密な測量をするとは思えなかったが、ぼくはうなずいた。

「そうです。身体は心と同じくらい広いですよ」

「あっ、そこも」

右の乳房のわきのしたに近い場所だった。乳腺の始まる部分だ。

「なんだか、わたし、ものすごく損してきた気がする」

「損も得もないですよ。これからばりばりとりもどせばいいじゃないですか。身体だって、こんなに若い」

世辞ではなかった。四十代は若さと成熟の、肌の張りと脂肪のやわらかさのバランスがとれた、女性の黄金期なのだ。年上好きのぼくの欲目は、すこし差し引いてもらいたいけれど。

「嘘《うそ》でもだんだんとその気になるよ。リョウくんは悪い人だね」

そのころには肋骨《ろっこつ》の曲率を中指の腹で測っていた。女性の肋骨は、男性のものよりも強い角度で曲がっている。浮遊肋骨から脇腹にかけて指を滑らせると、セリナさんはあわてていった。ひどくかわいらしい声だ。

「そこもいい。どうしよう、なんだか全身感じるみたい。わたしの身体おかしくなってる」

「おかしくなんてないです。セックスってものすごく重大で、一生を左右するほど危険だから、そのご褒美に神さまが素晴らしい快感を贈ってくれたんです」

その快感が、褒賞なのか呪いなのか、ぼくにはわからなかった。欲望のせいで一生を棒に振る人間は無数にいる。政治家のスキャンダルを見てみるといい。知性や名声や地位など、築きあげてきたすべてを吹き飛ばしてしまう破壊力が、ただのセックスにはある。だが、ぼくは娼夫だ。今は全力でセリナさんの初体験を素晴らしいものにしなければならない。

両足を探査するのに、もう数分かかった。太腿のつけね、膝の裏、脛《すね》、アキレス腱《けん》と足の指先。つぎつぎと岩肌にハーケンを打ちこむように、チェックポイントを確かめていく。ぼくは顧客専用のちいさな手帳をもっていて、すべての肉体的なデータを書きこんでいるのだ。仕事のたびにその手帳を読み返すのが習慣になっている。

身体の裏側を上昇して、ようやく性器にたどりついた。セリナさんはアンダーヘアをすべて脱毛していた。ぼくの視線に気づくといった。

「むこうにいたときにやったの。あっちはみんなつるつるだから。おかしい？」

ぼくにはその部分に好みはなかった。それぞれの性器に似あう形であれば、問題はないと思う。顔の形が髪型を決めるように、性器の形でアンダーヘアの形を選べばいい。セリナさんの形はすっきりとしてきれいだった。小陰唇《しょういんしん》の張りだしはわずかで、細い筋からわずかに先をのぞかせているだけだ。どちらかというと四十代というより、二十代前半のようだった。

4

丸くふくらむ丘にてのひらの熱を移すように全体を覆い、かすかに動かしてみる。ため息が漏れた。

「いつも自分でさわったりしますか」

「お風呂で洗うときくらい。なんとなく自分でさわったりしてはいけないものっていう気がして。自分でさわっておいたほうがいいの？」

「いえ、もし好みのさわりかたがあるなら、きいておこうと思ったんです。してもしなくてもいいと思いますよ」

　性の絶食化のすすむこの時代、男性でもまったく自慰をしない人もいるらしい。ハードルは高くなるが、ゆっくりとあたためていこう。セリナさんは興奮でざらざらとした声でいう。

「よくわからないけど、リョウくんのさわりかたいいみたい」

「それはうれしいな」

　クリトリスのつけね、小陰唇、太腿の内側が最後の快楽の点だった。なかはまだ開いて指を刺していない。これでようやく全身のチェックポイントが確定した。休むことなく二周目にはいる。今度は先ほどより、すこしだけ刺激を強くするのだ。

　初めての性行為に、悪い印象が残るのは避けたかった。その後の性生活を一生にわたり左右するかもしれない。可能な限り痛みを抑え、できるなら将来の素晴らしい快感を期待させる成長の種を、この四十代の身体に蒔《ま》いていければ、それで十分だ。

快楽のポイントを動いていくぼくの指先にも熱がこもることになった。

セリナさんは三周目の終わりに、自分の性器を確かめていった。

「びっくりしたよ。こんなに濡れるものなんだね」

シーツに染みをつけるほどではないけれど、セリナさんの液体はお尻のほうまで垂れている。

「わたしのほうはもう十分だと思う。ねえ、リョウくんの見せて。わたし男の人のがエレクトしてるところ見たことないんだ」

上半身を起こして、半分ほど硬直したぼくの性器に顔を寄せてくる。

「ちょっと待ってください」

手を伸ばし読書灯をつけて、ヘッドボードにもたれかかった。ステージ上のソロシンガーのようにぼくのペニスにスポットライトがあたる。

「どうぞ、好きなだけ見て、おもちゃにしてください」

ぼくは性器を見せることで興奮する性癖はなかった。裸でコートを着こんだり、夜のホームで露出する男たちの気もちは理解できない。それでもすこし誇らしい気もちになるから不思議だ。セリナさんはつけねをにぎるといった。

「こんな形をしてるんだね。硬いけど、しなやかだなあ。先のほうの曲線がすごくきれい」

目を輝かせている。林間学校でとんでもないサイズのオオクワガタを採った男の子のようだった。ぼくのものはごく標準サイズで、とりたてて造形に優れているとも思えなかったけれど。

「なめてみてもいい？」

「いいですけど、最初から無理しなくてもいいんですよ」

「でも、さっきリョウくんはわたしのなめてくれたじゃない」

ぼくは時間をかけて舌の先でセリナさんの性器を解剖するように、すべての細部にふれていた。たくさんの唾液とともに。

セリナさんはちらりと舌をだして、先端をなめた。

「ポテチの薄塩味かな」

舌を回転させ、丸い先端を磨くようにする。しばらく顔をぼくの性器に埋めると、セリナさんはいった。

「これはとても口のなかにはいらないや。わたし、こんなに口を開いたことないもの。そういえば、足もだけど。でも、これってすごくかわいいね」

「ありがとうございます」

準備はもういいだろう。サイドテーブルに手を伸ばして、コンドームをとった。封を切り、装着しようとする。

「ちょっと待って。あの、最初だけでいいから、それはなしでいいかな。わたしのなかに最初にふれるのはラテックスじゃなく、リョウくんの直接がいい。全部はいったら、あとでつけてもらってかまわないから」

ぼくは毎月性病の検査は受けていた。静香さんの最期を看《み》とった経験から、ＨＩＶへの警戒も普通の人より強い。けれどセリナさんはヴァージンだし、もっともな希望であるように思えた。

「わかりました。最初は直接で」

よくつかわれる生《なま》という言葉には抵抗があった。言葉の選択により世界だってつくり替えられるのだけれど、みなセックスにも言葉にもさして関心は払わないようだ。

「痛くなったらいってください」

正常位で先端をあてがう。一ミリの半分ずつゆっくりと押しこんだ。まだ風呂の熱が残っているようだ。セリナさんのなかはやわらかく伸びる。

「四十年以上も待ったんだよ。わたしがなにをいっても途中でやめないで」

女教師のように命令する。うなずいて、さらに腰を送った。眉をひそめた。

「だいじょうぶですか」

「がまんできないような痛みじゃない。続けて」

「はい」

半分まで侵入した。

「すごい深くまではいってくるんだね」

「いえ、まだなかばです」

「うそっ」

セリナさんの手をとって結合部を確かめてもらう。

「ほんとだ、半分だ。リョウくんの乾いてる」

「ゆっくりいきます」

かすかな抵抗を感じたけれど、そのまますすんでいく。急な解放感とともに全長が収まった。抱きあったまま顔を見あわせる。セリナさんも気づいたようだ。

「わたし今、処女じゃなくなってる?」

「ええ、たぶん」

「そうなんだ、わたしが……」

セリナさんは急にぼくを抱いたまま爆発的に笑いだした。ぼくは動かずにそのままじっとしていた。セックスの最中にこんな大笑いをした女性は初めてだった。すこし愉快になって、ぼくもつい笑ってしまう。腹を波打たせて笑っていたセリナさんが涙目でいった。

「たったこれだけのことなんだね。わたしがずっと悩んでいて、自分には女性としての価値がないのかもしれないと怖がっていたのに、たったこれだけ」

まだ笑いがとまらないようだった。確かに処女とそうでない人の違いなど、ペニスの十センチほどの深さの違いに過ぎない。

「処女でなくなったのはうれしいですか」

セリナさんはぼくの頬を両手ではさんで、唇にキスした。

「どっちでもいいってわかったよ。悩むほどのことでもなかったしね。でも、これっぽっちのことなら、もっと早くすませておけばよかったかも」

枕から顔をあげて、自分の下半身に目をやる。

「それとね、こんなことを何百万年も続けて、子孫を残してきた人類って滑稽で、かわいいね。続きをしよう」

そうですねといってぼくはペニスを抜き、避妊具を装着してから最後まで性行為を完結させた。セリナさんは痛みはなかったようだが、初めての挿入ではあまり感じていなかった。けれど終始上機嫌で満足そうで、その笑顔にぼくも満足した。

5

食事はロビー階にあるレストランにおりた。セリナさんはシャンパンのボトルを開ける。乾杯しながらいった。

「お疲れさま。すごくスムーズで感謝してる。最初から初めてだっていっておいたほうがよかったのかな」

「いえ、どちらでもいいですよ。自分ではなかなかいえないこともありますから」

この二、三年処女の客が増えているという実感はあった。高学歴で、きちんと仕事をもっていて、それまでのキャリアはもうし分ないという人が多かった。そうした人に見あう男性がすくなくなっているのだろうか。目を細めて、セリナさんはいう。

「慣れてたみたいね、ヴァージンに」

「年に何人かはいらっしゃいます」

「ふーん、悪い人ね。わたし今になって、トモミさんのアドバイスを思いだしたわ」

窓の外に目をやった。公園の緑は暗く沈み、すぐそこに青山ツインタワーが双子の灯台のように光を散らしている。金曜なので六本木は人でにぎわっていることだろう。自分の評判をききたいが、がっついたところは見せられなかった。

「へえ、どんな忠告ですか」

「あまりリョウくんにいれこんだらいけないって。ほれると苦しくなるよって。トモミさん、なにいってるんだろう、結局はビジネスの関係に過ぎないのに。わたし、そのときは不思議に思った」

フルートグラスについた口紅を親指の腹でぬぐって、セリナさんは目を伏せた。

「今はトモミさんのいうことがよくわかる。リョウくんはおかしな人だね。わたしがしっているどんな男性にも似ていない。今こうして普通に話しているけど、さっきまでベッドでしていたことが夢みたい。現実には感じられないよ。リョウくん自身には性欲とかぜんぜん感じないしね」

ぼく個人の性欲はもうよくわからなくなっていた。仕事であまりにたくさんの女性と接し過ぎたのかもしれない。たくさんの顔とたくさんの身体と性器の記憶は確かにある。だが、あらためて思いだそうとすると、顔のない抽象的な女性しか浮かばないのだ。白い石から削りだした、すべてが標準的なスタイルの女性像。そういう存在を何年も抱き続けてきた気がする。

「ぼくの性欲とか関係ないんです。大切なのは相手がきちんと欲望をもってくれることなので。それを実現するためになんでもするけれど、そのあいだ自分はいなくなる感じがあります」

「ひたすらご奉仕なんだ」

ぼくはにこりと笑っていった。

「仕事ですから」

内心でつけくわえる。ぼくが自分で選んだ、誇りをもっている仕事ですから。口にだしたら、それは嘘くさくなるだろう。人には明かさない本心があるというのは大切なことだ。

「もう一度、乾杯しましょう。リョウくんの素敵な仕事に」

「はい」

クリスタルの透明な縁《ふち》ほどに薄くグラスをあわせた。澄んだ金属音が鳴る。

「つぎの仕事の話をしてもいいかな」

「ええ、どうぞ」

「来週と再来週の金曜日また同じ時間で、お願いできるかしら」

ぼくは頭のなかでスケジュール表を確認した。

「来週は金曜がダメで、土曜日ならだいじょうぶです。再来週は問題ありません」

セリナさんはおおきく笑う。ぼくは処女でなくなったときベッドで爆笑していた彼女を思いだした。ついくすりと微笑《ほほえ》んでしまう。

「リョウくん、思いだし笑いしたね。なんだかやらしい。あの、わたしさっきなにか変なこととかしてないよね」

「いえ、ぜんぜん。心配ないですよ。セリナさんは完璧でした」

外国人のようにおおげさに胸元をてのひらで押さえて、セリナさんはいった。

「ふふ四十すぎの処女にしてはね」

遠くでハンサムなギャルソンがこちらを笑って見ていた。ぼくたちはシャンパンをのんでは、爆笑を繰り返した。若かった金曜の夜がすべるように大人になっていく。

6

日曜日はメグミと咲良といっしょに昼食にでかけた。

事務所のある代官山の、東京で一番おいしいパテをだすというフレンチだった。裏通りに面したテラス席に座る。ぼくが日のあたる椅子で、日傘の陰の特等席は女性ふたりだ。秋になっても日ざしは強く、背中がすぐに汗ばんできた。

咲良の指が素早く動いた。

［結婚生活はどんな調子？］

白崎《しろさき》恵《めぐみ》は大学を卒業して、数年間うちのクラブを手伝ってくれた。二十六歳のときに結婚して、今は前田《まえだ》恵になっている。夫は通信会社のエンジニアだそうだ。一時期、元女性でＦＴＭのアユムとつきあっていたが、別れてしまった。結婚したのは、その半年後だ。

「もうすぐ二年になるけど、ぜんぜんダメ。もともと口数がすくない人だけど、もううちではほとんど話さなくなった。わたしとしゃべるのがめんどくさいのか、言葉さえ節約したいくらいケチなのか。無口で不機嫌な人とずっと一日いるんだよ。まいっちゃう」

「へえ、メグミでも結婚はたいへんなんだ」

「どういう意味？」

「だってうちのクラブでいろんな男を見てきたよね。普通の女性よりずっと男についても、男の欲望についても、よくわかってると思ってた」

メグミは食欲がないようで、コンソメの黄金色のジュレのなかに宝石のように詰められた野菜をぐちゃぐちゃとフォークで崩している。

「結婚と仕事は違うよ。男の人って変わるしね」

咲良の指がまた動く。手話には意味が確かにあるけれど、指揮者のタクトの先のように複雑で優雅なダンスを踊っているようにも見える。

「男の人は結婚するとどう変わるの？」

メグミはぼくのほうをちらりと見た。これから地球上の男性を皆殺しにするけど、いいかしら。その了解を求める視線だ。

「結婚してしばらくすると、男ってだんだん奥さんのことを自分の所有物とみなすようになるみたい。たとえば歩いていてソファの角に足をぶつけるでしょう。自分の足なら少々痛くても傷ついていても平気じゃない。それくらいこちらがなにを考えて、なにを感じているのか、平気で無視できるようになる」

　咲良の指が短く激しく踊る。

「うわー、それは嫌だ」

「それにね、なにもいわないくせに男の気もちを察しろって、雰囲気をだしてくるのよね。夜イタリアンをつくると、帰ってきてから和食がよかったとかいいやがるの。先にひと言伝えてくれたら、いくらでも献立なんて変えられるのに」

　だんだんとぼくの居場所がなくなってきた。テラス席の日ざしがチキンをローストする遠赤外線の熱気に感じられる。不愉快な暑さ。

「へえ、夜のほうはどうなの」

　ぼくたちのあいだでは性的な秘密はほぼ存在しない。だいたいはオープンだ。考えてみると、ぼくはいっしょにテーブルをかこんでいるふたりの女性とすでに寝ている。どちらも仕事だったけれど。メグミはそのエンジニアとは身体の相性は悪くないといっていた。結婚するまえはけっこう夜の出来事を報告がてら自慢されたものだ。

「わたしもききたい！」

手話にも強調文があるし、テーブルに身をのりだす感じは伝わるものだ。咲良の目が光っている。

「それがねえ……最近はぜんぜんなの。彼は子どももほしがってないしね。わたしはしたいけど、むこうはそうでもないみたい。気がついたら一カ月なにもなしなんて、よくあるもの」

ぼくは気が遠くなりそうだった。この七年間、長期休暇以外は、休日は週一日であとの六日間はすべて仕事をいれていた。ぼくは身も心も最高の状態で娼夫の仕事をするために、一日ひとりの客しかとらなかった。

「一カ月もセックスしない生活なんて、考えられない」

つい心の声が漏れてしまった。咲良もうなずいている。いいだしたメグミさえ激しく首を縦に振っているのだ。ぼくにとってセックスは仕事でもあるが、散歩したり、書店で本を買ったり、音楽をきいたり、おいしいパスタをたべるのと同じくらい、日常生活に欠かせないことだった。とくに考えたり、心構えをしたりせずに、気がつけば自然にとりくめる行為だ。

「でも、わたしのまわりの若い主婦たちは半分くらいセックスレスだよ。みんな旦那の文句いってる。ねえ、リョウくん、日本の男の人ってぎらぎらした欲望を、どこにおいてきちゃったの」

ぼくは別に欲望の日本代表ではなかったけれど、つい弁明してしまう。

「そういうのは、人によって違うから……」

メグミはフォークをおいてため息をついた。

「いつまでもわたしにぎらぎらしてくれる人、どこかにいないかなあ」

咲良の指が稲妻のように動く。

「奥さんにそんなふうにいわせるなんて、彼はひどいよ」

「わたしは思うんだけど、リョウくんの仕事は絶対に将来有望だよ。成長産業間違いないもん。結婚してても満たされないし、不倫をしたらあんなにひどいバッシングを受ける。そうしたら、男を買うくらいしか残ってないもん。今の日本って幸せな男と女が天然記念物なみにめずらしい不幸な国だよ」

金融危機のとき失業率が三十パーセント近くまで跳ねあがったギリシャやスペインでも、今の豊かな日本よりは年間のセックス回数ははるかに多かった。ぼくには仕事のありかたよりも、家庭内のセックスの豊かさのほうが、幸福への寄与《きよ》度はおおきいように思える。ぼくたちの生きづらさは、プライベートな性的生活が貧しいからではないのか。

咲良がぼくのほうをじっと見てから、ゆっくりと指を動かした。

「リョウくんはレスにはなりそうもないよね。ぜんぜん欲望とかなさそうなのに、こんなタフな仕事ずっと続けてる。もう嫌だ、セックスなんてしたくもないなんてことはないの?」

ぼくはミネラルウォーターをのんで考えた。

「そういうことも昔はたまにあった。心も身体も開かないお客にあたったときとか、自分で買っているくせに娼夫の仕事を馬鹿にする客相手だとね。今はもうほとんど常連さんと、その紹介しかとらないから不愉快なことは減ったよ。ぼくはセックスが好きというより、仕事としてのセックスとか、仕事をつうじて女性を理解することが好きなんだと思う。セックスにはそんなに秘密はないけど、女性の心には秘密がたくさんある。それでね」

そこで言葉をとめて、ひと呼吸おいた。話につりこまれ、咲良とメグミの注意力があがっているのがわかる。

「心の秘密は、女性の身体にでるんだ。それを読み解くのがうれしい。セックスをするたびに誰も読んだことのない暗号を解読している気になるんだ。自分でも変だと思うよ」

咲良の指がゆったりとしたテンポで踊った。

「そうだね。リョウくんはうちのクラブにいるほかの男の子の誰ともぜんぜん違う。本を読んだり、地図をつくる人みたいにセックスするものね」

ぼくはセリナさんの身体の裏表に広がる四十を超えるチェックポイントを思いだした。新しい量子コンピュータではすべてのポイントを巡回する最短手順、数学でいう巡回セールスマン問題を一瞬で解けるという。

けれど、ぼくたちはベッドのうえで最短の手順など求めないものだ。できる限り長く、無駄が多く、気もちのいいルートがほしいだけだ。ぼくはAIがいくら人の知力の一側面を超えても、人の心をつかむ小説を書いたり、音楽をつくったりはできないと信じている。快楽をまったくしらない者には、快楽を生みようがないからだ。

メグミはあきらめたようにいう。

「このままじゃ、わたしお客としてクラブにもどっちゃいそうだよ。女性としての価値を認められないって、めちゃくちゃ傷つくんだよね」

女性としての価値。同じ言葉をセリナさんもいっていた。多くの夫はセックスレスをただ性行為が欠けた結婚生活とみなしている。けれど、それは違うのだ。性的な魅力や能力はその人間の基本的な価値の根底を形づくるもので、ことに夫婦間では人間としての尊厳そのものだ。セックスと仕事は家庭にもちこまない。酒場で気の利いたジョークのつもりでそういう男たちは、妻の人としての尊厳を無邪気に傷つけていることに気づかない。

「どうしたらいいんだろうね。ぼくにもどうにもできないよ。男たちが妻をもっと抱くようになれば、日本人はもっと幸せになると思うけどね」

「もううちの旦那のことはいいや。それよりリョウくん、もしわたしが予約をいれたら、そのときはサービス料金にしてね」

メグミがひやりとすることを口にした。咲良は笑って手話でこたえた。

「するする、うちの一番の売れっ子半額にするよ」

ぼくも笑った。しょせん、ぼくは単なる商品にすぎないのだ。

7

現代の性の中心的なテーマは「性の不可能性」にある。

もしぼくが大学院生で現代のセックスをテーマに修士論文を書くなら、テーマ設定はそこにおくだろう。なんだかひどくむずかしそうにきこえるかもしれないけれど、実際にひとりの女性の体験として語れば、誰もがこの「不可能性」について得心《とくしん》するだろう。

それでは、典型であるその人について語ることにしよう。名前は仮にノンとしておこう。不可能と否定のＮＯＮであり、誰にもしられず無視されてきた非在《ひざい》のＮＯＮが、彼女の名だ。

初めてノンさんの裸身を見たとき、ぼくは息をのんだ。表情にはださずに、驚きは地下金庫のように心の深く押しこめる。場所は新宿にある格安のラブホテルだった。それ以前にぼくは常連客から真剣に頼まれていたのだ。お願いだから、友達をたすけてほしい。彼女はこのままでは死んでしまうと。

初めてその話をきいたとき、ぼくには意味がわからなかった。ぼくの仕事は女性たちに性的なサービスを提供することで、そこに命の問題はかかわりがないはずだった。ほとんどの裕福な女性客は、あと腐れのない手慣れた快楽をたのしむために男を買っている。ぼくはそのひとときを完璧なものにするために、身も心もささげる。人に自慢するほどのことではなかったけれど、この献身は御堂静香のもとで初めて仕事をしたときから揺らぐことはなかった。

西武新宿駅の改札に、彼女は立っていた。細い棒のようなシルエット。赤茶色のタイルの柱の陰に同化するような黒い長袖シャツと黒のスリムなパンツだった。夏の終わりだが気温は三十度をゆうに超えている。髪は濃いグレイのキャスケットに押しこめていた。きいていたとおりの格好だ。そっと近づき声をかけた。

「ノンさんですか。クラブからきました。リョウです」

いつだって最初のひと声がむずかしいものだ。とくに初見の客の場合は。ぼくはそのとき無意識のうちに自分のだせる一番やわらかい声を選んでいた。彼女の周囲にはひとりだけ隔絶した気配が流れていたからだ。八月の終わりでなく真冬の雪山のように、新宿の雑踏のなか、ノンさんは黒い墓標のように立っている。

「……はい」

目があうことはなかった。帽子のひさしでとがった鼻筋の半分まで隠れている。鼻と唇の形はいいようだ。ぼくは快活にいった。

「どうしましょう、最初にカフェでもいきますか」

初めての客のときは、できる限り本人の口から情報を得ておきたかった。男性客ではそうではないかもしれないが、女性の場合、心を開かなければ仕事はうまくいかない。表面だけでもなめらかな会話ができないようでは、成功率は半減する。

「いえ、男の人と……お茶したこと……ないです……から……いいです」

まるでモールス信号で断られたようだった。ぼくは笑顔を崩さない。

「わかりました。今日はノンさんがお好きなようにしていいんですよ。遠慮なんてぜんぜんしなくていいです」

激流のように人が流れる夕刻の改札口で、ぼくは返事を待った。キャスケットのしたの唇は固く閉じたままだ。助け船をだす。

「初めになにをしたいですか」

目のまえにいるのにひどく遠くからかすれた声が響く。

「……抱いて……ほしい……です」

「わかりました。いきましょう」

ぼくはその場を動き、地上におりる階段をゆっくりとめざした。ノンさんの動きだしはひどく遅い。階段を四、五ステップおりたところで振りむいて見あげた。帽子のひさしの陰に目が見える。足元に落とした彼女の目は涙で真っ赤だった。ぼくの胸でアラートが鳴った。この人の相手をするには、すべての神経を集中させなければならない。

ステップ二段分まで彼女が近づくと、ぼくもゆっくりと階段をおり始めた。背中に神経を集中させる。この距離を絶対に崩してはいけない。

「こちらです」

にぎやかな飲食街のなか葬列を導くように、ぼくはノンさんが手を伸ばせば届く距離をたもって歩いていった。


歌舞伎町と大久保の境にあるラブホテル街に着いた。このあたりまでくると、駅の近くとは違い人影は淡くなる。まだその手のホテルが繁盛する時間には早いのだ。

「ここでいいですか」

このあたりのホテルはどれも老舗ばかりだった。新規の開業は許可されないので、どの建物もリニューアルを繰り返し、数十年は使用されている。ぼくが選んだのは、白い大判タイルの外装で清潔感があり、まだ新装開店から数カ月のところだった。

ＨＯＴＥＬサンクチュアリ。

サンクチュアリは聖域や保護区のことで、そこに逃げこめば人も動物も保護される特別な場所だ。ワイルドな実生活から逃れ、心安らぐセックスにふけるための楽園としての禁猟区。洒落《しゃれ》た名前をつけるオーナーがいたものだ。

「……はい」

乳白ガラスの自動ドアを抜けると手術室のように清潔なロビーだった。ガラスのパネルには各部屋の写真が張られている。ほぼ半数が埋まっていた。最近の流行りで過剰な装飾を排した落ち着いたリゾートホテルのようなインテリアだ。

「どれにしますか」

ノンさんは驚くべき集中力で明かりの灯《とも》った空室のパネルを見比べている。ベッドか壁の装飾にこだわりがあるのかもしれない。じっと待った。

「……ここで……お願いします」

ぼくは508号室のボタンを押した。パネルの脇には紙幣をいれるスロットがある。ふたりでパネルの明かりを浴びて、しばらく立ち尽くした。ぼくは財布から一万円札を抜いて滑りこませる。

「料金はあとで清算してくださいね」

「……はい」

別なスロットからカードキーがでてきた。ぼくたちは禁猟区の管理人とはひと言もかわすこともないまま、鏡張りのエレベーターで五階にあがった。

8

５０８号室はパネルの写真よりは狭かったが、インテリアのセンスも清潔感も良好だった。やはり禁煙室はいい。最初に吸いこんだ空気が違う。ノンさんは黒ずくめの格好で背を伸ばしてベッドに腰かけている。身体の線のどこにもリラックスした曲線はなかった。試験の開始を待つ受験生のようだった。いや処刑を待つ死刑囚かもしれない。

「今日はノンさんはなにをしたいですか」

ひどく間があく。だが、ここはラブホテルの個室で人の目はなかった。ぼくはゆっくりと辛抱強く待つ。場所を変えて、ノンさんの足元にひざまずいた。激しい呼吸を何度か繰り返し、ノンさんはいう。自白する殺人犯のようだ。

「……男の人の……身体を……見たいです」

耳のきこえない咲良を相手にするようにおおきくゆっくりとうなずいた。

「それだけでいいんですか」

呼吸がさらに激しくなった。ぼくはノンさんの肩にそっと手をふれた。それだけで身体ががちがちに硬直する。肩の骨は小鳥のように薄く軽そうだ。

「だいじょうぶ、ここには誰もノンさんのことを変に思う人間はいません。ぼくは誰にも秘密は漏らしません。ノンさんはお客さまで、ぼくを自由にしてくれてかまわないんですよ」

ノンさんは落としていた視線を初めてあげた。金属音がしそうなほど、はっきりと目と目がつながる。

「……抱いて……ほしいです」

「わかりました。勇気をだしていってくれて、ありがとう」

ぼくはバスタブに湯をためるために、ノンさんの元から移動した。手が離れた瞬間、彼女の身体から力が抜けたのがわかった。彼女は男にふれられることを全身で拒否している。肉体的に受けつけないのかもしれない。

ぼくにいったいなにができるのか。困難な仕事になりそうだった。悲観におちいりそうな気分にストップをかける。先入観で決めつけてはいけない。どんな客にもフラットに。できうる限りのベストを尽くす。これはぼくが選んだ仕事だ。

お湯がたまると、笑顔でいった。

「男性の身体が見たいなら、いっしょにお風呂にはいりましょう。先にノンさんがいってください。準備ができたら声をかけて。そうしたら、ぼくがいきます」

「……はい」

ノンさんは立ちあがり、洗面所とのガラスのパーティションのむこうに消えた。ぼくはヘッドボードのパネルを操作し、有線放送をいれた。最近は洒落た蕎麦《そば》屋や焼鳥屋の定番BGMになっているアコースティックのジャズが流れだす。ゆったりとしたピアノトリオだ。ノンさんが脱衣のときに自分の身体からあがる音に神経質になってほしくなかった。バスルームのなかも調光器で可能な限り暗くしてある。

キース・ジャレットが『リトル・ガール・ブルー』を全曲弾きとおすと、浴室からノンさんの声がきこえた。

「いい……です……きて……ください」

ぼくはサマージャケットをクローゼットにかけ、洗面所で服を脱ぎ、裸で浴室のガラス扉を開けた。ノンさんを見る。そこで息をのんだ。すぐ頭に浮かんだのは「拒食症」という言葉だった。腕にはほとんど肉がついてなく、水道管のようにまっすぐに落ちている。肘の関節が管をつなぐL字型の金具のように丸く突きでている。ダイエットした球体関節人形のようだ。胸は薄く、乳房のふくらみはほとんどなかった。黒髪のした、目だけがおおきく光っている。ノンさんは半身浴をしながら、コーラ瓶のように中央がくびれたバスタブに座っていた。首を動かすことなく、ぼくの裸を視線だけで追う。

「すみません……よく……見せて……もらえますか」

ユニットバスではなく広い浴室だった。一面は鏡張りで、バスタブの正面には浴室用のテレビがついている。水栓はデザインのシンプルなドイツ製だ。

「わたしは……イラストを描いていて……ネットや写真だけでなく……男の人の身体……よく見ておきたいんです」

ひとまとまりの文章をノンさんが口にしたのは初めてだった。裸になってみるとよくわかったが、黒ずくめのときの雰囲気より十歳近く若く見えた。二十六、七歳だろうか。

「イラストの参考にしたいんですね。わかりました。ポーズをつけたほうがいいなら、教えてください。どんな格好でもしますよ」

ノンさんはかすかに目のしたを赤く染めた。

「……そのままで」

湯気の立ちこめる薄暗い浴室で、ぼくはなにも考えずに立っていた。ノンさんは男性の裸を素材として求めている。恥ずかしいことも誇らしいこともない、石から彫りだした像のようにそこにいればいいのだ。人からの視線を受けながら裸でいるのは、ひどく長い時間だった。

「あの……うしろを……むいてください」

ゆっくりと背中をむけた。バスタブからの視線が背中と尻をはいまわるのがわかった。ひとつの陰影も見逃さない必死さで、ノンさんはぼくの身体の裏側を見ている。ぼくは身体を適度に鍛えていた。筋肉が肥大化しすぎないように、負荷を軽めにしたスピード系の運動をしている。身体の切れは娼夫の仕事には欠かせなかった。

「きれい……ですね……リョウさん……お風呂にはいって」

ぼくがバスタブをまたぐと、ノンさんは背中をバスタブに精いっぱい押しつけた。ぼくも半分ほどぬるい湯のたまったバスタブのなかで、ノンさんにふれないように膝を抱えて座った。浴槽の中央のくびれの部分には見えない国境でもあるようだった。ぼくたちはおたがいの裸を見せあっているが、どこもふれあっていなかった。彼女の緊張がぬるま湯をとおして切ないほど伝わってくる。

「気もちいいですね。しばらくこのままでいましょう。話したいことがなければ、ずっと黙っていてもいいですよ」

ぼくが腕をバスタブの縁にかけようとあげると、ノンさんは恐怖でびくりと背中を揺らし水音を立てた。そこからはぼくもいっさいの身動きをやめた。草原のカモシカみたいだ。わずかな草のそよぎで、どこかに跳ねていってしまう。ぬるい湯でもながく浸《つ》かっていると、汗が浮かんできた。ぼくの胸にはぽつぽつと汗の粒がとまっている。

「汗……きれいですね……わたしのこと……きいてませんか」

薄氷のうえを渡るように慎重に返事の言葉を選んだ。

「たすけてあげてとしか、きいていないです」

ノンさんは薄い胸を上下させて笑った。

「うちの父は……なぐる人でした……働いていてもいなくても……なぐる人でした」

胸のまんなかを叩《たた》かれたみたいな衝撃だ。

「なぐるのは……小学校中学年まで……母でした……五年生のとき、わたしも……なぐられる人になりました……中学生になると……弟もなぐる人になりました」

「たいへんでしたね」

うっすらとノンさんは笑っている。なぐられていた子どもは自分とは別人だとでもいう超絶的な笑顔だ。

「どんな……理由でなぐられたのか……それがわからないのが……一番つらかった……法則性がなくて……注意のしようがないのがつらかった」

ぼくは水音ひとつ立てないように身体を固定していた。新宿のはずれのラブホテルの豪華なバスタブで身を潜めているのだ。見つかったら撃たれる森のなかの動物みたいに。

「男の人が嫌いですか」

ノンさんは首を横に振った。

「好き……でも、近づけない……それがつらい……男の人というだけで……誰にもさわれない……今までずっと」

笑顔を固定したまま、目にうっすらと涙がにじみだす。バスタブの暗い海を越えて抱き締めてあげたかったけれど、ノンさんはきっと跳んで逃げるだろう。

「わたしはちいさなころから、イラストを描くのが好きで……それがやっと売れるようになって……家をでて……家族に離縁状を送って……もう男の人も」

そこで涙がお湯に落ちた。ぼくはじっと待っている。

「……平気だと思って……誘われた男の人と……キスをしたりしてみました……もう平気、わたしはだいじょうぶ、そう思ったけど……でも、二分後には吐いていた……その夜たべたパスタも……サラダもミラノ風カツレツも……赤いワインも」

これ以上危険な方向に走らせてはいけない。ぼくは必死に話題を変えた。

「ノンさんはどんなイラストを描いているんですか」

すこし笑顔がもどってくる。

「理想の……男の人です……うちにいるみたいなケモノが……すべてじゃない……どこかに素敵な男の人が……きっといるはずだ……そう思ってずっと描いていたんです……それが最近売れるように……なって」

「どんなところでつかわれているんですか」

「……恋愛……シミュレーション……ゲームとか」

皮肉な顚末《てんまつ》だ。男に絶望したノンさんが描く理想の男性が、世の多くの女性たちから支持を集める。接触することも禁止された不可能な異性への夢がビジネスの元になっていく。

「きっとノンさんが描く男の人は、ものすごく色っぽいんでしょうね」

ノンさんは真剣な顔でうなずく。

「……はい、よくいわれます……わたし自身は男の人に……抱かれたことも……抱いたこともないですけど」

ぼくは最後の確認をしておくことにした。

「抱くというのは、文字どおり抱っこですよね。挿入とかではなくて」

耳まで赤くしてノンさんはいう。

「……そんな贅沢はいいません……ただ抱き締めてもらえたら……わたしにはもったいないくらい……こんな醜い身体」

女性の多くは勘違いをしているのだ。男たちは誰もがモデルのようにスレンダーな体型やＡＶ女優のように肉感的な肉体や、女優のようにうつくしい顔だちを求めているわけではない。ぜんぜん違う。求めているのは人間だ。

「醜い身体なんて、この世界にありませんよ。それは男だって女だって変わらない。ノンさん、抱っこしにいきましょう」

バスタオルで身体をふくノンさんを視界の隅で見ていた。太腿のすきまが広大でホテルの腰壁がよく見えた。腰骨は左右に浮きだして張っている。顔だちには野性的な美があるけれど、身体は親からはぐれて飢えた小動物のようだ。

それでもそこには厳然としたうつくしさがあった。横たわると一本の棒のようだが、ひと目で女性とわかる魅力がある。ジャコメッティの彫刻のように極限まで削《そ》ぎ落とされた女性性があらわになっているという印象だ。

「抱いてもいいですか」

目を閉じて、身体をまっすぐに伸ばしたノンさんにいった。

「……お願いします」

ぼくはそっと身体を重ねた。重みがすべてかからないように、肘で半分ほど体重を支える。ノンさんの背中に腕をまわしいれた。かちかちに緊張したまま、腕をいれさせてくれる。ノンさんはそのまま死体のように硬直していた。手足は冷たく、胸と腹にはぼくよりも熱い体温を感じる。

おかしい、胸が動いていない。ぼくはあわてていった。

「息をしないと死んじゃいますよ」

「あっ……はい……やってみます」

それからゆるやかに息を吸いだした。

「不快なところはありませんか」

「……だいじょうぶ……男の人の身体って……重くて……熱くて……硬いです」

「じゃあ、このままでしばらくいましょう」

「……はい」

そのあと、ぼくたちは三十分ほど姿勢を変えずに身体をあわせていた。ぼくの腕はしびれてしまったが、なんとか耐えきった。ノンさんはそのあいだ、両腕を自分の身体の横にぴたりとつけたまま、一度もぼくの身体を抱くことはなかった。


ノンさんとの関係は月を追うごとに深まっていった。

翌月の二回目には、ノンさんはぼくをモデルにデッサンを二十枚近く描き、つぎのゲームのキャラクターにするといった。このときは最後の五分間だけ、ぼくの身体に自分の腕をまわし、男性の身体を自分から抱くことができた。

さらに翌月になるといつも自分でしているといううつ伏せの形の自慰を見せてくれた。ぼくも代わりにキングベッドの一方の端で、ノンさんに射精を見せることになった。ノンさんは硬直したペニスからいきなり半固形の白い液体が飛ぶのに、ひどく感心していた。できるなら、何回でも見たいという。ぼくは二度三度と射精が可能なタイプではないのでといった。回数をたくさんこなす娼夫もいるから、今度紹介しましょうかというと、手首から先がちぎれるくらいの勢いで手を振って断った。

ノンさんとの初めてのセックスを完了するまでに、四カ月の時間と六回のデート、さらに三十代の公務員の夏のボーナスほどの費用がかかった。ノンさんはおおむねぼくの仕事に満足してくれたようだ。

最初の性行為のあとはしばらく裸でモデルになり、ノンさんを抱き締めるだけの仕事が続いた。セックスはなしだ。もちろんそれで文句はない。ノンさんの願いがぼくには至上の命令なのだ。

9

深まりゆく秋に、この七年間ずっと考え続けてきたことを、ぼくはまた考えていた。性とはなんだろう、セックスとはなんだろう。男と女の関係とは、どんなものなのだろう。それはいくら考えてもかんたんにこたえのでるような問題ではなかった。

日々、娼夫として実践を続けながら、それでもやはり性はわからない。女性についても体験した数が増えるほどわからなくなる。無数の欲望が波頭《はとう》のように浮かんでは消える彼女たちの海にただ溺れているだけなのかもしれない。この仕事を続けた先に、なにが待っているのだろう。手を伸ばせば届くところに、三十歳が見えてきて、ぼくには人にはいえないあせりが生まれていた。

そんなときに話し相手になるのは、咲良だった。アズマにはなんでも話せるけれど、会話が深まっていかない。もともと性に関しては異星人に近いのだ。シンヤも別な意味で、皮相《ひそう》な性の世界を生きていた。売上と顧客数がすべてのホストクラブの習性が抜けないのだ。ぼくがスカウトしたＦＴＭの売れっ子アユムは、ぼくには上司と部下の一線を決して崩さなかった。

そうなると、咲良が格好の相手だった。クラブのこと、売上のこと、新しい男の子のこと、数名いる要注意の客のこと、なんでも話せるうえに、自分でも手を焼いている、性をめぐるときに哲学的な省察《せいさつ》にもつきあってくれるのだ。

咲良はぼくにとって数学者の黒板のようなものだったのかもしれない。結果もわからないまま性の数式を書き散らし、ときにある種の証明にたどりついたり、さらに深い疑問に落とされたりする。咲良はいつでもぼくの話には注意深く耳をかたむけ、鋭い指摘や辛抱強い応援を欠かさなかった。

その咲良と仕事でなく初めて身体を重ねたのは、秋も深まる十月のなかば、雨が降る真夜中のことだった。

ぼくの仕事をする相手の女性すべてが、記憶に残るというわけではなかった。いい意味で記憶に残る人が一割から二割、悪い意味でメモラブルな人が同じく一割から二割。残り六割ほどの女性客は、顔も身体もセックスも思いだせないくらい、ごく普通の平均的で印象に残らない相手だった。

ぼくにとって、その普通のセックスがきちんと評価され、馴染《なじ》みの固定客になってくれるなら、それで十分なのだ。セリナさんやノンさんのように毎回安全ネットのない綱渡りのような仕事では神経が磨《す》り減ってしまう。

その夜、ぼくは娼夫の平均的な仕事をして、律儀に一回の射精をすませ、恵比寿と代官山の中間にあるイタリアンで、咲良と夕食をとっていた。すこし値は張るが、学生や若い会社員のいない静かな店だ。照明は薄暗く、白木の床から伸びる漆喰《しっくい》壁は煮詰めたクリームのようなオフホワイトだった。

体重管理は客前で裸になるこの仕事にはつねについてまわる課題だった。トウガラシとニンニクだけのペペロンチーノよりも、ベーコンと生クリームとチーズがたっぷりのカルボナーラのほうが身体への吸収が控えめで、太りにくいときいて、ぼくは後者のパスタとサラダを注文していた。それにお決まりのグラス・シャンパンだ。席は二階の窓際で、見おろすとあまり歩行者のいない淋しい駒沢通りが見えた。

咲良の指とてのひらがなめらかに動いた。くるくると回転するように花開く3Dホログラムのチューリップみたいだ。

「どうして、リョウくんはそんなにあれこれ考えこむの」

そんなことを質問されても、自分のことはわからなかった。ぼくたちは自分の姿だけが見えないメガネをかけて一生をいきる。咲良の指先は透明な毛糸で透明なマフラーでも編んでいるかのように動き続ける。

「ほかの男の子たちは、娼夫の仕事をそんなふうに突き詰めて考えないよ。そこそこにこなして、あとはお金になればそれでいいって」

確かに咲良のいうとおりだった。

「だけど、それだと進歩がない」

咲良がにっときれいにそろった前歯を見せて笑った。指が速い。

「娼夫も進歩するんだ!」

ぼくもつい笑ってしまった。先ほどの業務上の射精でペニスの先にはむずがゆいような熱が残っているし、腰にはかすかな筋肉痛がある。その仕事でいくら稼いだのか、ぼくはしらなかった。料金は咲良が後日請求することになっている。肉体的精神的な接触をふくんだある種のカウンセリング代金として。ル・クラブ・パッションは領収書を発行するボーイズクラブだ。

「だけど、どんなことでもすこしずつ磨いて向上させていかないと、だんだんとダメになるよね。停滞はいつしか悪《あ》しき惰性を生み、ゆるやかな衰退につながっていく。進歩なんて言葉はおおげさだけど、この仕事を続けていくには、馬鹿みたいに何度も考え詰めることが必要なんだと思う」

咲良がまた笑った。今度の笑みはあたたかな賛意をふくんでいる。言葉を発することができない咲良は、顔だけでなく全身の感情表現が豊かだ。

「それ、いいことだと思うよ。ただリョウくんがなにかをするときの癖っていうだけかもしれないけど」

辛気くさくなにかを考え詰める癖。ぼくとしては今日のまえで展開している事態を、ばらばらのパーツに分解し、ひとつひとつ検討を加え、磨きあげて再度組み立てている感覚なのだが、咲良のいうようにただの暗い癖なのかもしれない。

「すくなくとも、リョウくんがいたからうちのクラブは、ここまで成功することができた。それは確かなことだと思う。みんなの代わりにたくさんむずかしいことを考えてくれてありがとう」

　咲良がシャンパンをかかげて、ぼくに二度目の乾杯を求めてきた。ぼくもフルートグラスをあげてこたえる。

「でもさ、ときどき不思議に思うんだ。今の仕事は経済的にも、ある種の人助けとしても、すごく役に立っているという手ごたえはあるよ。それでもこの先、ぼくは一生この仕事を続けていくのかなって」

　生涯一娼夫。ぼくはセックスと心の読み解きに職人芸のようなテクニックをもつ中年の娼夫を想像してみた。さらに二十年ほどタイムマシンを操作して、初老の娼夫に焦点をあわせる。そのとき、ぼくを求めてくれる客はいるのだろうか。なんだか背筋が寒くなった。ぼくはどんな老人になるのだろう。

　咲良が心配そうな顔で見ている。白いクロスのうえに、銀に曇ったフォークをおいた。指先が迷っているようだ。

「娼夫の仕事、辞めたくなっちゃうのかな」

　ぼくは咲良を安心させるため意識的に笑顔をつくった。

「だいじょうぶ。そんなこと考えてないし、辞めたいといっても今すぐというわけじゃない。でもさ、ぼくも年をとる。息がくさくなって、白髪だらけになって、肌がたるんで、加齢臭がするようになっても、この仕事を続けられるのかな」

成熟と老いは誰も避けてとおることのできない問題だ。今はまだ見えなくとも、ある日、角を曲がればいきなり出会うことだろう。多くの学生と同じように二十歳のころは、三十歳をひどく大人で老けたおじさんだと考えていた。自分がその年齢に近づいてみると、驚くほどの未成熟しか鏡のなかには見えなかった。

ベッドと会話のよき技巧しか身についていない未熟な男。それだけで大人になるのは誰だって不安だろう。裸で成人式に出席するようなものだ。咲良の指が踊る。

「白髪頭になっても、リョウくんは素敵だと思うけど」

ぼくは咲良のやさしさがうれしかった。

「加齢臭がしても？」

咲良も笑っている。穏やかで、くつろいだ笑いだ。咲良はこんな表情は家族のなかでしか見せなかった。御堂静香が亡くなって以来、クラブが咲良のファミリーだ。ここではぼくが辛気くさく心配性の家長ということになる。

「耳のうしろと背中をよく洗うといいみたいだよ。リョウくんの加齢臭なら、ちょっとかいでみたいかも」

「そういってくれるのは咲良くらいだよ」

「そんなことない。リョウくんのお客さまのほとんどは、そう思っているよ。確かにベッドのほうもすごくいいかもしれない。でも、こんなふうに長く贔屓《ひいき》してくれるのは、お客さまの多くがリョウくんといっしょに成長したいと思ってるからじゃないかな」

咲良の丸い手が雄弁に語った。咲良はぼくの二歳年下だ。高校生のころから、母親が経営するボーイズクラブの仕事を手伝っている。心のまっすぐな女性だった。

「ありがとう」

礼儀ただしく返事をした。ぼくは冷めて固まったカルボナーラの皿を押して、テーブルで手を組んだ。食欲はもうなかった。仕事で性欲も解消されていた。人間は食欲と性欲がなくなると、とたんに真剣になにかを考えるようになる。日本の男たちには、こういう時間が足りないのかもしれない。すべての欲求が満たされたうえで考える今日と明日のこと。そんなときには驚くほど遠くの景色がすっきりと見えたりするものだ。

多くの日本人にはセックスという必須ヴィタミンが足りないのだ。配偶者とのセックスを拒絶する人の多くは気づかない。セックスレスが夫婦に残酷なラブレスやハートレスを生んでいることを。咲良の手がぽつりといった。

「しってるよ。下北沢のバーを買ったのも、ただマネーロンダリングのためだけじゃなく、昼の世界に足場をつくるためでもあったんでしょう」

うなずいた。ぼくは七年以上にわたる娼夫の生活で、とうに気づいていた。夜の世界だけで人は生きていけないのだ。裏返せば、昼の生活だけでも人はすこやかに生きていくことはできなかった。精神が眠りと闇を欲するように、肉体も夜と快楽を求めている。人の世のことわりから完全に解放された性の時間を定期的にもたずに、人が自由に生きられるとぼくは思わない。欲望を殺す者は欲望に復讐《ふくしゆう》されるだろう。

「そうだよ。今のクラブの経営状態なら、もうひとつ物件を購入してもいいと思う。理想はどちらの世界でもきちんとした評判を確立して、利益をあげ続けることだ」

今度は皮肉そうに笑った。

「リョウくん、青年実業家みたいだね」

ぼくは新しいシャンパンをひと口のんだ。妙に苦くて、木の実の味のする酒だった。

「ぼくたちは会社員じゃない。年をとっても年金はないし、組織も守ってくれない。ちいさな仕事を続けて生きていくには、いつだって先のことを考えないといけないんだ。自分でも心配性で馬鹿みたいだと思うけど、咲良やアズマの将来のことを考えるとね」

肩をすくめた先で、咲良の指が動く。

「今年の秋冬のモードがアズマくんは久しぶりにお気にいりらしいよ。もう二百万円分くらい服を買ったみたい。それでもアズマくんの将来が心配なの？」

ぼくは笑った。

「それじゃあ、ますます心配だ」

咲良も笑った。

「確かに」

「でも、冗談ではなく未来はいつかやってくる。それはそれは今みたいに豊かでも華やかでもない未来がね」

ぼくの表情が暗すぎたのかもしれない。咲良がテーブルで手を伸ばし、ぼくの手に重ねてきた。やさしくぽんぽんとたたいてから、手話にもどる。

「みんなはもっと将来を考えたほうがいいし、リョウくんはもっとリラックスして今をたのしんだほうがいいと、わたしは思うな」

それから口のきける人間がなにかを伝えるのをためらうのと同じように、手の動きが停止した。思い切ったようにまた動き始めるまで、ゆっくりと息を吐くくらいの間が空いた。

「リョウくんは最近、仕事以外でセックスはしているの」

信じてもらえるだろうか、男娼は仕事で週に五、六回のセックスをしている。一日で複数回が可能な者は（そういうタイプもけっこういる）、ざっとその三倍は回数をこなしているだろう。けれど、仕事でするセックスとプライベートのセックスは違うのだ。

ぼくは以前、アメリカでブルーフィルムに主演するポルノ女優の手記を読んだことがあるけれど、彼女は夫のポルノ男優と昼の撮影現場では六対六の乱交シーンでからんでも、夜自宅に帰ると、くつろぎと愛情確認のためにセックスをするという。こんなエピソードを素晴らしいと思うのは、ぼくだけかもしれないけれど。

「うーん、もう半年くらい仕事でしかしてないかもしれない」

咲良は心配そうにぼくを見た。

「それはよくないんじゃない？」

手がとまり、またいいよどむ。

「もし……もし、だよ。相手へのサービスとか、お客さまの満足なんてことを、いっさい考えずに、わがままなセックスをしたくなったら、わたしに声をかけて」

ぼくはなにもいえなくなってしまった。すでに咲良と寝ているとはいえ、女性として思い切った提案だった。グラスのなかを銀の破線となって上昇していくシャンパンの泡をしばらく見つめていた。ぼくの笑みに咲良ほどの伝達力はあるだろうかと疑問に思いながら笑顔をつくる。

「ありがとう、咲良。つぎに猛烈にわがままなセックスをしたくなったら連絡するよ」

咲良がほっと安心したように笑う。

「リョウくんは絶対そんなふうにしないくせに。ほかの男みたいに、部屋にはいったら、すぐ裸になれとかいってもいいんだからね」

「みんな、そんなことしてるんだ。勉強になるな」

ぼくたちは笑って、シャンパンのお代わりを注文した。

10

「咲良のほうは最近、プライベートはどうなの」

窓の外では十月の雨が音もなく降り続いている。秋の雨は人の心の裏側までまわりこんで、しっとりと湿らせていくようだ。咲良はさばさばと、指をつかった。

「わたしの場合は、特殊だから。言葉の問題もあるし、この仕事のこともあるし。普通の若い女の子みたいにかんたんに人を好きにはなれないし、つきあったりもできないよ」

「ふーん、じゃあ、今は相手がいないんだ。どれくらい？」

すこしいじわるそうな顔で笑った。

「わたしも半年くらいということにしておくよ」

咲良はクラブでは裏方で、身体をつかう仕事をしていない。ぼくは口を滑らせた。

「それはちょっと淋しいね」

ふたつの手が猛然と動きだした。手話にも早口が当然あるのだ。

「待って。わたしは自分が淋しいからリョウくんに、あんなことといったわけじゃないよ。リョウくんには休息とやすらぎが必要だと思ったからだよ。わたし、昔リョウくんがいったこと覚えてるもん」

ぼくは覚えていなかった。

「なにをいったのかな」

「セックスでできた疲れは、セックスでしか癒《いや》せない。セックスの失敗も、セックスでしかとりもどせないって」

自分でも驚いてしまった。シャンパンをひと口のんで、のどを湿らせる。

「ぼくはそんなことといったんだ」

実際にそうなのではないだろうか。セックスで傷ついた経験は、やはり別な形のセックスでしか回復されない。疲労や、失敗も、また同じだろう。人間にとってセックスというのはほかのいかなる行為でも代替できない、唯一無二の経験なのだ。もっとも現代の人間は自分がなにによって傷つき、苦しんでいるのかさえわからないくらい倒錯してしまっているから、そんなカンタンな真実にも気づかないのかもしれない。

「いってたよ。アズマくんはセックスの快楽もセックスでしか上塗りできないっていってたけど。だから身体中に傷が増えていくんだって」

神経の配線ミスによって苦痛がダイレクトに快感になるアズマのことを考えた。つねに最強の快楽を求めて、明日死んでもいいように風を切って生きている。

「あんなふうになれたら理想的だけどね。ぼくは普通の男だから」

そういうと咲良は高速道路を走ってわたる直前のようにぶんぶんと首を横に振った。

「それが、わたしにはよくわからないよ。リョウくんはぜんぜん普通じゃない。宇宙人が地球にやってきて、地球の女の人を研究してるみたい。なにをすればよろこぶか、どうすれば感じるか、最後にどんな言葉を贈ると満足して帰っていくか。できすぎなんだよ、リョウくん」

そんなことをいわれても困ってしまう。宇宙人といわれても、ぼくは自分にできるベストを続けるだけだ。けれど、咲良が感じとるぼくとの距離感が淋しい気もした。

「その宇宙人は地球を侵略しようとしてるのかな」

咲良が肩をすくめた。

「なんだろうね、地球にも、人間の女性にも、侵略するほどの価値はないって雰囲気かな」

ぼくは笑ってしまった。

「そうなんだ」

「そうだよ。わたしがいいたいのは、リョウくんはもっと自由になって、自分だけの快楽を探してもいいってこと。地球の女なんて勝手につかえばいいんだよ」

「それでよろこぶ人もいる」

咲良は一瞬考える顔になった。眉をひそめ、顔がけわしくなる。

「そうだけど、相手がよろこぶかどうかなんて関係ない。わたしは自分勝手に突っ走るリョウくんが見てみたいよ」

ぼくは二十代のほとんどをクラブ経営に捧げ、自分でも男娼としてクラブを引っ張ってきた。ビジネス的には上々の成績を収めている。けれど、その過程でなにか大切なものを失っているのではないか。若さや希望や、ぼく個人のプライベートライフといった、ほかの若者ならなによりも大切にするものを。咲良の言葉はぼくの胸にしたたかに響いた。

（試してみようか）

心の深いどこかから、声がきこえる。

御堂静香にスカウトされ、初めてクラブの仕事に就いた採用試験のとき。いくつもの仕事をこなし、静香さんにぼくのセックスがどれだけ成長したか見てもらったとき、ＨＩＶを告白されたとき。考えてみると、ぼくは人生の大事な局面で、咲良と寝ているのだ。

それはその後のぼく自身を変えるきっかけにもなった。

この七年以上クラブの仕事を続けてきて、そろそろ変化のときを迎えているのではないだろうか。ぼくは咲良の目をしっかりととらえていった。

「もしもだよ、今日、今からってお願いしても、だいじょうぶかな」

咲良はぱっと顔を輝かせて、盗塁のサインでもだすように素早く指先をつかった。
［遠慮はいらないよ。わたしのこと好きなようにつかっていいからね］
イタリアンレストランのテーブルのむかいに座る旧知の女性と、いきなりすぐにセックスをすることになる。こういう瞬間のために人は生きているのかもしれない。

11

ぼくが借りているマンションは恵比寿西にあった。そのレストランからは代官山のオフィスも、ぼくの部屋も等距離だ。歩いて五分とはかからない。どちらにいくかという話になって、咲良の希望で代官山になった。

ル・クラブ・パッションが麴町《こうじまち》にあったとき、事務所の奥にある居住部分で静香さんと咲良は暮らしていた。今は代官山のペントハウスにあるスタジオの奥で、咲良はひとりで暮らしている。

誰もいないオフィスに深夜足を踏みいれるのは奇妙な感覚だった。写真家が使用していたスタジオなので、ななめに天窓が切ってある。昼なら自然光がやわらかく注ぐガラス窓は、秋の雨でまだらに濁っていた。

メインの照明はつけなかった。オフィスは三十畳近くあり、白い床に白い壁、ソファセットもデスクも白だ。部屋の隅には白い大型のスタンドライトが二台おいてある。咲良はそのスタンドの光をしぼって、ぼんやりと隅を照らした。白い紙風船のなかにでも閉じこめられた感覚だ。

咲良の手がためらうように動いた。

[シャワーしてもいい?]

首を横に振った。多くの男性と同じで、ぼくは女性の汗のにおいが嫌いではない。というより積極的に好きだった。女性のほとんどはシャワーを浴びていない男性を不潔だといって嫌うが、不潔さのなかに微妙な味わいがあると思うのは、ぼくだけだろうか。

白いソファのうえで、咲良の肩に手を伸ばした。咲良の肩はうっすらと脂肪がのって、指が沈みそうだ。十代のころの彼女の肩の記憶と重ねあわせてみる。昔よりもやわらかく、豊かになっている。太ったのではなく、豊かになったのだ。これは多くの女性が勘違いするポイントだった。

咲良の目を見ていった。

「キスしよう」

咲良の目が暗い部屋のなかでみずみずしく濡れている。人間はこんなにちいさな窓をとおして、世界を見ているのだ。

キスはゆっくりとした。唇をふれあわせ、ついばんだり、弾力をたのしんだり、ふくよかな輪郭を探ってみたり。ここはうちの事務所でホテルではないので、急ぐ理由などひとつもない。咲良が舌をだして、ぼくの唇を割ってきた。舌同士をからませる深いキスになる。このときのちょっとしたコツは、舌の筋肉の脱力だった。舌はできるだけやわらかな状態でつかう。それはぼくの技術のひとつだ。

ただし、そのときはなにも考えずに、咲良のすこし厚めの舌を味わっていた。シャンパンとトマトの酸味がすこし残っている気がする。そのまま何分のあいだ、だらだらとキスを続けただろうか。咲良の身体が熱く、際限なくやわらかくなった。関節のつながりさえゆるんで、骨と内臓をいれたぐにゃぐにゃとした袋のような抱き心地になる。

急ぐことはない。ゆっくりと、ゆっくりと。天窓にあたる静かな雨音が、そうさせたのかもしれない。ぼくの指先の動きは、咲良がなにかをささやくときのように遅くなった。服のうえから豊かな胸を探る。咲良のいうとおり感じてもらうためでなく、自分のてのひらの心地いい感触をたのしむために。乳房の感触はほかのなににも似ていないと、ぼんやりと思う。

服はそれぞれ自分で脱ぎ、となりのソファにかけておく。咲良は朱に近いオレンジ色のランジェリーをつけていた。すこし日焼けした肌によく似あっていた。

「その下着いいね」

仕事では下着を必ずほめることにしていた。みな気合のはいったお気にいりをつけてくるからだ。咲良は笑った。

「気をつかわなくていいよ。男の人って、ほとんど下着なんて見ないものね」

それはそうだ。関心があるのは包装紙ではなく、中身のプレゼントである。咲良は手を伸ばし、ボクサーショーツのまえに沿わせた。硬度は六十パーセントくらい。にっと盗むように笑って、手話をつかった。

「お昼もやってるのに、お客さん若いね」

ぼくも咲良のオレンジのショーツのうえから、女性器の形をなぞった。中心部にはふれないように、遠くから楕円《だえん》を描いていく。

「咲良だって、もう濡れてる」

そのときはなぜか急ぐ気になれなかった。ショーツを脱がずに、おたがい一枚の布越しにさわりながらおしゃべりした。ソファでスプーンを重ねるように横たわり、雨音のなかもっともプライベートなところをさすりあう。

「なんだかくつろいじゃうね」

ぼくの指が間違えてクリトリスをこすり、咲良が短い声をあげた。

「もう、いきなりはダメ。ほんとにのんびりしちゃう。なんだかぬるい温泉にでもつかってるみたい」

ぼくは目を閉じて、咲良のやわらかな乳房や女性器の丘の感触をたのしんでいた。感じさせようという愛撫《あいぶ》ではなかった。休日の朝の散歩のように、なんの目的地もない。プロとしての仕事とはまったく異なる種類のセックスだった。

「気もちいいなあ。このまま寝てもいいくらいだ」

咲良はぼくの半分硬くなったペニスから手を離していった。

「リョウくんがそれでいいなら、わたしもいいよ」

途中でリタイアできるセックスというアイディアが、ぼくには新鮮だった。きちんと果たすべき勤め、報酬を代価として得る仕事という側面があたりまえで、気がむけばしなくともいいという贅沢は許されないのだ。

「そうかあ、みんな、こんなふうにしてるんだ」

咲良は上半身を起こして、手話をつかった。

「もうおしまいにして寝るなら、わたしの部屋のベッドにいこうよ」

「いいや、このまま続けよう」

ぼくは心身ともにリラックスするためのセックスを、久しぶりに思いだしていた。薄明かりのなか咲良の顔が輝いた。

「よかった。わたしはけっこうやる気だったから。もうほしいよ」

薄いショーツのクロッチを透かして、咲良の水がにじみだしていた。まだ性器には直接さわっていない。仕事なら何度か相手にエクスタシーを与え、十二分に濡らしてから挿入する。今夜はそこまでしなくともいいだろう。

「咲良がいいなら、ぼくもいいよ」

咲良がぼくの頬を両手ではさみ、唇に音を立ててキスした。ためらうように手をつかう。

「お願いがひとつある……」

なんだろう。ぼくは片方のひじで身体を支え、上体を起こした。

咲良は恥ずかしそうだが、真剣な表情だ。

「わたしもリョウくんも定期的に血液検査をしていて、病気の心配はないよね。今夜は仕事じゃなくて、その……好きでやりたくてやってるんだから、なにもつけずにしてほしいの」

ぼくにはリラックスのためのセックスでも、咲良には待ち望んでいたものだと、そのとき気づいた。

「……わかった。そうするよ」

挿入してひと息いれるときに、コンドームをつければいいだろう。カウパー腺液にも精子が漏出することが、少数だがあるというけれど、妊娠の可能性はごく低いときく。

咲良は嬉々《きき》として、プールに飛びこむ子どものようにオレンジ色のきわどいショーツを脱いでいる。ぼくもうれしくなって下着を脱いだ。ぼくのほうも裏地にペニスの先から糸を引いていた。セックスのにおいがする。

白い革のソファの座面で、咲良が足と手を開いていた。ぼくを歓迎してくれる。挿入に抵抗感はなかった。進水式で水面に滑りだす船の舳先《へさき》のようだ。軽々と水を切ってすすみ、透明な水面のうえで気軽な様子で浮かんでいる。女性とつながるのは、これほど自然な行為なのだと、ぼくはあらためて思いだしていた。

咲良が声をあげている。最初に押し開かれるときが、一番いいのだと以前きいたことがあった。相手がよろこんでくれるのは、仕事でもプライベートでも別なくうれしいものだった。熱い興奮も、鋭い叫びも、激しい前後運動もない静かなセックスだった。ぼくは十分に満足していた。そのときぼくが感じていたことを、ひと言でいうならこんな感じだ。

(家族とセックスするというのは、こんな感じなのかな)

ぼくはそれまで、これほどくつろいだ状態でする性行為の機会をもったことがなかった。

顔を離して、咲良にいう。

「すごくいいよ。ねえ、咲良、なるべくいかないようにがまんしてみて」

咲良はあわてて裸の胸のうえで手をつかった。

「がんばってみるけど、むずかしいよ。もういきそうだもん」

ぼくはペニスの全長を咲良に収めたまま、短くゆっくりと動いていた。先端があたっているのは、たぶん咲良の子宮口だろう。ゆっくりとぬるい湯のなかで手足を伸ばすように、ペニスを前後させた。咲良の声が低くなったり高くなったりした。

手話にも言葉にもならないうめき声が、咲良の口から漏れている。ぼくの身体を抱き締める腕の力と性器の収縮で、咲良がエクスタシーを迎えたのがわかった。しばらく抱きあってから、顔をあげる。手の先が二度同じ動きをした。
［すごい……すごい］
続いて踊りながら、すこし長い文章になる。
［いくのがまんするのが癖になりそう］
ぼくは咲良の額にキスをしてペニスを抜き、コンドームをつけた。もういついってもかまわないのだ。自由に射精することができる普通のセックスは素晴らしかった。もう一度咲良とつながり、体位を変えることなく、さらに何度もいかせようともせずに、ぼくは咲良のなかで射精した。鋭いというより、おだやかな快楽だった。弱い毒でも吐きだしたようだ。頭がすっきりとして、健康的で、迷う気もちがなくなっている。セックスには確かに心を整える力があるのだ。
ぼくたちはソファでしばらく抱きあってから、裸のまま奥の咲良の部屋に移動した。雨の音が全身を包んで気もちよかった。朝まで裸でひとつの夢も見ずに眠った。
人は幸福なら夢など見ないものだ。

12

以前ぼくは、豊かで解放された性の時間をもたずに人間は自由に生きることはできないといった。けれど、あらゆることに例外はある。ことに性のような謎の塊のような深淵《しんえん》では、どんな逆説でも真実になりうるのだ。

そのことを教えてくれたひとりの女性についてつぎは語っておこう。

名前はA。

それは彼女の名前の頭文字ではない。アセクシュアル＝無性愛者の頭文字のAだ。

ぼくは女性相手の仕事をしているので、数々の女性と出会い、セックスをしてきた。ボーイズクラブで男を買う女性など、魅力的な人のはずがない。そう単純に決めつける男は多いけれど、実際には決してそんな事実はなかった。逆に容姿や知性という点で標準以上の魅力あふれる人がほとんどだった。

彼女はそのぼくが出会ったすくなくはない女性のなかで、もっとも美しい人だった。女性の美しさというのは、なにかと争点が複雑なものである。ある人には美人でも、別な人には美しくない場合はめずらしくない。人の好みは多彩で雑多で、ときに風変わりだ。

もちろんこの雑食性には生物学的な根拠があり、ヒトは種としてできる限り幅広い遺伝子の表現型を残そうとしているのだ。男たちがどのアイドルに欲情するかばらばらなのは、進化の神の指令である。同じような遺伝子をもつ者ばかりでは、たったひとつの感染症で全滅してしまうかもしれない。そこで男たちはみな、それぞれ別なタイプの美しさを選ぶ。かくしてこの国には何万というガールズグループやグラビアやAVのアイドルが存在する。八百万《やおよろず》の神がいる国では、女性の美も八百万とおり存在するのだ。

その前提を踏まえたうえで、やはり彼女がぼくのもっとも美しい客だったのは、確かなことだ。彼女の名前はAでもいいけれど、匿名報道の犯罪者ではないので、仮にミズホさんとしておこう。最初に会ったのは渋谷にあるホテルのラウンジだった。季節は冬の入口で、十一月の終わりに突然やってくる真冬を先どりしたかのように冷えこんだ日だった。空はよく晴れているが、日ざしさえ凍えそうだ。

ぼくはいつものように約束の時間すこしまえに、約束の場所に到着していた。巨大なガラス窓のむこうに枯山水が広がる都心のホテルのラウンジのソファ席である。最近はカジュアルウエアが流行りで、どこでも砕けた格好で通用してしまうけれど、ある程度経験を積んだ女性相手ではきちんとジャケットとタイを着用するほうが評判がいい。ぼくはその日、カラシ色のニットタイをしていたのを覚えている。シャツはダンガリーで、ジャケットは大柄のグレンチェック。きちんとしているけれど、カジュアルなところがあるという万人に受けるファッションだ。

ソファで背を伸ばして座っているのは、クッションがやわらかすぎて身体が沈み、横柄《おうへい》な雰囲気になるのを避けるためだった。客相手のボーイズクラブでは第一印象が大切だ。女性の直感はそうそう上書きも変更もできない。

最初に気づいたのは、ほのかな明るさだった。ホテルのロビーはどこでも照明を落としている。ショッピングセンターやパチンコの店先とは違うのだ。目の隅がぼんやりと明るく光っているような気がした。

続いて目にはいったのはウエイターの青年の興奮した頰の色だった。社員教育がしっかりしているホテルなので、はしゃいだり舞いあがったりする様子はなかった。ただ先客の待つソファに静かに先導しているだけのはずだ。だが、彼の頬だけは内心のよろこびを隠していなかった。頬が上気しているのだ。初めてデートする十五歳の少年のように。

ウエイターの後方の薄暗いロビーに、照明弾のように美しさの尾を引きながら女性が歩いていた。周囲の席に座る客も、いっせいに彼女のほうを見つめている。男も女もなかった。彼女の美しさは圧倒的で、群衆にむかって自動小銃を乱射するのと威力は変わらなかった。誰もが会話をやめ、コーヒーカップを運ぶ手をとめ、なかには息をのんで彼女を見つめている人もいる。

ぼくは職業的な自制心を発揮して、会釈だけで待ち人であることを示した。おもしろいのは彼女の表情だった。最高級のテフロン加工を施したように、周囲から送られる熱のこもった視線をすべて撥《は》ね返してしまう。傷ひとつつかないし、焦げ跡が残ったりもしない。そんなことは慣れているし、自分にはまったく影響しないのだという雰囲気である。

こんなふうにいうと、ひどく冷たい氷の女王タイプの美女を想像するかもしれない。しかし彼女の美しさのオーラは、クールな氷河の青ではなく、あたためたミルクのような人肌感のある乳白色だった。

「座ってもいいかな、あなたがリョウくんね」

ぼくはうなずいて、どうぞといった。のどが渇いていたけれど無視する。年齢は三十代の初め。襟の形がおもしろい白いシャツに肌の色にあうラベンダー色のVネックのセーター、灰色のコートを着ていた。どれも高価なものだ。

「ミズホさんですね。クラブ・パッションのリョウです。よろしくお願いします」

小首をかしげて、ミズホさんがいった。

「山内《やまうち》さんにきいていたとおり。リョウくんがあまり男おとこしていなくてよかった」

緊張した面もちでウエイターがやってきた。

「ここ暑いね。わたしはアイス・ラテお願いします」

注文をとるのがうれしそうなウエイターを見るのが、ぼくは好きだ。誰でも自分の仕事をたのしんでいる姿はいいものだ。若いウエイターは弾むような足どりで離れていく。

「京都からいらしたんですよね。関西弁の感じがありませんね」

ミズホさんの長い髪はゆるやかなカールがかかっていた。この人の美しさは、どういう種類のものだろうか。ぼくはそんなことを考えていた。

「ええ、わたしは東京生まれの東京育ちなの。結婚して、今は京都に住んでいるけど」

おもしろいものだ。ひどく美しい人の場合、誰かと結婚しているときいただけで、雨がふりだす直前の曇り空を見あげる気分になる。ミズホさんはあっといって、丸い舌の先をのぞかせた。

「忘れてた。正確には離婚したあとも、京都に残っているというのが正解かな」

分厚い雲が割れて、日がさした。つきあうわけでも、友人になるわけでもない女性だ。美しさはよく切れる刃物のように危険である。

「彼は惜しいことしましたね」

ミズホさんは微笑んだ。ぼくは彼女の美しさの質にようやく気がついていた。こんな設問がある。誰もいない森の奥深く、一本の木が湖にむかって倒れる。そのとき音はするのか。この正解は、「音はしない」だ。音は人間の可聴帯域の空気の振動である。そこに誰もきく者がいなければ、音はない。ミズホさんの美しさは、森の奥深く湖にむかって倒れる一本の大人の木のような美しさだった。男たちのためではない独立した美しさである。

「彼は離婚できて、ほっとしていると思うな」

謎めいた微笑みで、ミズホさんはいう。ボーイズクラブにくるくらいだからレズビアンではないだろう。

「奥さんがこんなにきれいなのにですか」

きゅっと顔の表情が引き締まった。美しさのせいで何度も嫌な目に遭っている女性特有の反応だった。

「わたしの顔は自分で選んだわけではないし、わたしがセックスを好まないのも、わたしのせいではない。ただそういうふうに生まれただけなの」

セックスを好まない？　これからぼくとベッドをともにしようという客がそういった。なにか大切なことを、この人はいおうとしている。ぼくは落ち着いた笑みを浮かべた。まだ今のところ、とり乱す理由はない。

「でも、結婚した？」

ミズホさんの表情は豊かで、眉をひそめて目を細めると、ペットの子犬が今死んだと伝えられた天才子役のような悲しみがにじんだ。誰もが気の毒にとハンカチを用意する場面だ。

「彼はとても性格のいい人で、とても裕福だった。わたしのことを愛し、大切にしてもくれた。結婚したら、すこしは幸せになれるのかな。そう思って、わたしは結婚した。でも、彼をひどく傷つけるだけで終わった。わたしには性的な欲望がないの」

ぼくは驚いていった。

「まったく？　一ミリもですか」

この仕事を始めたばかりのころを思いだした。女性の欲望の多彩さと広がりに目もくらむような衝撃を覚えたものだ。控えめにいって女性の欲望は無限のカラーバリエーションをそなえたパレットだった。ひとりとして同じ色はなく、誰もがオリジナルなのだ。ぼくはこの仕事をしていて、男性に欲望をまったくもたない女性には会ったことがなかった。

ミズホさんは明るく笑っている。肩越しに黄金色に稲穂を揺らす水田の景色が見えたような気がした。健康的で、底抜けに明るい笑顔。だから、彼女の仮名はミズホだ。

「ええ、一ミリも。男の人といっしょに話をしたり、食事をしたりするのはたのしい。女友達とはまた違う種類のたのしさがある。でも、わたしは男の人にときめいたり、抱かれたいと思うことはなかった。わたしのお友達みたいにね」

ミズホさんの目は深い穴のようだった。美しいけれど、空虚な穴。ぼくたちの目に表情があるのは、秘めた欲望のせいなのかもしれない。

「セックスもいらないんですか」

無関心にうなずいてミズホさんはいう。

「ラグビーとかボクシングと同じかな。そういうものがあるのは、わかる。ファンがいるのもしっている。でも、わたしの目にはいらないところで、お好きなようにどうぞという感じかな。わたしとは無関係なの」

今回の仕事はひどく困難になりそうだ。ぼくはそう思うかたわらで、好奇心が湧いてきた。女性としての欲望を欠片《かけら》ももたない、しかもこれほど美しい人というのは、黒い白鳥なみに貴重な存在だ。

「でも結婚しているときには、パートナーとのあいだに性行為はありましたよね」

「ええ、彼はすごくがんばってくれた。あれこれと場所を替えたり、いろいろな薬や道具を試してみたりね。ローションをつかって、なんとか挿入はできたけど、わたしにはまったくいいものではなかった」

秋の終わりの風が吹いたようだった。ぼくはミズホさんの夫のことを考えてみた。これほど美しい人を妻にできれば、人からうらやましがられるだけでなく本人も有頂天だったことだろう。だが新妻はまったく欲望をもたず、セックスの際はローションを塗られたロボットのようになる。ミズホさんが彼を傷つけたというには理由があったのだ。

「彼のすすめで、わたしはカウンセリングにいったの。京都では一番だという先生。その先生に『あなたはアセクシュアルだ』と診断をもらって、わたしはやっと安心した。性的な欲望をもつ人ばかりの世界に生きていて、欲望をもたないのはひどく疲れることだったから。キャラバンで砂漠を旅していて、みんながオアシスを、水を求めている。わたしはまったくのどなんか渇かないし、水もほしくない。でもみんなにあわせて、水がほしい振りをしなくちゃいけない。それは長いあいだ、わたしにはすごいプレッシャーだった」

アセクシュアルは、無性愛と訳される。異性同性に対して、性的欲望や恋愛感情を「恒常的」にもたない状態である。研究者によると人口の一パーセントほどは存在するらしい。数としてはLGBTよりも遥かに少数派になる。

「そうでしたか。アセクシュアルのお客さまは、ミズホさんが初めてです」

ミズホさんが目を見開いて、ぼくを正面から見つめた。視線の力に抵抗力をすべて奪われそうになる。見つめられると石になるゴルゴンのエピソードは未来の異国の記憶をもとにしていて、きっとミズホさんがモデルなのだ。そんな時空の歪《ゆが》みまで感じさせる美しい目だった。

「どう、リョウくん。わたしはバケモノに見えるかな」

この人は美しいだけの人ではなかった。美しさに呪われ、欲望の世界で欲望をもたずにいることで長い歳月傷ついてきた人なのだ。ぼくは彼女の目を見ていう。すこしだけソファから身を乗りだしていたかもしれない。

「いいえ、バケモノなんかじゃありません……」

そのあとをつけたすのが正解かどうかわからなかった。だが、言葉が漏れてしまった。

「……すごくきれいなヒト……というか人間です」

人の定義は、恐ろしいほど幅広いのだ。ぼくは欲望の宇宙の果てにたどりついた気がしていた。超光速宇宙船に乗り、この銀河宇宙の果てにある壁まで旅をした。その壁には「この先に欲望はない」と書いてある。ぼくにはそのむこうにはいけないけれど、別な宇宙の住人がまったく欲望をもたなくとも別にかまわなかった。ミズホさんとは、こうして言葉を交わし、心をかよいあわせることができる。それだけで十分ではないだろうか。

ミズホさんは肩から力を抜いた。なnext息をつく。

「ありがとう。夫がリョウくんみたいだったらなあ。わたし、離婚するときにいわれたんだ。おまえはバケモノだって。心のないバケモノだって」

美しさのオーラがミズホさんの周りで、スライドスイッチをさげたようにぼんやりほの暗くなっていった。この人を苦しめてはいけない。苦しまなければいけない理由などないのだ。ぼくは意志の力で笑顔をつくった。

「ミズホさんは今、悲しい顔をしていますよ」

どういう意味？　目に涙の薄い膜を張ったミズホさんが、無言で問いかけてくる。

「心のない人は、悲しんだりしません」

指先で目の端から涙をぬぐって、ミズホさんは笑った。ぼくは自分の胸をさしていった。

「それに、ぼくがここにいる。恋愛感情も、性的な欲望もないかもしれない。でも、ちゃんとミズホさんは気の利いた男を買うことができたじゃないですか」

ミズホさんの美しい目から、美しい涙がこぼれた。ぼくは娼夫なので、彼女の心を最後までいかせてやらなければいけない。

「ミズホさんは今のままで完璧です」

彼女は泣き笑いをしていった。

「山内さんのいうとおりだった。話しているだけで、すごくたのしい男の子がいる。彼女はわたしがアセクシュアルであることもしっているの。そのうえで、リョウくんをすすめてきたんだ。あなたを指名して、ほんとによかった」

氷が溶けて薄くなったアイス・ラテをのんで、ミズホさんは美しさの明かりをとりもどし、笑みを浮かべる。娼夫の仕事は、なにもベッドだけではないのだ。ぼくも笑っていった。

「今日のデートプランはどうしますか。ミズホさんはセックスには関心ないんですよね」

人を二、三人殺せそうないたずらっぽいうわ目づかいをして、美しい人はいった。

「リョウくんがどんなセックスをするのか興味はあるけど、誰かほかの女性とするところを見るだけでいいかな。今日はこのあと渋谷でほしい化粧品があるの。あと靴も一足。そのあと夕方から、お芝居のチケットがあるからつきあって。よかったら、晩ごはんもね」

それらにかかる時間を考えると、たいへんな出費になるはずだった。ショッピングやチケットではなく、ぼくを買う代金が。心配そうな顔をしたようだ。

「だいじょうぶ。離婚のときに元夫から、ごっそりいただいたから。あの暴言の代償だとしたら、もう何億かもらってもぜんぜん高くないけどね」

男性はつねに女性にかける言葉には、細心の注意を払わなければならない。いつだって死活問題なのだ。ミズホさんは海のうえに昇ったばかりの太陽のような汚れのない笑顔でいう。

「さあ、いこうか。わたしね、頭がよくて会話の上手な男の人と、恋愛感情も、セックスもいっさい関係のないデートをするのが、昔から夢だったの。やっぱり男って、女友達とは違うでしょう」

ぼくは苦笑して、娼夫の仕事で初めてのデートにむかう準備をした。ミズホさんは自然にウインクをした。心の一番やわらかなところを射抜《いぬ》かれそうになって、ぼくはあわててしまった。無性愛のゴルゴンはいう。

「デートはたのしいんだけど、そのあと手をつないだり、キスしたり、きみがほしいとかいわれるのが、怖くてたまらなかったんだ。リョウくんならそういうことないものね」

残念な気もしたけれど、ぼくも自分の欲望を殺した。

「ええ、ミズホさんのお望みのままに」

それからぼくたちは、西武渋谷店の一階にあるコスメ売り場にむかって、寒空のした、肌の張りを抜群にとりもどすという化粧水を買いにいった。

13

その後も、ミズホさんとは性的な接触をいっさいもたない関係が続いた。彼女にいわせると、欲望はなくとも異性には別な考えかたやものの見かたといった魅力があるのだそうだ。第一、男は力が強いのでショッピングの際の荷物もちとしても最適だ。ミズホさんは京都では静かに暮らしているという。東京にきたときだけ、買いものや観劇やコンサートにいっしょにいき、ときにぴりっと辛みの効いた批評を交わせる男友達がほしかったようだ。ぼくをその手のパートナーにするにはかなり高額の出費を必要とするけれど、彼女が離婚に際して得た慰謝料からすれば問題はないらしい。

しかし、娼夫の仕事がいつでもこんなふうに複雑だったり、性的な困難さを抱えているものばかりだというのは、いくら欲望の草食化や絶食化が叫ばれる現代でも、公平に見て正確ではないだろう。

つぎに話す客は、ぼくにとってもまったく経験したことのないタイプだった。彼女は三十代後半で、いくつかの飲食店を経営する健康的にぽっちゃりとした女性だった。名前はバジルさんとしておこう。彼女がもつイタリア料理店の名物パスタからとった名前だ。生のバジルの葉と、舌にまったく粒子をかんじられなくなるまでクリーミーにしたバジルソースを大量に使用したパスタで、口のなかがグリーンモンスターのように緑色になるけれど、絶品といってもいいひと皿だ。

バジルさんとのデートはいつもレストラン探訪《たんぼう》から始まった。彼女の仕事はレストラン経営だが、趣味と仕事がいっしょで、どちらにも同量の情熱を注げる幸運なタイプの働き手なのである。ぼくの場合のセックスと同じかもしれない。最高度の集中力を要するプロとしての仕事でもあり、ときにリラックスのための趣味ともなるのだ。

バジルさんが選んだのは、創作和食系の店だった。ぼくが先に立ち、格子の引き戸を開けた。一台の長いヒノキのカウンターが店内を両断していた。一枚板のうえでボウリングさえできそうだ。静かなピアノトリオが流れていて、ぼくのなかでアラームが鳴った。ジャズを流している割烹《かっぽう》、蕎麦屋、焼き鳥屋は危険だ。

まだ時間は早く、ぼくたちのほかには明らかに不倫カップルに見える地味なＯＬと初老の業界人風の男しかいなかった。ぼくはバジルさんの名前をだし、予約の確認をした。彼女はふたシーズンまえのシャネルスーツで、カウンターにむかった。熟成肉のように服を寝かせてから着る趣味があるのだという。奥からこの店のオーナーである料理人がでてきた。外科医のように帽子も割烹着も純白だった。年齢は五十代初めだろうか。肌の艶がいい。

「バジルちゃんがくるとなると、緊張するなあ」

腕まくりをしてニコニコしている。きっとこの人もバジルさんといくつかレストラン探訪にいっているのだろう。

「こちらはリョウくん。バーを経営してるんだけど、今料理の勉強中なの。なかなかいい舌してるのよ」

下北沢のバーは事実だが、ぼくの舌にかんする話はでたらめだった。ぼくはコンビニの食料で一週間平気で暮らせるタイプだ。仕事柄かずかずの高級なレストランの味をしっているけれど、こだわりはまったくない。裕福な女性たちがその手の店を好むというだけで、ぼくはただの相方にすぎない。その手の店にはひとりではいかないからだ。

「それじゃあ、最初にのどを湿らせておきましょうか」

そういうと目のまえに、ショットグラスがふたつ並んだ白木の板がおりてきた。若い店員が同時に失礼しますという。グラスの片方は赤く、もう片方は黄色だ。

「朝どりのトマトとトウモロコシのすり流しです」

ぼくはカウンターのむこうに質問した。

「どちらから始めるといいんですか」

破顔してオーナーがいう。

「お好きなように。めしをくうのに細かい規則なんていらないですよ」

賛成だった。ルールや形式を必要以上にありがたがる人間には、よいセンスが欠けていることが多い。ぼくは最初にトウモロコシを選んだ。トウモロコシを煮詰めて、砂糖を加えたほどの甘さがある。粒の中心にある胚《はい》の部分がそのまま残っていて、なめらかさと粒々の食感がおもしろかった。バジルさんも黄色いほうのショットグラスを選んだようだ。

「うーん、おいしい。これすりおろしただけよねえ。どうやって、粒々残してるの」

料理好き同士は話があうようだった。オーナーもうれしそうだ。

「企業秘密といいたいところだけど、ミキサーかけて徹底的に裏ごししてから、粒だけあとで足してるんですよ」

最初のスープに恐ろしいほどの手間をかけているのだ。不思議なのはバジルさんの顔がベッドのときのように赤くなっていることだった。創作和食の店にきて、トウモロコシのすり流しで興奮するのだろうか。

　つぎはトマトのすり流しだった。こちらもトマトのグラッセをすり潰したのかというくらい甘い。今度は粒ではなく、舌に残る奇妙な繊維感がある。これはいったいなんだろう。悪いいいかたをすればとびきりおいしいトマトジュースに、チアリーダーが振るうポンポンの毛先を細かく切って混ぜたような感覚だ。

「おいしいけど、こっちのほうはなんだかぜんぜんわかりません」

　ぼくがそういうとバジルさんが赤い顔でいった。

「わたしはわかった。これ、トマトの皮よね」

「さすがだね、バジルちゃんの舌は。正解だよ。湯むきしたフルーツトマトの皮を細かく切って、すり流しにいれてみた。皮がうまいのは肉も魚も野菜も同じだから」

　なるほど果てしない探求心があるものだ。

「トウモロコシは北海道、トマトは宮崎から直送したもんだよ。ほんとに現代の日本人は贅沢だよねえ。おい、じゃあ、つぎ」

　目で若い衆に合図すると、今度は白木の板のうえにレンゲが載っていた。なかにはすこし乾燥した卵の黄身、そこにレンゲからあふれるくらいキャビアがかけられている。バジルさんが歓声をあげた。

「これがこのお店の名物なのよ。黄身の味噌《みそ》漬けキャビアかけ」

これは見るからにおいしそうだった。レンゲをもち、ひと口でつるりと口のなかに収める。崩れた黄身の中身があふれて、キャビアの粒々と混ざっていく。海と陸の卵のおいしさに、適度な塩味がたまらない。ぼくはあっという間にたべてしまい、辛口の白ワインをのんだけれど、バジルさんはいつまでたっても口のなかでキャビアを潰しているようだった。ひと粒ずつ命の味をたのしむように。

その店ではつぎつぎと驚くような料理がでてきた。さすがにくいしん坊のバジルさんが選んだだけのことはある。ぼくはしらなかったけれど、きっと高名な店なのだろう。


食事を終えて店をでると、すっかり夜だった。バジルさんはまだ赤い顔で、ぼくに問題をだした。

「あの店がなんで有名だかわかるかな、リョウくん」

悲しいことに普通のこたえしか浮かばなかった。

「おいしくて、料理のアイディアいっぱいだからじゃないですか」

「まあそれで正解なんだけど、あそこのオーナーもわたしも普通の人とはちょっと違うのよね。口のなかが」

　ぼくたちはそのときまだ二度目か三度目のデートだった。まだバジルさんの性癖をつかんでいるとは、とてもいえない経験値だ。

「口のなか……ですか？」

　意味がわからなかった。そこは六本木の歓楽街を離れた静かな路地だ。通行人はいなかった。マンションと城塞のような一軒家が静かに夜に沈んでいる。バジルさんは左右を見て、誰にも見られていないことを確かめた。

　あかんべえをするように舌を突きだす。長くて赤くて厚みのある舌だった。いいにくそうに舌をだしたままいった。

「さわってみて」

　舌の先から透明な唾液が夜空の紺色を映して、アスファルトに垂れた。ぼくは手を伸ばし、中指と親指で脈打つ心臓にでもふれるように、そっとバジルさんの舌をつまんだ。

「あっ……」

　官能的なため息だった。夜の六本木の裏路地で、この人は舌をさわられて感じている。

「リョウくん、人こらいよね。もっろ、さわって」

ぼくたちは街灯の明かりをはずれて、植えこみの陰に移動した。ふたりの格好は人からどんなふうに見えたのだろう。内科のインフルエンザ検診か、歯医者の治療中のように、舌を突きだした女性とむきあっているのだ。

舌の先、ざらりと味蕾《みらい》が目立つ表側、なめらかな裏側、切り立った側面。バジルさんの舌は、どこも感じるようだ。ほんの数十秒だったと思う。バジルさんは全身を震わせ、足をX字形にして全身で達した。ぼくの肩に手をおかなければ倒れてしまいそうだった。

「だいじょうぶですか。あの、今のでいったんですよね」

バジルさんは肉厚の舌を口のなかにもどして、唾液で濡れた唇をぬぐった。

「うん。今のがわたしのほんとに気もちいいところ。いくらボーイズクラブの男の子でも、最初からわたしの本性は見せられないものね。驚いた？」

手をにぎったままいってしまったおばあちゃんもいたし、ふたり相手でなければいけない若い女性もいた。けれどバジルさんの舌はまた別の種類の驚異である。

「ええ、びっくりしました。でも、もっとバジルさんの口のなかを試してみたいです」


乱暴に唇をぬぐったせいで、ルージュが口の端から横に流星のように流れていた。

「そういってくれると、うれしいな。わたしはこの口のせいで、昔から悩んでいたから。人に見えるところが感じすぎるのはちょっとね……」

中年の会社員が路地の奥から歩いてきた。バジルさんは声を低くする。

「話はあとにしましょう。そこの通りにでれば、すぐタクシーつかまるから」

ぼくの手を引いて歩きだす。彼女の口のなかにはどんな秘密があるのだろうか。ぼくは新しい宝物でも見つけたように、彼女について歩きだした。

14

バジルさんのマンションは、一の橋の交差点近くだった。夜でも交通量が減らない六本木近くの高級住宅街だ。もつれるようにエレベーターに乗りこむと、ぼくはバジルさんにキスをした。意識して舌を伸ばし、彼女のやわらかな口のなかを探ってみる。

「うー、うー……」

前歯の裏側、ざらざらとした口蓋《こうがい》に舌先があたると、バジルさんのうなり声はおおきくなる。彼女はぼくを突き放して、唾液まみれの口をぬぐった。

「それはわたしには外でやってはいけないやつなの。セックスそのものと同じなんだよ」

ぼくは以前海外のアダルトサイトで観《み》たブルーフィルムを思いだした。

「バジルさんは『ディープ・スロート』って映画しってますか」

スカートの裾を直しながら、バジルさんは階数表示を眺めていた。もうすぐ彼女の部屋がある十二階に到着する。

「ええ、しってるわ。わたしとはぜんぜん違うけど、昔のボーイフレンドに教わって観てみた」

『ディープ・スロート』は七〇年代の古きよきポルノ映画だ。主演はリンダ・ラブレース。監督の名前はとくに紹介の必要はないだろう。ヒロインは通常のセックスではまったくエクスタシーが得られず婦人科に相談にいく。彼女を検診した医師は、驚くべき医学的発見をする。彼女にはあるべき場所にクリトリスがなく、喉の奥深くにあったのだ。そこで彼女は満たされなかった性のよろこびを得るために、つぎつぎとアメリカのポルノ男優の雄大なペニスをのみこんでいくことになる。コミカルな大人のピンク映画といってもいいだろう。アメリカだけでなく、世界中でヒットを飛ばした。

　これほどしっかりしたストーリーがあるブルーフィルムは当時でもめずらしかった。ちなみに、このころはポルノ映画もビデオではなく、フィルムで撮影されていたのだ。ただだらだらと暗所に強い高感度のビデオカメラで性行為を流し撮るのではなく、照明をあてカットを割り、セックスにも演出をつけて制作していた黄金期のポルノ映画である。

　エレベーターの扉が開くと、バジルさんがぼくの手を引いた。

「あの映画だと、とにかく感じるのは喉の奥なんだよね。そこも悪くないけど、わたしの場合は口のなか全体っていう感じだから」

　七年間にわたる娼夫の生活で、ぼくはすくなくとも数百人の女性と身体を重ねてきた。それでも口のなかが最高の快楽の源泉になっているという人は初めてだった。外廊下には近くの首都高の自動車の走行音が響いていた。金属を削るような都会の夜の音だ。

　バジルさんが鍵を開け、玄関の扉を開いた。最初に目にはいるのは、額縁のなかに無数のワインのラベルがコラージュされた絵だった。そこに描かれている女性は、バジルさん本人のようだ。ぼくの視線に気づくといった。

「若いころ、つきあっていた画家が描いてくれたの。なかなかいいでしょ。そのころは売れなかったんだけど、今では一枚何百万もする有名人よ。絵はダメになったのに、値段があがることってあるんだね」

　靴を脱ぎ、長い廊下の奥にすすんだ。ソファとダイニングのセットはシンプルなデザインの上質なものだ。東京で複数のレストランを経営するには、デザイン感覚が欠かせない。

「リョウくん、シャワー浴びる？」

「ええ、バジルさんはどうしますか。ぼくが先でいいですか」

　ぼくは着ていたコートを脱いで、ダイニングチェアにかけた。

「そうね、あとでさっと浴びる。リョウくんはゆっくりシャワーしていいからね」

　どういうことだろう。男性の体臭が苦手というタイプかもしれない。それとなくきいてみる。

「よく洗ったほうがいいんですか」

　バジルさんはぱっと顔を赤くした。

「そうじゃなくて、わたしのほうの問題。歯磨きに時間がかかるのよ。ほかの女の人がエッチのまえにあそこをよく洗うみたいなものかな」

まるで気がつかなかった。バジルさんはほんとうに口がセックスの主役なのだろう。性の世界の深さと不思議を思った。

「はい、じゃあゆっくりしてきます。ぼくも歯磨きしたほうがいいですよね」

「そうね、リョウくんは軽くでいいの。洗面台にお客さま用のだしてあるから」

「わかりました。なんだかちょっとドキドキするなあ」

嘘ではなかった。何年もセックスをしていると、この行為自体から新鮮さや驚きが薄れていく。こうしてたまに性の辺境に旅するような体験ができると、新しい視点が生まれ、新鮮さもすこしだけ回復するのだ。

野生の熊は鮭《さけ》をたべる。大自然のなかでは何万匹という鮭が、自分の生まれた川を遡行《そこう》してくるから、産卵期にはたべ放題なのだ。熊は卵をたっぷりと抱えたメスの腹をひと噛《か》みだけして、残りは捨ててしまうという。確かにそれは極上のご馳走かもしれない。でも彼らはいつだって、同じたべかたで同じ味である。

けれど人間は鮭を料理する。生で刺身にし、天日に干し、塩漬けにして、酢で締める。煮ることも、焼くことも、蒸すことも、マイクロ波により水分を振動させ加熱することもある。調理とは自然そのままではもの足りないから、味覚の変化を求め人間が生みだした技なのだ。

　動物のセックスと人間のセックスを分ける壁もそこにある。さまざまなアレンジをほどこして性の無限の味わいを引きだせるかに、人の性はかかっているのだ。著作権が九十五年に延長された世界的な動物のキャラクターもいっている。

「ファンタジーとイマジネーションが大切なんだ」

　万人に許されたファンタジーと想像力を表現するもっとも華やかな舞台が、セックスなのではないか。セックスレスなど、人の進化を無視していつまでも性の動物的段階にとどまっている反進化主義者の症候群であるとぼくは思う。

　どうせなら身体だけでなく、心と頭をフル回転させて、人間のみに許された性の多彩な世界をたのしめばいいのだ。


　ぼくがシャワーからあがると、バジルさんは歯磨きの仕あげをしていた。フロスをつかって歯間を掃除していたのだ。名人の靴磨きのように見事な手さばきだった。

「ちょっと待ってて。シャワー、さっと浴びてくる」

　ぼくは洗面台においてあったロングTシャツ一枚だった。ボクサーパンツははいていない。晩秋の夜で、エアコンが静かにあたたかな息を吐いている。彼女がもどるまで、自分でも指をいれて、口のなかを探ってみた。確かに舌の先と口のなかの上の曲面は、ほかよりすこし敏感なような気もする。すこしくすぐったいのだから。しかし、その刺激がペニスに反応を促すかといえば、まるで効き目はなかった。ペニスは静かなものだ。歯茎や舌の側面と裏側は、ほとんど感じない。

「お待たせ」

同じ白いロングTシャツを着て、バジルさんがやってきた。リビングの明かりは天井の隅に仕こまれた間接照明だけで、表情はわかるが目の色まではよく見えない。

ぼくは仕事を忘れて、最初から激しいキスをした。

舌の先が舌にふれるだけで、バジルさんはため息をつく。

「あっ、よだれが垂れちゃう」

「そのまま垂らせばいいじゃないですか」

ぼくたちはすぐキスにもどった。彼女に舌をだしてもらい、その先を唇ではさんで吸ってみる。軽く嚙み、歯のあいだでつかんだ舌の先を、ぼくの舌で何度もなめてみた。

「それ、ダメ、いっちゃう」

そうちいさく叫んで、バジルさんが全身を震わせたのは、ほんの十五秒後ほどのことだった。顔をしかめて彼女はいった。

「今日は口のなかばかり攻めてくる料理だったし、リョウくんのキスがうまいから、もうぜんぜんダメだ。この先が心配だよ」

「さっきのエレベーターの続きしてみませんか」

「えっ……」

ぼくは返事を待たずにソファに横座りするバジルさんの身体を抱いて、唇の角度を九十度にずらした。噛みあわせの角度が直角なら、彼女の口のなかのもっとも奥までぼくの舌が届くはずだ。

打ちだしの金属のように凸凹とした口蓋の入口を、舌の先で探ってみる。バジルさんはぼくの肩を右手で何度も弱々しく打った。ギブアップを訴えるレスリング選手みたいだ。ぼくは舌をとめずに、さらに口のなかのドームの奥にすすんだ。なめらかな半円の硬い天井を磨くように、舌を左右に動かす。ぼくの頭のなかには中世の教会のドームが浮かんでいた。

バジルさんは泣き声を漏らした。

「それも無理だから……いっちゃうよ、リョウくん」

ぼくはその夜三度目のエクスタシーに痙攣《けいれん》するバジルさんを抱き締め、口のなかにそびえるドームの天井を磨き続けた。

「ちょっと待って、ちょっと待って」

バジルさんがそういって、ぼくの胸を押したのは荒い呼吸が静かになったころだった。

「そんなにいかされたら、わたし馬鹿になるよ。もう、ほら」

バジルさんは水量が多いようだ。お尻のしたのTシャツの生地を透かして、ソファにちいさな染みができている。布張りのソファはオフホワイトで、その部分だけ油でも塗ったように黒ずんでいた。

「すみません、ぼくも口のなかがこんなに感じる人は初めてで、ちょっと興奮してしまいました」

『ディープ・スロート』など問題にもならなかった。あれはしょせん口腔《こうこう》愛撫の黎明《れいめい》期につくられたポルノ映画にすぎない。一般女性へのフェラチオの普及は、日本やアメリカのような性的な先進国でもこの半世紀ほどである。

バジルさんの口にはわざとらしい演出はなかった。そこにあるのは性的な感覚の驚異的な幅の広さと女性の身体の不思議だ。

「つぎは指でやってみていいですか」

幼い女の子のようにバジルさんははずかしそうにこくりとうなずく。そのとき彼女が待っていたのはこれなのだとわかった。口のなかを思う存分探ってくれる男の指。それが彼女の性的なファンタジーのハイライトなのだ。

「いきます」

ぼくたちはソファでむきあって座っていた。右手の中指で、すでに濡れ光っている唇をゆっくりとさわった。この先に素晴らしいことが待っている。そういう助走時間は長いほどたのしいものだ。

唇を割って粒のそろった陶器のような前歯をつまんだ。ホワイトニングをしてあるのだろう。歯は夜の薄明かりのなか光っている。指の腹をうえにむけて、口のなかの天井にあてる。そのまま動かずにいた。バジルさんは視線で、どうしてと訴えかけてくる。

「ここが一番好きで、一番弱いんですよね」

指はとめたままだ。彼女はノーといえば殺される勢いで、首を縦に振る。

「じゃあ、狂ってください。バジルさんがおかしくなるまで、絶対にやめませんから」

口のドームのなかに嵐でも起こすつもりで、ざらざらを指でなぞった。指の腹に指紋があるのはこんなときにはちょうどいい。バジルさんはすでに何度かいっているので、ひどく口のなかが敏感になっているようだった。

「……とまらない……とまらないよ、リョウくん」

それからはエクスタシーの嵐になった。十回目まではかぞえていたけれど、その先はもうわからない。ぼくにカウント不可能なのだから、バジルさんには無間《むけん》地獄に似たものだっただろう。地獄と反対なのは、何度でも彼女が自分から求めてきたことで、苦痛と違い快感には受けとる分量に限りはないらしい。苦痛の果ての死はすぐにやってくるが、快楽は人間を強くする。

途中で思い立って、バジルさんにきいてみた。

「あの、うえとしたで一度に試したことはありませんか」

焦点を失った目でバジルさんが舌足らずにいった。

「……うえと……した?」

バジルさんの口のなかには、『ディープ・スロート』のクリトリスの代わりにGスポットがあるようだ。お漏らしのしかたを見るとよくわかる。ぼくはざらざらした口のなかのドームをこすりながら、もう一カ所のGスポットを攻めたらどうなるのだろうかと、思いついたのだ。

「はい、うえとしたのざらざらを試したら、どうなるのかなと思って」

バジルさんはひどく険しい顔をした。幼女誘拐殺人犯を見る母親のように眉がひそめられる。

「そんなことしたら、わたし死ぬよ。よくそんなこと思いつくね……」

しかられるのかと思って、ぼくは彼女の口から指を抜いた。バジルさんは覚悟を決めていった。

「……やってみて。わたしがなにをいってもやめたらダメだよ」

ぼくは彼女の性器と口のなかに左右の中指を送りこんだ。ひどくいそがしくて、セックスというより生体解剖をしているみたいだ。彼女の反応は死体とははるかにかけ離れていたけれど。

それからまた二桁のエクスタシーを迎えて、バジルさんの上下のGスポットへの愛撫は終了した。休憩後彼女の口にぼくが射精して、長い夜は終了した。バジルさんにとって、セックスは口で始まり口で完結するもののようだった。性器への挿入はあってもなくてもどちらでもいいのだそうだ。

つぎの朝はプロのオムレツをつくってもらい、お腹いっぱいでマンションを離れた。冷たい秋の朝の風も心地よかったのを覚えている。吸いこむと肺のなかが青く染まるような風だった。

15

代官山のオフィスでアズマが笑っていた。ぼくたちはよくお客の情報を交換していた。あげつらって冷笑するためではない。みんなで情報をもちよって、性のデータベースをつくりあげるつもりである。どんな女性にも対応でき、驚いたりしないですむように。射精して終わる男性のセックスとは異なる目のくらむような多彩さが、女性の性にはある。アズマが冗談とは思えない顔でいう。

「へえ、バジルさんっておもしろいね」

「そんなにいいなら、ぼくも今度口のなかを切ってもらおうかな」

アズマは依然わがクラブのトップを快走していた。やはり天職なのだろう。ぼくが努力型だとすると、アズマは明らかにもって生まれた娼夫の特殊な才能のもち主だ。真剣に悩んでいる顔でいった。

「でも口のなかって、すぐに傷が治って、あまりおもしろくないんだよなあ。ものをたべるときも不自由になっちゃうし」

咲良が笑って、ホワイトボードに書いた。

「それだけあちこちに傷があれば十分じゃない。アズマくんの背中マスクメロンみたいだよ」

それを見て、ぼくも笑った。確かにアズマの身体に傷のないところはない。ペニスでさえ地層のように切り傷が重なっている。アズマには通常の性感はなく、苦痛だけが誤って脳のなかで快楽となる。

「まだまだ足りないよ。昔リョウさんがいっていたでしょう。女性の欲望の果てを見てみたいって。ぼくの場合は自分の欲望の限界を試したいという感じかな。ぼくはもっと先にいけると思うんだよね」

ぼくは咲良に唇が見えやすい角度に顔を動かしていった。

「死なない程度にしてくれよ」

ふふっとふくみ笑いをしてアズマがいう。

「わかってるよ。うちのクラブに迷惑をかけたくないからね。ここだけがぼくの居場所だからさ」

時刻は夕暮れだった。ななめに切られた天窓に夕日を映した雲が赤黒くのぞいている。しばらくアズマが黙りこんだ。窓を見あげたまま、奇妙に静かな表情をしている。悟りを開いた人というのは、こんな顔をするものかもしれないとなぜか思った。

「あのさ、ぼくになにかあったら、ふたりでロッカーのなかを整理してくれないかな」

咲良が手話で返した。

[急になんで?]

アズマの顔はいつもと同じにもどっている。なにかおもしろいことを見つけて、笑いだす瞬間、アズマの表情の基本はそのあたりにある。

「いや、たいした理由なんてないよ。でもさ、なにかあったとき、うちの親にはぼくの仕事をしられたくないし、残されたものにもさわってほしくないんだ。あとのことは咲良ちゃんとリョウさんに頼みたい」

確かにそのとおりだった。ぼくがもし死んだら、うちの父親にクラブのことは隠しておきたかった。娼夫の仕事に就いていたことをしられたとしても、この仕事の細部まで伝える気には到底ならない。

「ぼくのときもふたりによろしく頼む。うちの父親はなんとかごまかしてくれ」

咲良が怒ったような顔で指をつかった。

「自分が死んだらなんて、気味の悪いこと考えないで。わたしなんてお母さんが亡くなってから、親戚づきあいもないし、誰もいないよ。死んだら全部ゼロで、あとのことなんて考えないもん」

このクラブの創設者・御堂静香は両親とも親戚とも疎遠になっていた。静香さんのほうから縁を切ったという。なにかといわくつきの家系だったようだが、ぼくから詳しく話をきくことはなかった。こちらの仕事では秘密は秘密のままでいいのだ。誰にでも話したくないことはある。

アズマがなにか悪いいたずらを思いついた表情で、ぼくと咲良を交互に見た。

「ぼくは気づいてるよ。最近、咲良さんとリョウさん、ちょっといい感じだよね。咲良さんには誰もいないというけど、リョウさんがいるじゃないか」

つぎの瞬間の咲良の反応を見て、ぼくは感心した。手話でも叫んだりできるのだ。

「ちょっと待って！　あれはそういうのじゃないから」

そういうのとはなんだろう。すごい勢いで咲良の指先が動いている。

「最近ふたりともプライベートでする相手がいなくて、ちょっと淋しくなっただけ。仕事の相談をして、クラブの今後のことを考えて、ちょっとエッチするだけなんだよ」

確かに咲良のいうとおりだった。仕事の話がメインで、そのあとリラックスの手段として、ぼくたちはおたがいの身体を利用しているにすぎない。

「そんなにあわてて否定しなくていいよ。ぼくはふたりのこと応援してるんだから」

アズマは超然と笑っている。ぼくは咲良のあせりかたをおもしろがりながらも、すこし淋しい感じもした。

「だけどセックスって不思議だよね。何回か試していくうちに、だんだん馴染みができて、ずっとしっくりと運ぶようになる。そうなると身体だけじゃなくて、心もぴったりフィットしていくものね」

アズマが手を打っていった。

「ほら、リョウさんは咲良さんがすごくいいってさ」

咲良は顔を真っ赤にして指をつかった。

「もうしらない！」

ぼくは平安時代以降の日本の恋愛の伝統について考えていた。この国では多くの場合、恋愛に先行して性愛がある。貴族の娘と恋に落ちるのは、何度か夜かよいつめてからだ。江戸時代の吉原の身請けも、同じパターンである。セックスのほうが先だ。農村ではどうかというと、年に一度の祭りの夜はほぼ乱交状態で厳しい農作業のストレスを解放したという。今の基準からすれば、日本は性的にはおおいに乱れていたということになる。歴史的に湯屋は男女混浴が当然だった。あの時代、日本を訪れた海外の視察団は、性愛への壁の低さに驚いている。純愛やプラトニックラブが一般化したのは、西洋の恋愛を先行文化として学び始めた明治時代以降なのだ。ほんの百五十年前である。

逆にいうとひとりのステディな相手と続けてセックスをすることで、恋が生まれることはごく自然な流れだ。ぼくは赤い頰で天窓の夕明かりを浴びる咲良の顔を、そっと見た。胸が痛むほど、咲良は純真に見えた。十代の終わりから客をとっていても、人間はイノセントでいられる。

アズマが先ほどの妙に静かな表情でいった。

「もしだよ、もし咲良ちゃんとリョウさんのあいだに子どもが生まれたら、ぼくを名づけ親にさせてくれないかな。お願いだ。ぼくは家族も子どももももつことはないだろうから」

咲良は手話をつかって、横をむいた。

「もう信じられない」

アズマはぼくより二歳年下だった。ぼくはとりなすようにいう。

「まだ若いんだし、そんなことわからないだろ。理想のSがあらわれるかもしれないよ。ベッドでは暴君でも、かわいい奥さんになるような」

アズマは口をとがらせていう。

「リョウさんは夢を見すぎだよ。こんな仕事して人の汚れた部分とかたくさん見てる癖に、へんに理想主義なんだよなあ。世界にはとんでもない変態がたくさんいるんだからさ」

それから咲良に唇を読まれない角度に顔をむけて、ぼくに小声でいった。

「夜から仕事だけど、すこし早めにでるよ。このあとはふたりだけで、よろしく。でも、さっきのロッカーの件と赤ちゃんの名づけ親の話忘れないでね。ぼくは真剣だよ。なんなら、今日これから仕こんじゃえば」

ぼくも咲良のようにひと言返すのが精いっぱいだった。

「アズマ！」

アズマはソファから立ちあがると、ぼくの頭に唇を寄せた。首筋にあたたかな手をおいて、息の混ざった声でささやく。

「リョウさん、おしあわせに」

なんだかとても不思議な声だった。人間というより、天使や精霊に似た不思議な霊体から響く声のようだ。こういう声をだせるから、きっとアズマはナンバーワンなのだろう。

ぼくの感想はひどく現世的なものだった。だが、人はときとして夜明けの地平線を見わたすように未来を一瞬だけのぞき見ることがある。

アズマにはあのときすべてが見えていたのではないかと、今は思う。見るべきではないものをふくめてすべて。あのときのアズマはきっと幸福だったはずだ。ぼくはそう信じている。

16

予約があったのは、午後三時だった。

場所は東京四谷にある大学病院である。客はもう馴染みの人だった。いつか語ったことがあるはずだ。目白のホテルの日本庭園の東屋《あずまや》で、手をにぎっただけでエクスタシーに達した七十代の女性である。彼女の名前は千寿子《ちずこ》さんとしておこう。短くはない人生で、たくさんの寿《ことぶき》を得ることができたのだから。

ぼくは花束をもち、濃いグレイのスーツで病室を訪れた。ナースステーションできいた部屋の扉をノックすると、細い声が返ってきた。

「リョウくんね……どうぞ」

「失礼します」

引き戸をゆっくりと開けた。贅沢なひとり部屋で、ベッドのわきにはソファとライティングデスクがおいてある。だが、ぼくの目が釘《くぎ》づけになったのは、千寿子さんの顔だった。最後に会ったのが夏の初めだったから、まだ半年もたっていない。それなのに顔はしぼみ、ひとまわりちいさくなっていた。鼻のしたには透明なチューブで酸素が送られ、左手には点滴の針が刺さっている。千寿子さんは浴衣の襟元にスカーフを巻いていた。命の衰えを隠すように、そこだけ浮き立つように鮮やかなショッキングピンクだ。ぼくはショックを隠していった。

「お久しぶりです。大学病院ときいて心配していました」

セットをすませたばかりの髪を軽く押さえて、千寿子さんはいった。

「がんではないけど、肝臓の面倒な病気でね。入院の準備からばたばたして、リョウくんにおしらせするの忘れてた。あなたのほうはお元気？」

「はい、おかげさまで」

ぼくはソファに座り、花粉をとってもまだにおいの強い花束をサイドテーブルにおいた。千寿子さんは再開したうちのクラブにたくさん新規のお客を紹介してくれた恩人だ。クラブのほかの男たちを何度か呼びだしたこともあったけれど、いつもぼくのところにもどってきてくれた。大学時代からのぼくの優良顧客である。

ぼくたちはそれからたわいもない話をした。千寿子さんはぼくをとおして世界の新しい動きをしるのがたのしいようだ。働きかた改革や仮想通貨、それに若者の草食化が一段と進歩して絶食化を起こしているといったトピックを、コミカルに話した。

介護ベッドのマットレスを起こし、上半身を羽根枕にあずけながら、千寿子さんは笑っている。

「なにもたべずに悟りを開いて、なにがたのしいのかしらねえ。男が立って、女が濡れるって、素敵なことなのに」

「そうですね」

ぼくは千寿子さんとの数々のセックスを思いだしていた。千寿子さんは七十歳をすぎても、ほとんどの回でローションいらずだった。筋肉と同じで性器もしっかりとつかっていれば、そうかんたんには衰えないのだという。実際、千寿子さんの内部はしっとりとやわらかく、いつもよく濡れていた。

「でも、この仕事をしていて、最近はちょっと考えるようになりました。このまま一生、娼夫を女性に紹介するだけでいいのかなって。確かに経済的には悪くないんですけど」

千寿子さんは苦しげに息をしていう。

「どんな人でも自分の仕事には飽きがくるし、嫌になってしまうことがあるものよ。それならリョウくんは別の仕事をしてみてもいいんじゃないかしら。あなたなら、うまく人をつかえるでしょう」

下北沢に買ったバーの話をした。この先、もう何軒か店を増やしてみようか考えていることも。銀行融資も低金利だし、夜の街の景気は決して悪くない。

「いいんじゃないかな。でも、わたしはリョウくんはまたこの仕事にもどってくるような気がするんだけど。誰にでもお金もうけ以外に、天職があるものよ。あなたの天職は、女性をよろこばせることで自分もなにかを発見して、いっしょによろこべるところにあると思うんだけど」

「ありがとうございます」

お礼はいったが、それが特別なことだとは思えなかった。幸福な恋愛や結婚をしているほとんどの男性には、その能力がそなわっているはずだ。この世界では不幸が一般的であるように見なされているけれど、週刊誌やネットの記事にはならなくても全体の半分は幸福なカップルが存在するはずだった。そうでなければ、この国はひと世代で絶滅してしまう。ぼくはシーツのうえにだされた千寿子さんの手をにぎった。あたたかく乾いている。

「ずっと入院していて、もやもやしませんでしたか」

ふっと息を吐くように笑って、千寿子さんはいう。

「最初のころは手術とかでいそがしくて、もやもやする暇もなかった。でも、身体のほうが落ち着いてくると、あれこれ考えてしまうわね」

病院の廊下をがらがらと台車がとおりすぎる音がした。ぼくは背後の扉を見た。きちんと閉まっている。

「わたしね、夜寝つくまえに身体を重ねた男のことを、ひとりずつ思いだすの。顔とおちんちんをね。ひとりずつ、一本ずつ思いだしてみる。だけど、不思議なのよね。

あんなになんどもにぎったり、なめたりしたのに、男の人のものって、正確には思いだせない。みんな違うのに、みんな同じというか。おもしろいものね」

夜の病院のベッドで、昔の男のペニスを回想しながら眠りにつく千寿子さんを想像してみる。そんな長篇アニメをつくってくれる映画会社はないだろうか。とても心あたたまるいい物語だと思うのだが。

「それは何本も思いだしちゃうんですか」

千寿子さんは華やかに笑った。

「そうね、眠くなるまで、何十本も」

「千寿子さん、遊び人だったんですね。わるい人だな」

気がつけば、頰にバラ色の血色がもどっていた。

「ああ、今日はたのしいな。息子や孫とはこんな話できないものね」

千寿子さんのてのひらを爪の先でひっかくようにしていった。

「ぼくのも思いだしましたか」

「ええ、もちろん、リョウくんのは二枚目だからね」

ペニスに二枚目や三枚目などあるのだろうか。おもしろいものだ。千寿子さんと話していると、日なたぼっこでもしているような気分でリラックスできる。ぼくではなく、きっと千寿子さんの男あしらいが上手なのだろう。なんといっても歴戦のつわものだ。千寿子さんはスライドドアをちらりと見てからいった。

「今日は見舞いはリョウくんだけ。ここの病院は五時から夕食で、四時半に体温と血圧を測って、点滴を替えるの。だから、しばらくだいじょうぶ」

介護ベッドのうえで千寿子さんがウインクした。目は生きいきと濡れ光っている。

「リョウくん、もっと近くにきて、わたしの手にあなたのをにぎらせて」

ぼくはソファをずれてファスナーをおろし、千寿子さんの手に半分ほど硬直したペニスを押しあてた。そっとにぎると千寿子さんは、目を閉じたままため息とともにいった。

「ああ、あったかい……これのおかげで一生振りまわされちゃったんだなあ……でも、ほんとにいいものね……なんだか命そのものをにぎってる感じがする」

千寿子さんの乾いた手のなかで、ぼくのペニスは充実していった。秋の午後の熟れた日ざしは黄金色になって、個室にさしこんでいる。千寿子さんには強くしごくような体力は残っていないようだった。親指の腹でゆっくりとこすり続ける。

そのまま何分たっただろうか。見あげると点滴の透明なチューブのなかを、ぽたぽたと薬液が落ちていく。命を刻む砂時計のようだ。

「わたしが最後に見るおちんちんがリョウくんのでよかった」

ぼくはこらえ切れなくなって、声を抑えていった。

「もう、いきそうです」

千寿子さんの顔は真っ赤だ。そのとき一瞬、半世紀まえの若々しい千寿子さんの顔が重なった。初めてペニスをにぎった彼女はこんな顔をしたのだろうか。

「いいわ、わたしの手のなかにだして」

ぼくは思い切り射精した。七十年以上生きてきたてのひらに、ゼリーのような精液がのっている。千寿子さんは右手を顔の近くに寄せて、においをかいだ。

「海のにおいがする」

海のなかで生まれた生物は、新たな命をつくるとき海中と同じ状態をつくりだす。女性の性器の内部も精液も、太古の海の再現なのだ。

千寿子さんは舌を伸ばし、ぼくの精液をゆっくりとなめとっていく。蜂蜜を夢中でなめる子熊のようだ。とてもかわいらしかった。てのひらがきれいになると、千寿子さんは笑っていった。

「寿命が半年、延びた気がするわ」

「それじゃあ、半年ごとにこの病院にうかがいます」

ぼくたちは笑った。千寿子さんはいきなりいう。

「ほんとうにありがとうね、リョウくん。こんなわがままきいてもらって。病院の個室で仕事したのなんて初めてでしょう」

ぼくは微笑んでうなずいた。

「ええ、でも静かでなかなかよかったです。千寿子さんの手もね」

千寿子さんの目から光が消えていく。頬の血色もまた灰色にもどっていった。

「また次回もお願いね。ちょっと疲れたから、晩ごはんまで眠るわ」

ぼくは彼女の肩まで、ブランケットを引きあげてやった。病室を離れるとき、最後に千寿子さんをしっかりと見た。消毒液のにおいと花束のにおい、それにかすかに精液のにおいが漂っている。

「またきます、千寿子さん」

ぼくはそうつぶやいて引き戸を閉めたけれど、その個室で二度目はなかった。

千寿子さんはその年の年末、こちらの世界を旅立っている。

最期は苦しまず、安らかなものだったという。

ぼくとしては、千寿子さんの人生最後の回想シーンのなかに、ふたりですごした数十回の逢瀬《おうせ》と最後に病室でにぎり締めたぼくの命がふくまれていたらとてもうれしい。

それを確かめて、千寿子さんと秘密めいた笑みを交わすことは、もうできないのだけれど。

17

娼夫の仕事に、あまり季節性はなかった。

客としては普通の会社員の女性が多いので、給料日やボーナス後には当然増えるけれど、圧倒的な書きいれどきというわけでもない。しいていえば、クリスマスと夏休みの終わりに予約は集中するのだが、男性は女性と違って数をむやみにこなすことはできなかった。毎回きちんと射精するのが業務上、誠意の表現だからだ。

一日に五人六人と仕事をかけもちすることは通常不可能だった。なかには複数回でもオーケーという男の子もうちにはいるのだが、客からの評判はあまりよくないようだ。そういう娼夫は一回ごとの時間が短いし、後半はどうしても手抜きになる。

これが人生最後のセックスだと思って、一度きりの仕事にかける。

それがお客も娼夫自身も満足させる正解かもしれない。

千寿子さんの話がすこし重くなったので、つぎはクリスマスの気軽な話をしてみよう。

街に聖歌と黄金期ハリウッド映画のクリスマスソングが流れる華やかな季節だ。東京の繁華街では、すべての街灯にクリスマスリースとカラフルなバナーが飾られ、北風にうれしげに揺れている。

自分が欠片も信じていない宗教をこれほど豊かに祝えるというのは、日本人の素晴らしい特性のひとつだ。世界には神々が無数にいて、それぞれが由緒ただしく正統であることを認めあえば、神の名のもとにおこなわれる数々の愚行をすこしは減らせることだろう。

ノエルさんは夫がとある大企業の取締役をしている専業主婦だ。年齢は五十代半ば。クリスマス当日に、ぼくの午後から夜までを買い切った女性である。ちなみにぼくのこの時期の予約は入札制になっている。希望する日時と、そのために支払う代価を告げて応札するのだ。最低でも中間管理職のボーナスくらいはかかるので、なかなか若い女性が予約をとることはむずかしくなる。

もちろんただ高ければいいというわけではなかった。ぼくとしても性格的に難のある人とクリスマスを過ごすのは気がすすまないからだ。ここまでぼくが語っている女性客の数々はセックスだけでなく人格的にも魅力がある個性的な人がほとんどだ。けれどなかには精神的な問題を抱え、誰かれ関係なく自分の苦しみをぶつけてくる女性もいる。仕事なので当然ベストを尽くすけれど、ベッドのなかで砂をかむような時間になることもある。さいわいそういう女性が、再び客としてもどってくることはめったになかったけれど。

ノエルさんとの待ちあわせは、都心のホテルだった。

彼女の場合、自宅では準備がやりにくいからだ。ぼくが客室の扉をノックすると、ドアを開けたノエルさんの手には赤いロープがあった。にこやかに挨拶する。

「こんにちは。今日はクリスマスだから、赤なんですか」

ノエルさんは色とりどりのロープをもっている。ぼくは青や紫やピンクのロープで、ノエルさんを縛ったことがあった。それまでその手の好みをもつ女性はいなかったので、縛りかたはノエルさんに手ほどきしてもらったのである。

「はいって」

ノエルさんがベッドわきに立つ。そこはダブルの部屋で、地上三十階ほどの開かない窓のした、自動車や人が微生物のようにうごめいている。レースのカーテンはすべて、遮光カーテンは半分閉められている。ノエルさんは白いモヘアのニットワンピースを着ていた。下腹部がすこしふくらんでいるけれど、身体の線はまだ崩れ切ってはいない。自分のお腹を押さえていった。

「どんなに運動しても、ここだけは締まらないのよね。きっと脂肪じゃなくて、たるんできてるんだと思う」

ぼくは赤いロープを受けとり、結び目をほどいた。

「なにがたるむんですか」

「内臓が」

ノエルさんはうしろをむいて、ニットのワンピースを古い皮でも脱ぎ捨てるように脱いだ。背中は引き締まっている。上半身はブラジャーもない完全な裸だ。下半身は濃紺のタイツだが、性器のあたりだけ丸く切り裂かれている。ノエルさんが自分でやったものだ。

ぼくはロープを彼女の乳房のしたにとおしながらいった。

「内臓がたるむなんてきいたことがありません」

「リョウくんも今にわかるわよ。若い内臓はしわが深くて弾力があって、内臓をぶらさげるスプリングみたいなものも引き締まっている。内臓の位置が高いんだと思う。それが四十代、五十代になるとスプリングはゆるみ、しわも伸びてだらんと垂れてくる。バストのトップがさがってくるのと同じね」

乳房のしたとうえに赤いロープをとおし、かなりきつく縛った。翌日まで跡が消えないくらいのきつさがノエルさんの好みだ。最後に首からまえにロープをかけて、上下二段になったロープを結びあわせて、胸の中央で蝶結《ちょうむす》びにする。ロープをかけるあいだ、ノエルさんはちいさなため息をあげ続けていた。

ぼくは最後にあまった先端をロープのしたにくぐらせまとめるといった。

「これくらいでいいですか。もっときついほうがいいなら、やり直しますけど」

手をもどすときに、指先があやまって乳首にふれてしまう。

「あっ……これでいいみたい。リョウくん上手になったね」

赤いロープで縛られ、乳房は育ちすぎた果実のように歪んで突きだしている。この状態の乳首は異常に敏感なので、今はさわることはできなかった。濡らしたまま外出することになるからだ。

ノエルさんはニットワンピースを頭からかぶり、鏡のまえで髪を直した。目も頬も生きいきと赤い。

「ブラジャーも、ショーツもつけてないなんて見えませんね」

「ほんとに変態って、見ただけじゃわからないものね」

思わず笑ってしまった。自分を客観的に変態と呼べる女性は素敵なものだ。口紅を引き直して、ノエルさんはいう。

「じゃあ、いきましょうか。最初はショッピングからね」

六本木ヒルズの明るい迷路のようなモールを、ぼくたちは歩きまわった。靴、バッグ、手袋、ノエルさんは革製品が好きなようだ。冬ものの小物をいくつか買い、海外のハイブランドのコートを何枚か試着した。年明けのバーゲンの下調べだという。

「やっぱり年をとると落ち着くべきブランドに落ち着くものね。背中とか二の腕とか肩が若い子むけのところではきつくなる」

「ノエルさんみたいにやせていてもですか」

鏡のなかでぼくを見て、すこし笑った。えくぼと目尻のしわがチャーミングだ。長いあいだ自分自身を笑ってきた年長の人間の余裕がのぞいている。

「二十歳でやせているのと、五十歳でやせているのは、同じ体重でも中身が違うの」

黒いパンツスーツを着たノエルさんと同年配のハウスマヌカンが、ため息のようにいった。

「そうなんですよね。体型の補整が自然にできる服がよくなるなんて、若いころは考えもしなかったですもの」

ぼくは両手に彼女のショッピングバッグをさげていた。すごい時給をとる荷物もちである。

「でも、ぼくは五十代の女性って素敵だと思いますよ」

たるみやゆるみやしわを愛せないようでは、年齢がいくつでも男性としてはまだまだだ。人が一番恥じる部分、隠したがる部分を愛せなければ、愛と性の扉は開かないのである。ふたりで海をつくるには、それは避けてとおれないことだった。ぼくたちはいつか醜く太り、髪も細く薄くなり、顔も首筋もしわだらけになり、身体から張りは失われていくだろう。それでも身体をつなげられるのは、相手の欠点と醜さが魅力的に見えるほど、長年にわたり共感力と性的感受性を磨いてきたからだ。ヒトだけが受胎が不可能になった年齢でもセックスをするのは、心が身体を超えるからである。

ハウスマヌカンがぱっと顔を輝かせていった。

「ボーイフレンドのかた、いいことおっしゃいますね」

ノエルさんはぼくを見てから彼女を見て、いたずらっぽく笑った。

「あら、あなたもリョウくんとデートしてみる？　紹介してもいいのよ」

マヌカンは困惑した顔で、こちらを見ている。ぼくは苦笑していった。

「そういうのは正規のルートをとおしてくださいね」

よくわからないけれど、お金もちは不思議なユーモアのセンスがあるものね――。

ハウスマヌカンはにこりとうなずくと、別な客の応対にいってしまった。

18

コンサートホールはワインヤード型で、あたたかみのある木材で内張りされた居心地のいい空間だった。やはりガラスとコンクリートと金属だけでは息が詰まる。クリスマスのガラコンサートだが、客のいりは六割ほどだった。

東京のオーケストラをウクライナ出身の若い指揮者が振る演奏会で、プログラムはマーラーの第五交響曲だけである。ぼくたちはホールの最後列で、すり鉢状になった客席とステージを見おろしていた。

マーラーの音楽は現代の音楽だった。キング・クリムゾンのデビューアルバムの一曲を思いだす。「二十一世紀のスキッツォイド・マン」。スキッツォイドは統合失調症傾向のという意味。マーラーは音楽のなかで分裂している。あるときは歓喜に飛び跳ね、つぎの瞬間嘆きに身をよじり、静かに幸福の涙を落としたかと思うと、なにかを呪いながら悪魔の哄笑《こうしょう》をあげる。有名なアダージェットもただ甘く美しいだけでなく、底しれぬ透明な淵《ふち》に沈んでいくような不安があるから、並の映画音楽とは違うのだ。ぼくはこの弦楽だけの第四楽章をきくと、いつも鏡のなかに落ちていくような気がする。そこは冷たい水銀の霧が流れる死者の国だ。

最後列に座る観客はすくなく、ぼくたちは身を寄せあっている。毛足の長いモヘアのうえから、縛りあげたせいでリンゴのように硬くなった乳房にふれるのだ。厚いニットのうえからでも、乳首の硬さはすぐにわかる。ノエルさんによるといい音楽とロープで、感度は何倍にも跳ねあがるらしい。

ぼくの耳元に顔を寄せて、彼女はいう。

「そんなに同じところばかりさわったら、薄くなって乳首透けちゃうよ」

麻酔薬に痺れたまま透明な湖に沈んでいくようなアダージェットのあいだ、ノエルさんの乳首に服のうえからさわり続けた。何度かエクスタシーに達したようだが、彼女は声と顔にあらわさないように必死にこらえている。

終楽章の最後の一音が消えて、爆発的な拍手が沸き起こったとき、ノエルさんはこらえていた短い叫びを一度だけあげた。席を立つときには何度も自分が座っていたシートを確認していた。


けやき坂の途中にあるレストランにいき、最初はグラスのシャンパンで乾杯した。ぼくは質問した。

「どうして座面なんて見てたんですか」

ノエルさんは目がおおきいので、笑うと目の上下にも目尻にもしわがたくさんできる。ぼくは笑いじわが多い人が好みだ。母を早く亡くしたせいで、年上の女性の年を重ねた部分に特殊な嗜好《しこう》をもっているのかもしれない。年をとると強くなる体臭やたるんだ肌も好みである。

シャンパンかはずかしさのせいで、頬を軽く上気させてノエルさんはいう。

「シートを汚していないか気になって。そんなことをしたらホールの人に悪いでしょう」

「ワンピースを沁《し》みとおるくらい濡れていたんですか」

そういえば終演後、トイレにいったノエルさんはなかなか帰ってこなかった。音楽ホールではどこも女性用が混雑するので、ぼくは気にもせずに待っていたのだが、そのせいだったのかもしれない。

「もったいないな。じゃあ、トイレでふいてきたんですか。ぼくが全部のんであげたのに」

フルートグラスをあげて、シャンパン越しにノエルさんと視線をあわせた。

「何度ふいてもとまらなくてね。リョウくんから見たら、馬鹿みたいでしょうけど」

そのフレンチはカウンターが名物で、外国人のシェフがすぐ目のまえのオープンキッチンで調理をしていた。日本料理のカウンター割烹をヒントに造られたらしい。シェフの動きには無駄がなく、振付師でもついているみたいだ。

「どうして、そんなふうに思うんですか。ぼくはどんな女性の欲望だって、馬鹿らしいなんて思いませんよ」

娼夫は客の欲望や願望を、可能な限り実現するために存在する。相手の秘《ひそ》かな願望を軽蔑していたら、仕事など最初から不可能だ。ふうと短いため息をついて、ノエルさんはいった。

「そんなふうな考えをもっている人は、男でも女でも数すくないの。わたしはもう五十代でしょう」

正確な年齢はわからないが、ノエルさんは四十代後半に見える五十代なかばというところ。五十四歳プラスマイナス一。ぼくは世辞ではなくいった。

「素晴らしい年齢ですね」

実際そうなのだ。経験は豊富で感覚も磨かれているし、ベッドでは若々しく、水分量もたっぷりである。

「ふふ、日本の男は誰もそんなふうにいわないよ。ただのおばさん」

自分では決して思っていない言葉はかんたんに口にだせるものだ。ぼくはシャンパンの代わりに、ガス抜きのミネラルウォーターをのんだ。あまり酔った状態でベッドの仕事に移りたくない。本格的に話をきく態勢になった。

「ノエルさんみたいなおばさんばかりだと、日本の男はみんなおおよろこびしますよ」

「あのね……」

カワハギと柚《ゆず》のカルパッチョの皿にフォークをおいて、彼女はなにかを迷っていた。

ソースはカワハギの肝をバルサミコとオリーブ油でといてある。濃厚だけれどさっぱりとして、白身によくあっていた。ぼくはノエルさんを勇気づける穏やかな笑顔をつくった。

「きいていますよ。胸を縛るだけでなく、話をきちんときくのも、ぼくの仕事です」

「いつかリョウくんをあわてさせたいなあ。じゃあ、話すね。まだ誰にもいっていないんだけど」

そこから五十代の女性の不思議な悩みの話が始まった。

「うちは子どもがふたりいて、どちらも大学を卒業して独立したの。もう三年もたつかな。そうしたら、なにかぽっかりと生活と心に穴が空いたみたいになった」

「からっぽになった感じですか」

子どもがいないぼくには、二十年以上もかけて自分の子を育てあげる感覚がよくわからなかった。二十年は今のぼくには永遠の半分だ。

「そうね、でも空《うつ》ろだったのは、ほんの一瞬だった。そのおおきな穴に気がついたら、欲望の嵐が吹き荒れ始めたの。『嵐が丘』みたいにね」

ノエルさんは女子大の英文科を卒業している。

「欲望の嵐、っていいですね」

ふるふると首を横に振ると、首筋に五十代らしい愛らしいしわが浮かんで消えた。

「とんでもない。すごくたいへんなんだから。欲望は激しくて、逆らうことができない。会いたい人に会って、いきたい場所にいって、たべたいものをたべる。それを全部やらずにいられないの。パスポートがスタンプだらけになったのも、ワンナイトで男の人とつきあったのも、五十代が初めてだった」

お嬢さま育ちだったのだろう。どれも現代なら早ければ大学生のうちにすませておくような教養課程だ。

「子育ての時間が終わって、自分が好きなように自分の時間をつかえる。素敵じゃないですか」

ぼくはすこし考えてみた。中高年の女性たちの話をきいていると、夫の存在感が薄い。飼っている犬猫ほども関心がむいていないのだ。週に一度スプレイで水をやるだけでいいサボテンやエアプランツなみである。

「パートナーの人はどうなんですか」

ノエルさんの顔からさっと暗幕でも引くように感情が消された。

「彼はそれなりに優秀でね、一部上場の名門でつぎか、つぎのつぎの社長が狙えるポジションまできてる。セックスは季節が変わるたびに一回くらい。定期点検みたいな感じかな。わたしがあれこれと遊んでいることは気がついているけれど、はっきりと文句はいわないの。もめごとを起こして離婚なんてしたら、昇進が潰れるから。それくらい古い日本の会社なんだ」

年に四回の性行為を想像してみた。セックスレスからみれば、それでもまだうらやむべきなのだろうか。

「彼とのセックスはいいんですか」

カウンターのむこうで絵を描くようにつぎの皿を盛りつけているシェフをしばらく見て、ノエルさんはいった。

「若いころはよかった。今はわたしに関心がないのが、はっきりわかるから、同じことをしてもちっともよくない。わたしが遊んでいるように、むこうにも若い愛人がいるみたい。こちらもはっきりとはいわないけれどね」

東京の都心で豊かに暮らすのもたいへんだ。経済の格差だけでなく、幸福にも性にも格差はある。すべてを手にしている人間など、ぼくのしる限りひとりもいない。

「わたしが不思議だなと思うのは、四分の一世紀もかけて子どもを育てあげ、立派な構成員として社会に送りだしても、誰も認めてくれないし、ほめてもくれないことなの。自分を殺して、すべてを子どもの成長のために捧げてきた。それがあっさりと終わると、もう自分のなかには、なにも残されていない。空っぽの穴に欲望の嵐が吹いてるだけ」

二十年以上も抑えつけられてきた、本来なら自分の人生にむかうべきエネルギーや欲望について考えてみた。

「お疲れさまでした。ようやく自分のために生きる時間がめぐってきたんですね」

ノエルさんは力なく笑った。

「そうなの。それで縛られてマーラーをききながら、シートまで沁みるほど濡らしたりしてる。わたし大学生のころ、年上の人とつきあって、何度か縛られたことがあったんだ。よくわからないけど、なんだかいいなあって思ってた」

「それは彼とは試さなかったんですか」

ノエルさんは手を振る。指先が燃えていて、その炎を払うように。

「そんなこと絶対にいえないよ。夫婦って、ほんとに大切なことはいえない関係なの。リョウくんも結婚したらわかるから」

果たしてそうだろうか。ぼくは自分の欲望くらい包み隠さず伝えられる理解のある相手と結婚したい。それくらいのことができなくて、法的に性の占有を保証された関係に意味があるのだろうか。

「不安になるのは、自分がこのまま欲望の奴隷になっちゃうんじゃないかってことなんだ。同年代の友達には子育てを終えて、つぎは社会のためにボランティア活動を始めた人もけっこういる。つぎの世代のための教育支援とか、動物愛護とかね。それなのにわたしは、旅をして、ご馳走をたべて、若い男と寝てるだけ。ほんとうに欲望に追われるだけでいいのかなって、ときどきひどく不安になる。わたし、マーラーが好きになったの五十歳をすぎてからなの」

ぼくはシャンパンをひと口のんでいった。

「欲望は悪いことですか。自分のために生きるのは、はずべきことでしょうか」

あまりに真剣なぼくの様子に、ノエルさんが驚いていた。薄く開いた唇のあいだに、ルージュで赤く汚れた前歯がかわいくのぞいている。

「ぼくはこの国に一番足りないのは、欲望だと思います」

草食化が極端にすすみ性的な悟りで自分をごまかす若い男子、恋する心を結婚相手の勤務先の安定度と年収に換算する女子、いまだに高度成長期のやりかたを変えられない企業人たち。人が生きるうえで原動力になる欲望を二重三重に禁じて生きてきた果てに、二十年以上も凍りつき変化の芽を潰してきたこの国の姿がある。アダム・スミスがいう「神の見えざる手」が日本の社会で機能しないのは、本来すべての人のなかに泉のようにあふれるはずの欲望の回路がうまくつながらないからだ。この国では欲望はテロリストと同様に相互監視の対象となっている。

ぼくは静かな怒りを隠していった。

「欲望って素晴らしくないですか。誰もノエルさんの子育ての苦労を代わってくれませんでしたよね。だったら、つぎはこちらの番です。胸を張って自分の欲望をみたせばいい。旅も、ご馳走も、セックスもすごく気もちいいじゃないですか」

ついでにいえば、音楽も、芝居も、小説やアートも、同じだった。身体と心のなかに一度とどまり去っていくすべての快楽の源泉は、みな素晴らしかった。それはぼくが単にその日暮らしの絶対的な快楽主義者にすぎないという意味なのかもしれないが。

ノエルさんはまたため息をついた。今度は角《かど》のやわらかなため息で、肩をわずかに落としたあとで笑っている。

「そうね。不思議なことがもうひとつある。こうして五十代にもなって身体の線は崩れてるのに、今のセックスが生まれてから一番いいんだ。頭のネジがふっ飛んじゃう。セックスのたびに気もちよすぎて泣くなんて、想像もしなかった」

ぼくは以前観たアメリカ製のブルーフィルムを思いだした。身体中に刺青をいれたポルノ女優が叫んでいた。

FUCK MY BRAINS OUT！

脳が飛びでるほどやって。忘れがたい台詞《せりふ》だ。ぼくたちは澄ました顔をして文明社会に生きているけれど、ときどき「脳が飛びでる」ような経験がきっと必要なのだ。

その夜、ぼくたちは手をつないで銀と青のイルミネーションが魔法城のアプローチのように輝くけやき坂をくだり、近くのホテルに移動した。その外資系ホテルは中二階にエレベーターホールがあり、フロントとロビーを通過せずまっすぐに客室にあがることができる。

エアコンの設定を高めにしていたので、部屋は夏日のような暑さだった。テーブルのうえにはホテルからクリスマスカードとフルーツがおいてあった。真冬なのにオレンジの匂いが満ちている。ノエルさんは白いニットワンピースを脱いだ。股間が裂けたタイツに、乳房を縛る赤いロープだけの正装だ。

夜の窓にむかって手をついて、ノエルさんは振りむいた。

「さあ、やって。わたし若いころは前戯が好きだったけど、今はすぐにほしいんだ。なかがもう感じすぎてやばいの」

ぼくの母親のような年齢の女性が、尻を突きだして笑っていた。ぼくはスーツ姿のままファスナーをおろして、すでに硬直していたペニスをノエルさんに挿入した。抵抗はほとんどなかった。すこし粘り気の強い温泉にでも先端を浸したようだ。数回の往復も要さずに、ノエルさんは達してしまう。ぼくはつけ根を強く締めつけられたまま、タキシードジャケットを脱いだ。

一度いき始めるととまらなくなるようで、しばらくするとノエルさんは泣き始めた。男性にこれほどの全能感をプレゼントしてくれる身体を、夫は年に四回無関心に試すだけなのだ。宝石はいつでも足元に転がっているのに。

ぼくは窓ガラスに映るノエルさんの涙とクリスマスの東京の夜景を見ながら動き続けた。どちらも胸に刺さるようで、暗い窓に動くふたりの姿はとても微笑ましかった。

19

年の瀬を迎えたその日は、なぜか咲良が朝からぴりぴりしていた。

日ざしは強く、よく晴れた日だったけれど、北風が強く日陰にはいると凍えるような寒さだったのを覚えている。ぼくが代官山にあるクラブのオフィスをでたのは、午後二時だった。いれ替わるようにアズマがやってきて、ぼくたちはエレベーターのまえで、意味のないふざけた挨拶を交わした。アズマのそのときの格好はよく覚えている。白いキャップに、白いロングコート、白のニットに白いアーミーパンツ。靴もやはり白のハイカットのバスケットシューズ。韓流アイドルのような白ずくめのファッションだった。

「リョウさん、よいお年を。来年もぼくと咲良ちゃんのこと、よろしくね」

ぼくは階数表示のＬＥＤを見ながらいった。

「今日は朝から機嫌が悪いみたいだ。なにかあるようなら、アズマのほうでちょっと話をきいておいてくれないか。オフィスの空気がよどむのは困るからね」

アズマは驚いた顔をした。髪も眉もプラチナブロンドに染めているので、ＳＦ映画のアンドロイドのようだ。

「なんだ、まだ咲良ちゃんからきいてないんだ」

「なんの話？」

なにか考える顔になって、アズマはいった。

「それならいいんだ。やっぱりリョウさんは咲良ちゃんから直接きかないといけないから。今夜はぼく泊まりの仕事だから、すこし話をしてあげて」

エレベーターがやってきて、扉が開いた。

「わかった。きいてみるよ。じゃあね、アズマ。よいお年を」

アズマは扉が閉まるまで手を振り、薄くなっていく隙間から顔をのぞかせ続けた。ぼくは鈍感だった。アズマはなにかを感じていたのだろうと今は思う。ぼくもエレベーターのドアをこじ開けて、アズマを思い切り抱き締めておけばよかった。

その日の午後は三時間の快適な仕事だった。

品川駅まえのホテルでの客は関西からきた独身の女性経営者だった。関西人はバラエティ番組を眺めているとひどく開放的で大胆だけれど、実際にはふたとおりいる。開かれた人と閉じた人だ。彼女は閉じているほうの関西人で、その手のタイプは東京の人間も舌を巻くほど繊細で、人との距離感を慎重に測るものだ。彼女は三カ月で六度ぼくを指名したが、一度も寝ようとはしなかった。長期の人物テストをしていたのかもしれない。

ぼくが代官山に帰ったのは、夕方六時すぎのことだった。冬の日はとうに暮れて、天窓は濃紺のガラス板。咲良はノートパソコンで台帳をつけている。彼女は顧客と売上の管理を担当しているのだ。

ディスプレイのまえで手を振って、ゆっくりと咲良に読めるように唇を動かした。

「仕事はそれくらいにして、晩ごはんたべにいかないか。咲良の好きなものでいいよ。ぼくのおごりだ」

咲良はこくりとうなずいて、ダウンのロングコートを手にとった。まだ時間が早いので、事務所の明かりとエアコンは消さなかった。あとで帰ってくるだろう。ぼくたちがむかったのは八幡通り沿いにある複合商業施設の地下だった。何軒かの飲食店が集まっている。

どの店も何度も顔をだしているので、目新しさはなかった。咲良はぼくのほうを見ずにさっさと店内におおきな水槽のあるイタリアンにはいっていく。視線で問いかけることも、手話をつかうこともなかった。まだ朝の不機嫌が続いているようだ。

テーブルについて咲良にいった。

「いつものでいい?」

不機嫌というより緊張した面もちでうなずいた。咲良になにがあったのだろう。白と赤のパスタをひとつずつとサラダを頼んで、グラスワインを注文した。辛口の白だ。

届いたワインで乾杯したが、ひと口で咲良が顔をしかめた。ワインが酸っぱいのだろうか。ぼくものんでみる。味も香りも問題なかった。

咲良はグラスをおいて、ぼくのほうにさしだす。ためらいがちに指が動いた。

「あなたがのんで。わたしはいらない」

ぼくはもうひとつのグラスを引き寄せながらいった。

「今日はどうしたの。咲良らしくないよ」

白いクロスがかかった清潔なテーブルのうえで咲良の指が踊った。

「ワインがのめないのは、わたしの舌が変わってしまったせい。お酒はみんな気もち悪く感じるんだ」

急に舌が変わる。そんなことがあるのだろうか。

「ワインはありがたくもらうけど、咲良がなにをいっているのか、よくわからないよ」

指の動きがとまった。じっとぼくの目を咲良のおおきな目が見つめている。咲良は口がきけないせいかひどく目の力が強かった。光の棒で押されているような感覚だ。決心したように彼女の指が動いた。

「わたし、妊娠してるんだ」

誰の子かときく必要はなかった。秋に始まったぼくたちの関係は、冬になっても続いていた。あっけにとられて、ぼくは無様な返事をしていた。

「……そうなんだ」

一度秘密を口にしてしまうと、咲良の指は雄弁だった。雷のようにひらめく。

「あなたとわたしの子だよ。どうしようか迷ったけど、わたしはひとりで産むことにした。お母さんがそうしたように」

静香さんは咲良を産んですぐに離婚し、ひとりで育てたといっていた。ぼくは手をあげて、咲良の指をつかんだ。その先までこの指にしゃべらせるわけにはいかない。急な告白だったけれど、ぼくの心は自然に固まっていた。

「ちょっと待って。ぼくと咲良の子どもなんだよね。ひとりで産んで育てるなんていわないでよ。ぼくもいっしょにやってみるから。咲良、ぼくたちは家族になろう」

考えてみれば、ぼくは客との性行為では避妊具を絶対に欠かさなかった。咲良とするときだけは自然のままにおこない、射精の直前に装着していた。避妊が完全でないことはわかっていたのだ。心の底のどこかで、妊娠してもかまわない気もちがあったのかもしれない。

咲良は疑わし気な表情で、ゆっくりと指をひらめかせた。

「家族になろうって、わたしと結婚するってこと?」

妊娠の衝撃がおおきすぎて、ぼくはミスを犯していたのに気がついた。赤ん坊と家族が先なのではない。咲良を最初にしなければいけなかった。また手を握っていう。

「ごめん、ぼくが間違っていた。咲良、ぼくと結婚してください。その子はふたりで育てよう」

咲良の目に見る間に涙がたまっていく。ぼくの手を片方だけ離して、まっすぐに伸ばす。親指の先であごの先に二度やさしくふれた。

「ほんとうに?」

ぼくもてのひらを伸ばし、あごの先に二度ふれる。

「ほんとうに」

咲良が泣きだしたころ、最初のサラダが届いた。お店の人はおかしな顔をしていたけれど、ぼくは彼女の分を上機嫌でとりわけてあげた。咲良はお酒はのめなくなったようだけれど、食欲はすごかった。ぼくの分のパスタも半分たべたくらいだ。ぼくたちはそれからワインとオレンジジュースで乾杯した。アルコールとカフェインは妊婦の敵なのだそうだ。

「だけど、なぜ、そんなに気軽に結婚を決められるの。うれしいけど、わたしちょっとびっくりした」

　正面にある水槽のなかで銀の小魚がいっせいに方向を変えて泳ぎだす。咲良は不思議そうにぼくを見ている。

「それがすごく大事な一生の問題だから」

　意味がわからないという顔をして、咲良が固まっている。

「それ、冗談なの。ときどきリョウくんは本気なのか冗談なのか、わからなくなる」

　ぼくは手を伸ばし、咲良のあたたかな手に重ねた。

「冗談なんかじゃない。ぼくは昔から考えていたんだ。結婚とか、仕事を決めるとか、家を買うといった、人生にとってほんとに重要なことは、あれこれ考えずに自分の感覚で決めようって。固くて不自由な頭なんかよりも、感覚や直感のほうがずっと賢いとぼくは信じてるんだ」

　まだ疑わし気な表情で、未来の花嫁がぼくを見ていた。

「咲良と結婚して、いっしょに暮らすことを想像したら、なんだかすごくいい感じだった。だからぜんぜん迷わなかったんだよ。すこしはぼくの感覚を信じてもらいたいな」

　咲良の手がゆったりと動いた。

「おかしな人」

ぼくは咲良にかまわずにいった。

「だけど、ぼくたちの結婚生活はきっとたのしくて、やらしくて、実り多いものになると思う。頭は間違うけど、心と身体は確かだからね」

咲良はぼくのまえにあるグラスをとり、唇だけワインで濡らすという。

「わたしはずっとリョウくんのこと、信じてるよ。この子も、わたしもきっとしあわせになるよ。だって、うちのクラブのナンバーワンだもの」


オフィスにもどり、その夜はあれこれと話をした。

今後の生活について、結婚の形について、それからクラブの仕事について。子どものことを考えると、いつまでもボーイズクラブだけで暮らしを立てるわけにはいかなかった。ぼくたちには正しい昼間の顔がさらに必要になるのだ。話しあいは気がつけば二時間を超えて、いつの間にか真夜中が近づいていた。話し疲れたぼくたちはソファで抱きあったまま、ななめの天窓を見あげていた。冬の雲が淡く濃紺の空を動いていく。

ぼくは咲良の身体を抱きながら、この人だったんだと思っていた。男でも女でも同じだろうけれど、一生をともにする相手はそうそうかんたんにわかるものではない。それがどんな人なのか、あれこれ想像しても核心的なそのときがやってくるまでは、決してわからないのだ。なぜなら、その人が未来そのものだから。ぼくたちは決してわからない時間の壁のむこう側を未来と呼ぶ。

ぼくは咲良の頭を撫でながら、何度も何度もこの人だったんだと考えた。それはひどく心が静かになる経験で、とても穏やかな幸福感だった。あふれたり、湧きだしたり、すべてを押し流したりするのではなく、にじみだすように心をしっとりと濡らしていく満ち足りた幸福だ。ぼくたちはひとつのパズルのふたつきりのパーツのようにぴったりと身体を添わせ、白いソファのうえで幸福なうたた寝をした。

そこまでが、その夜の完璧な思い出である。

20

電話のベルに眠りを破られた。咲良もぼくがびくりと動いたのに気づき、目を覚ました。受話器をとる。初めての声はよそよそしく、同情をふくんでいる。

「森中領《もりなかりよう》さんですか」

嫌な予感がした。ぼくは御堂静香が逮捕されたとき、警察に一度電話したことがある。なにも話さずに切ってしまったけれど、あのときと同じ感覚だ。

「……はい」

「こちら新宿警察署です。お気の毒ですが、平戸東さんが亡くなりました。身元の確認のために明日でもけっこうなので、病院までいらしてもらえませんか」

全身が硬直した。子どものようにエレベーターが閉まるまではしゃいで顔をのぞかせていたアズマを思いだす。あれはついさっき、今日の昼のことだ。

「すぐにいきます。どこの病院ですか」

新宿の救急病院の名前をきいた。ぼくの唇を読んでいた咲良の顔が青くなっている。ぼくは立ちあがって、咲良にゆっくりといった。

「アズマが死んだ。遺体は病院にある。会いにいこう」

タクシーは代官山から新宿に駆けていく。深夜なので二十分とはかからなかった。ぼくはずっと咲良の手を握り、窓の外を流れる街を見ていた。冬の夜の澄んだ空気に街灯りがきれいだ。咲良はぼくに気づかれないように静かに泣いている。ぼくはなぜか泣くことができなかった。

病院の裏側にある救急外来の受付を抜けた。遺体安置室は地下二階にあった。扉が四つならんでいる。ドアノブに手をかけると、線香のにおいがした。ぼくは咲良を振りむいてはっきりと口を動かした。

「いくよ」

咲良がうなずき、ぼくはドアを引いた。部屋のなかは三畳ほどで、壁際に背の高い横長の台がおいてあり、そこにアズマが白い布に包まれて安置されていた。眠っているようだった。それもひどく幸福な夢を見ながら。アズマの顔には笑いが浮かんでいた。最高におもしろい冗談を今きいたばかり、あるいは最高に気もちのいい最中に迎えた最期のとき。ぼくはアズマの細い首を見た。はっきりと絞められた細い跡が残っている。苦痛だけが快楽になるアズマは、最期の瞬間にどれほどの快感に酔っていたのだろうか。

「……アズマ」

咲良が声をあげずに泣いていた。

布をはぐとアズマは裸だった。胸にも腹にも切り傷やあざが無数に残っている。咲良がアズマの傷だらけの冷たい身体に泣きながら抱きついた。ぼくはそのうえからふたりをまとめて抱くように両腕で包みこんだ。

さよなら、アズマ。

霊安室をでると、二人組の刑事が待っていた。刑事はかんたんな挨拶でぼくたちの身元確認をすませた。

新宿署の刑事によると、アズマが発見されたのは高層ビルにあるホテルの一室だったという。隣室の客がおおきな物音を不審に思い、フロントに通報をいれた。ホテルマンが駆けつけたとき、部屋のなかには心停止の状態のアズマと三十代の女性がいたそうだ。彼女は東京の資産家の娘で、精神科への通院歴があり、刑事には不幸なアズマを永遠に幸福にしてやるために首を絞めたといった。

その客のことは、クラブではノーチェックだった。これまでも何度かアズマは仕事をしたことがあったけれど、今まではおかしなことは起きていなかった。うちのクラブの電話番号がわかったのは、アズマの財布のなかに緊急連絡先として、ぼくの名前と数字が書かれていたからだ。

「平戸さんのご両親はどちらにお住まいかわかりませんか。どうして、森中さんが緊急の連絡先になっていたんでしょうか」

中年の刑事が怪訝《けげん》そうな顔で質問してきたが、ぼくはアズマの親のことをほとんどきかされていなかった。

「あまりうまくいっていないようでしたけれど、ご両親のことはよくわかりません」

年長の刑事のうしろで若い刑事が黒い手帳にメモをとっていた。

「では、容疑者の女性については？」

「しりません。アズマには特殊な嗜好があって、女性関係については秘密主義者でした。ぼくたちにも教えてくれませんでした」

仲はよかったし、確かに友人だったけれど、アズマのプライベートな恋愛について、ぼくも咲良もしらなかった。七年以上ものあいだ秘密諜報《ちようほう》部員とつきあっていたみたいだ。フレンドリーな冷ややかさが、アズマらしいけれど。

「そうですか、またお話をうかがうかもしれませんが、今夜はいつでもお帰りになってかまいませんよ」

若いほうの刑事は不服そうな顔をしていたが、その後新宿署からの連絡はなかった。容疑者は現場で逮捕されている。警察にとってはもう解決済みの事件だった。あとは報告書を書式どおりに作成し、ファイルに綴《と》じたらおしまいだ。ぼくたちはアズマの事件の、ほんのちいさな脇役にすぎなかった。

21

翌日から一週間、クラブの仕事はすべてキャンセルして、アズマの喪に服した。事務所にはいくつもアズマの遺品が残されていた。コーヒーカップ、カシミアのカーディガン、紫のインクが詰まった万年筆、歯ブラシと好みの外国製の歯磨き粉。テーブルを窓際におき、そこに遺品とアズマの写真をおいて、無数の白い花で囲んだ。ぼくたちは絶やすことなくキャンドルを灯し続け、頭が痛くなるまで香をたいてアズマをしのんだ。

咲良はすっかり食欲をなくしていたけれど、お腹の子どものためだといって、無理やりレストランに連れていった。ぼくも食欲などどこかに飛んでいってしまっていたが、咲良の手前きちんと自分の分は完食した。おかげで精神的にはきつかったけれど、目に見えて体重を減らさずにすんだ。

アズマのロッカーからUSBメモリーをとりだし、咲良のノートパソコンにつないだのは、一週間の服喪の最終日である。代官山のオフィスにはふたりのほか誰もいなかった。メグミも、シンヤも、アユムも、どっさりと白い花をおいて帰っていった。デスクライトだけつけた部屋は暗く沈んでいる。咲良が指をつかう。

「いくよ」

ぼくはうなずいた。ファイルを開くと映像データがはいっていた。いきなりディスプレイが暗転して、つぎに無数の光の点で満たされた。アズマが笑っている。スマートフォンで撮影した自撮り動画だった。アズマはいつかの白ずくめの格好で、笑って手を振った。

「やあ、咲良ちゃん、リョウさん、元気!? これを見ているということは、ぼくになにかが起きたんだね。ぼくはこういう性格だから、なんだか勘だけは無暗《むやみ》にいいんだよ。ちょっとまえから、おかしな胸騒ぎがしていたんだ。それも別に怖いとか、嫌な感じとかいうんじゃなく、ただなんとなくもう時間がなくなってきたなっていう感じ。ほら夏休みの終わりって、カウントダウンが始まるでしょう。あと一週間でおしまいだな。でも学校にいけば、友達にもまた会えるし、まあいいか。ぼくはこの世界からいなくなるかもしれないけど、別にそんなに悲しくは感じないんだよ」

嫌いだった人の死でも語るようにアズマはけらけらと笑っている。死などなんでもない。自分を傷つけることはできない。そんな雰囲気だ。ぼくは咲良の腰にまわした腕に力をいれた。この引き締まったお腹のなかに新しい命が、果実の種くらいのおおきさで眠っている。

「うちの親にはクラブの仕事のことは、うまくごまかしてね。ぼくのほんとうの家族といえるのは、静香さんと咲良ちゃんとリョウさんだけだよ。もう静香さんはいないから、ふたりにぼくの遺産をプレゼントします」

そういうとアズマはスイスのプライベートバンクの名前をあげた。

「そこは身分証も、本人確認もいらないんだ。日本支社にいって、窓口でただ八桁の数字をいうだけでいい。その数字はね、静香さんと咲良ちゃん、それにリョウさんとぼくの誕生日の数字にしてあるんだ。月の分はいらないよ。ただ生まれた日の数字を四人分。かんたんでしょう」

アズマは無邪気に笑っている。自分がもらうのも、人に贈るのも、プレゼントはアズマの大好物だった。

「けっこうな額になっているから、お金は好きにつかっていいよ。クラブの運営費用にしてもいいし、またお店を買うときの足しにしてもいい。なんだったら、ふたりの新婚旅行や新居につかってくれてもいい。ぼくはこの世界にいて、いつだってうまくフィットしなかった。いつだってどこかで無理をして、苦痛をごまかしていたんだ。でも、ふたりはそんなおかしなぼくをきちんと受けとめてくれた。リョウさんに小指を折ってもらったのは、最高の思い出だよ」

自分の小指にキスをするとアズマがにこりとした。

「そんなことなら、左手の小指だけじゃなく全部の指とか、片側の肋骨を全部へし折ってやればよかった」

ぼくがそういうと咲良が泣き顔でうなずいた。指が走る。

［全身の骨をばきばきに折ってから、愛してるって抱き締めたかった」

アズマはぼくたちのほうを指さし、ウインクした。

「残念だけど、ふたりの赤ちゃんを見るのは、むずかしそうだね。名前をつけるのも無理っぽい。でも、ふたりのことはいつまでも見ているから、なかよく幸せになってください。ぼくは一生結婚もしないし、子どももいないだろうから、ほんとにたのしみにしていたんだけどね」

一瞬悲し気な顔をしたが、アズマはすぐに笑っていた。この娼年も二十一世紀の人間なのだ。

「さあ、ぼくの話はもうおしまいだよ。さっさとふたりで幸福になって、ぼくみたいな変態のことは忘れてね。じゃあ、仕事にいってくるね。今日は寒いけど、いい天気だね。ぼくはお日さまがでてるだけで、いつも十分に幸せだな」

ディスプレイは暗転した。もう光の粒でつくられたアズマはいない。咲良が泣いているあいだ、ぼくはずっと肩を抱き、腰に手をまわしていた。咲良は顔をあげると断固として指をつかった。

「わたし、決めた。生まれてくる子が男でも女でも、名前はアズマにする」

東と書いて、アズマ。八画は末広がりの縁起のいい数字だ。

それはいいね、ぼくは咲良によく見えるようにゆっくりとそういい、涙で塩辛い咲良の唇に、ぼくの唇を重ねた。

新しい年が始まった。

東京でも二度ほど雪がふった、寒さの厳しい新年だ。

ぼくたちは残雪の公園通りを歩いて、渋谷区役所の坂をのぼった。書類を提出するだけの結婚を済ませ、代官山でふたりの生活を始めたのである。クラブの事務所には生活のにおいをもちこみたくなかったので、咲良がぼくの住んでいる恵比寿西のマンションにくることになった。

新婚生活というには、あまりに特殊な事情ではあるけれど、ぼくたちの新たな暮らしは今のところ悪くない。ぼくは今までと同じように、咲良のもとから娼夫の勤めを果たしに日々街にでている。そのことについて、ぼくと咲良のあいだに問題はない。咲良は生まれてから、この仕事しかしらないのだ。

御堂静香に誘われ、娼年の道に足を踏みいれて、八年の歳月が流れようとしている。ぼくのなかで、この仕事に対する思いはしだいに確信に変わっていく。ぼくの風変わりな適性と才能は、きっと女性たちに奉仕するこの仕事にむいているのだろう。

咲良のお腹は日々おおきくなっている。あのなかに咲良とぼくの血を引いた新たな人間が存在するなんて、生命の驚異以外のなにものでもないと、真剣に思う。クラブの昼の顔を強化するため、ぼくたちは二軒目に購入する店を探し歩いている。

代官山の事務所には、御堂静香と平戸東の遺影がなかよく飾られている。すこし澄ました顔と笑顔が二枚ずつ。仕事のないときなど、ぼくはよく心のなかで静香さんとアズマに話しかける。いつか会いにいくから、ゆっくり待っていてほしいと。もっともむこうの世界には時間というものは存在しないのかもしれない。昼も夜も、成長も老いもないのでは、時間を計るすべもないだろう。変化は生きている者だけの特権だ。

青ガラスのような東京の冬空のした、ぼくは今日も新たな女性を抱きにいく。

この生活にも、仕事にも意味などまったくない。

どこにもいきつくことはできない。

人に誇れるような価値もない。

ぼくはそれらをすべて理解しているけれど、同時に深く満足もしている。これ以外に、この世界でぼくが上手にできることはないのだ。

刷毛《はけ》でなすったような淡い冬の雲を見あげ、ぼくは空のうえにいるふたりにいう。今日の仕事もうまくいきますように、力を貸してください。

ふたりから、こたえはない。でも、ふたりの力を、ぼくは感じている。

今日の仕事も、きっとうまくいくだろう。

ぼくは見知らぬ彼女の心と身体を開くだろう。

そして、夜は一日の仕事に満足して、咲良のとなりで静かに休むのだ。

ぼくの望みは満たされた。それ以外になにが必要だろうか。

解説

湯山玲子

ひとりの男娼が、多くの女性と性行為を重ねていく中で、女性の多様さ、深淵《しんえん》、そしてセックスの本質を知り成長していく、という石田衣良、渾身《こんしん》の性の三部作の最終章が本作『爽年』だ。

男性主人公が、数多くの女性とセックス遍歴をする千人斬り冒険譚《ぼうけんたん》は、古くから数々の作品に描かれてきたが、もちろん、そのほとんどが男性目線の男性事情。この三部作にしても、男性の視点から女性が描かれていくわけだが、作者の筆致には、そこに女性に対する敬愛があり、「男と女、同じ人間ならばお互いが寄り添い、わかり合うことができる」という強いヒューマニズムが根底に存在している。

直木賞の候補作品にもなった『娼年《しょうねん》』が上梓《じょうし》されたのが二〇〇一年。その続編で、LGBTの存在にもフォーカスした『逝年《せいねん》』が二〇〇八年。本作『爽年』が二〇一八年。

そして、松坂桃李を主演に、原作が持つ世界観のバトンを見事に引き受けた三浦大輔の手になるハードコアな演出が話題を呼んだ『娼年』の舞台と映画化は、それぞれ、二〇一六年と二〇一八年。ちなみに本作の初出の後に公開された映画が、大ヒットを記録したことは記憶に新しい。

その舞台作品を私は観《み》ているのだが、その時に非常に興味深い体験をした。全編これセックスのみという刺激の強い表現は、若い女性にとって抵抗があるのではないか？という予想は、観客の熱いスタンディングオベーションで見事にかき消されたものの、私の両隣に座った男たちの反応が芳しくなかったのだ。

右隣のいかにも業界人という体の男性は、何度もチッと舌打ちをし、拍手もせずに早々と席を立った。左隣の若いオタクっぽい男性は、「早く終わって欲しい」という意思表示なのか、しょっちょう腕時計を見ている。どちらにしても「オレは不愉快だよ！」という感情が溢《あふ》れるばかりにコチラに伝わってくる。

ちょっと想像してみよう。二〇〇一年の『娼年』出版時ならば、まだ、隣の男たちは「性欲むき出しの女たち。こういうことは、ファンタジーなのだ」と安心していられたはずだ。しかし、二〇一六年の時点で前述のごとく苦々しい舌打ちが出はじめ、そして、相次ぐ権力者のセクハラ問題や#me too 運動を受けた今、彼らはこの内容にいったいどう反応できるというのだろう。

女性のオーガズムは男性の十倍（ホントか!?）、故に失神するほどの快感とケモノのような痴態をさらす――とこれらは、男性が女性のセックスに対して抱いているクリシエであり、ほとんどの男性がそのことに恐怖し、立ち往生する……。

そういった境地を言葉にしていくのは、小説家の醍醐味《だいごみ》であるが、多くの男性作家は「クールな筆致」で一部始終を観察する方を選ぶだろう。いわゆる「オンナってヤツは!!!」と、自分とは相容《あいい》れない他者である女性を切り離すやり方だ。反発、軽蔑という感情と同時に、沸き上がる「かなわねぇな」という畏敬ということだろうが、同時に、女性を自分と同じ人間とは見ることができない、大きなギャップが存在する。

実はそこには、エロティシズムというやっかいな人間感情が横たわっていることを忘れてはならない。セックスの大いなる動機となるそれは、相手の主体性や意思を封じ込め、モノ化したときに強烈に立ち上がってくるわけで、男性からしてみれば、女性を〝意思を持つ人間〟として見做《みな》さない方が断然「立ち」がいい。ちなみに、現代社会での現実的な「性の教科書」であるアダルトビデオ、アニメは、モノ化した女性のオンパレード状態。しかし、当のモノ化されている女性にも、そういったエロティシズムは共有されているので、コミュニケーションとしてのセックスよりも、こちらの快楽の方が手っ取り早いのは「不都合な真実」なのである。

「女性も男性のようにムラムラし沸き上がる性欲があって当たり前、ただ、そのかたちが男性とは違うのだ」というメッセージが作品には幾度となく繰り返される。実際、つい最近まで、女性の性欲は「無いこと」にされていた。そして今でも、女性の性欲は恋心ありきで、男性に開発されてはじめて快感を得るようになるのが当たり前で、オナニーは男の代替行為という考え方は社会から払拭されていない。女の性欲について語ることを「はしたない」とする空気は根強いのだ。
男も女も同じ人間、という視点からすれば、性欲のエネルギーと、それを自分自身が肯定できない不愉快さは、男性にとっても充分に想像も共感もできる。石田衣良はそこを立脚点に筆を走らせたわけだが、その「当たり前」が今まで描かれたことがなかったことに、私はこの国の文化が持つミソジニー（女嫌い）にも通じる、根強い男女の区別というものを感じるのだ。

さて、この三部作には爽快な読後感があるが、なぜ、「女性にとってウェルカムなヒーロー的男娼」を主人公としたヒット小説が、これまで女性側から出てこなかったのか？　それは当の女性たちの中で、「性欲処理のセックス、つまり、カネで解決できる性」に対しての抵抗があるからだろう。「最初に心が動いて、だからこそ相手の男に対して欲情し、結婚に結びつき、結果心身ともに交流し、添い遂げる」というロマンチックラブは、すでに現実的には「ほぼ、ありえない」にもかかわらず、そこをモラルの原点とする文化的刷り込みは女性において、それほどまでに強力なのだ。だからこそ、物語や二次元で理想の男と恋愛というものを堪能したい、という女心は、本作では、理想の男性の姿をイラストに描いて人気を得ている男性恐怖症の女性に象徴的に描かれる。

　リョウの顧客達は、恋愛と表裏一体の嫉妬や独占感情に悩むことがない。リョウに失恋した腹いせに、クラブを破滅させてしまうかつての同級生メグミという登場人物は確かに、ネガティヴな感情に支配されるが、その後、クラブの仕事に理解を示し、協力するようになる（前作『逝年』には、彼女の心変わりが、この作家ならではの丁寧かつ説得力ある筆致で描かれている）。リョウと顧客たちのセックスで交換されるのは、性的な快楽と同時にどう考えても「愛」というべき感情であり、このことは私たちの「愛」についての概念を再考させるトリガーにもなっている。

　ちなみにこの三部作は、啓蒙《けいもう》的でもあり、政治的でもあるのだ。マルキ・ド・サドの作品が性の想像力を極限にまで広げ「早すぎた自由思想」の発現であったように、世間に色濃く存在しはじめた、日本人女性の性欲の肯定、そして性の自己決定権を、ひとつの物語にした「娼年」シリーズは、社会を変化させるタネを植え付けたと私は思う。男性優位社会が崩壊していったときの、女性とその性のありかた、モラルに、ひとつの理想を提示しているといっていい。


「ファンタジーとイマジネーションが大切なんだ」

　万人に許されたファンタジーと想像力を表現するもっとも華やかな舞台が、セックスなのではないか。セックスレスなど、人の進化を無視していつまでも性の動物的段階にとどまっている反進化主義者の症候群であるとぼくは思う。
どうせなら身体だけでなく、心と頭をフル回転させて、人間のみに許された性の多彩な世界をたのしめばいいのだ。

様々に女性のセックスにおける多様性を描いてきたシリーズだが、本作では特に、口の中が快楽の源泉になっている女性、亀甲縛りの上にドレスを着てマーラーの交響曲第五番の演奏会に出向き、ペッティングと音楽の合わせ技にて絶頂を迎える女性など、食や音楽といった文化が内包する官能性と、セックスの快感の関係性が語られているのが興味深い。ミシュラン店に通い、来日オペラに何万円もの席料を払う現代人たちが、どうして自分自身のセックスとなると、目を背け、一般論に殉じ、思考停止してしまうのか、という常日頃、私が強く感じている疑問がここには提示されている。そう、本当に多くの素晴らしい芸術作品はセクシュアルな官能の世界と結託しているのだ。

日本という国に関してのシビアな批評も所々に顔を出す。

「ぼくはこの国に一番足りないのは、欲望だと思います」

草食化が極端にすすみ性的な悟りで自分をごまかす若い男子、恋する心を結婚相手の勤務先の安定度と年収に換算する女子、いまだに高度成長期のやりかたを変えられない企業人たち。人が生きるうえで原動力になる欲望を二重三重に禁じて生きてきた果てに、二十年以上も凍りつき変化の目を潰してきたこの国の姿がある。アダム・スミスがいう「神の見えざる手」が日本の社会で機能しないのは、本来すべての人のなかに泉のようにあふれるはずの欲望の回路がうまくつながらないからだ。この国では欲望はテロリストと同様に相互監視の対象となっている。

そう、私たちは現実に目を向けなければならない。それは、こういったインターネットの影響下の相互監視の空気が「女性自身の性欲肯定」と同時期に来てしまったという悲劇だ。ＳＮＳ時代の情報により格段に躍進した女性の性の解放と男性の意識変化が、バブル期のような、この国には珍しいエネルギッシュな時代に起こっていたら、女性のセックス状況はまだ違っていたはず。しかしながら、現在の日本においてのそれは、芸能人の不倫に対する過酷な社会的制裁や、セクハラ、性暴力の問題が浮上し、「取り扱い要注意」事項のシロモノになり果ててしまっている。

力のある作品は、テーマのバトンが読者に渡され、想像力を刺激する。たとえばＡＩ技術を駆使した、「私の性癖にピッタリと合わせてくれるセックス用のロボット」などは、近い将来確実に実現しそう（日本人の高度で繊細な工業技術は、大いに生かされるはずだ）。その姿はすでに人間の形状ではなく、全身を刺激するマッサージタンクとバーチャルの組み合わせなのかもしれないが、それを聞いて「それでいいのか、人間よ！」という感情が沸き上がるならば、それは作家、石田衣良がこの三部作に仕込んだ、最大のメッセージと言えるだろう。

（ゆやま・れいこ　著述家／プロデューサー）

本書は、二〇一八年四月、集英社より刊行されました。
初出　「小説すばる」二〇一七年十一月号〜二〇一八年三月号

集英社文庫

爽《そう》　年《ねん》

2020年5月25日　第1刷　　定価はカバーに表示してあります。

著　者　石田衣良《いしだいら》
発行者　徳永　真
発行所　株式会社 集英社
東京都千代田区一ツ橋2-5-10　〒101-8050
電話　【編集部】03-3230-6095
【読者係】03-3230-6080
【販売部】03-3230-6393（書店専用）
印　刷　凸版印刷株式会社
製　本　凸版印刷株式会社

フォーマットデザイン　アリヤマデザインストア　　マークデザイン　居山浩二

ISBN978-4-08-744108-6 C0193

吸血鬼と愉快な仲間たち

The vampire
and his pleasant
companions

吸血鬼と愉快な仲間たち

「あらっ？」

赤丸《あかまる》加工食品会社の倉庫、輸入牛肉の解凍庫にいたパート社員、北原鹿代《きたはらしかよ》は「それ」に気づいて、思わず手を止めた。肉の入ったダンボールの中に黒い毛糸玉みたいなものがある。嫌な予感がした。ひょっとしてこれ、ネズミじゃないの？　おそるおそる指でつついてみるけれど、動かないし、柔らかくもない。……凍っているのだ。肉は冷凍のまま輸入され、その日使う分だけ解凍庫で解凍される。凍っているということは、最初から輸入肉に紛れていたに違いなかった。

数年前も、冷凍牛肉のダンボールに冷凍ネズミが入っていて大騒ぎになったことがある。輸入先の会社にクレームをつけたところ「うちでの管理は完璧だった。もし混入するとしたら輸送の時なので、それは運送会社の問題だ。うちが責任を負う義務はない」と自社でのネズミの混入を絶対に認めようとしなかった。肉は冷凍のコンテナで輸送される。どこにネズミの入る隙があるんだと理不尽に思いつつ、向こうの言い分を渋々受け入れ、最初にネズミを見つけた鹿代が一人、悪者になって上司から叱られた。もともとあの上司とは馬が合わなかった。ネズミをダシにこれ幸いといびられたのはわかっていたけれど。

　そういえば新しい取引先になったのか、先週から肉の入っているダンボールの印字が変わった。ひょっとして、そこでの保管に問題があったんじゃないかしら。ああ、でも肉にネズミが交じっていたとなったら、全品再検査の上、今日の材料は全て廃棄。そしてまた私が責められるのかしら……。

　チラリと周囲を見渡すも、解凍庫には自分のほかに誰もいない。鹿代はダンボールの冷凍ネズミを摘《つま》み上げ、素早くビニールエプロンのポケットに滑り込ませると、そしらぬ顔で外に出た。

「あら、鹿代」

　解凍庫の外で、芳江《よしえ》とばったり鉢合わせた。お互い四十五歳と同い年。話が合うから休憩時間はいつも二人で喋《しゃべ》っている。もしかして今の、見られちゃったかしら。胸がドキリとする。

「加工室にいないから、どこへ行ったのかと思ってたわ」

「足りなくなってきてたから、解凍したやつを取りにきたんだけど、その前にちょっとおトイレに行きたくなっちゃって」

　俯《うつむ》き加減に鹿代は出入口へと足早に歩いた。履物を替え、キャップ、マスク、エプロンを外す。手袋はしたままポケットの中を探り、それを素早く握りこんでトイレへと走った。胸をドキドキさせながら個室の中でそっと手を開く。体の大きさは十二、三センチで、尻尾の長さは五センチぐらい。ネズミは灰色っぽい感じがするけど、これはどっちかっていうと茶色い。でもちょっと待って。このネズミの足、変じゃない？　手も鉤《かぎ》爪《づめ》だし、よく見れば羽みたいなものがついてる。

蝙蝠《こうもり》！　頭の中に閃《ひらめ》いた。これって蝙蝠なんじゃないかしら。蝙蝠なら残飯なんて食べないだろうし、どっちかっていうと鳥みたいなものだから、ネズミよりもずっと綺麗《きれい》よ……多分。ホッと胸を撫《な》で下ろす。

ここで加工している肉のほとんどは、ミンチになって加熱したハンバーグの状態で出荷される。ビニールパックでお湯につけて、もしくは電子レンジでチンして出来あがりというあの種類だ。加熱して出荷する肉だから大丈夫、と鹿代は自分で勝手に決めつけた。

それにしても、どうして蝙蝠なんかが牛肉の中に交じっていたのかしら。あぁ、そういえば、蝙蝠は血を吸うんだったっけ。

きっとこの蝙蝠は牛肉と共にアメリカからはるばる海を渡ってきたのね。自分も一緒に冷凍されるなんて、随分間抜けなんじゃないかしら。

これ、どうしよう……と迷ったものの結局、ペーパータオルでぐるぐるに包《くる》んで、トイレの手洗いの横にあるゴミ箱にポイと捨てた。晴れ晴れとした気持ちで解凍庫から肉を取り出し、加工室へ戻る。芳江が「遅かったわね、大丈夫？　気分でも悪いんじゃないの」と声をかけてきた。鹿代は「大丈夫、ちょっと便秘しちゃってて」と肩を竦《すく》める。新しい解凍肉の置かれたテーブルで、鹿代は張り切って包丁を握った。すじ肉や軟骨を慣れた調子で選《よ》り分けていく。

「ねえ芳江、蝙蝠って鳥みたいなもんよねえ」

隣で包丁を握っていた芳江は首を傾《かし》げた。

「蝙蝠は蝙蝠なんじゃないの。急にどうしたのよ？」

鹿代は笑った。

「昨日、うちの子に聞かれたのよ」

それっきり、鹿代はトイレに捨てた蝙蝠のことは忘れてしまった。


ガッシャーン……横倒しになったゴミ箱の隣、アルベルト・アーヴィングは真っ裸のままタイルの上で四つんばいになっていた。目の前には、丸められたペーパータオルが散乱している。

アルは乱暴に頭を左右に振った。ようやく凍ったのが解けたと思ったら、ゴミ箱の中だったなんてついてない。しかも解けると同時に人型になったから、ゴミ箱から思いきり飛び出してしまった。

辺りは暗いので、夜なんだろう。ブルッと震えがくる。十月に入り、日が沈むと同時にぐっと気温が下がるようになった。裸だから寒いのは当たり前とはいえ、それでも昨日、一昨日《おととい》までの寒さよりは幾分ましな感じがする。

周囲にそこはかとなく漂うアンモニア臭に、自然と眉間に皺《しわ》が寄る。この独特の臭い、おそらくトイレだ。開いたドアの奥に便器が見える。随分と便座が低い。冷凍されたはずの自分が、なぜトイレのゴミ箱に捨てられていたのかはわからない。そしてここはどこだ？　牛肉の匂いはしているけど、香辛料や消毒薬の匂いも強い。

そもそもどれだけの時間、凍ったままでいたんだろう。考えているうちに、冷凍庫に長期保存されて季節が二周、三周しようとも、自分にとって大した意味はないんだと気づいた。それよりも切実な問題は、服がないこと、腹が減ったことだ。何か着ないことには、外へ出ていけない。じゃあ夜が明けて蝙蝠になるまで待つか、ここで？　それは避けたい。アンモニア臭が肌の中まで染み込みそうだ。

それにしても散々な目にあった。ノソリと立ち上がり、軽く両手足を動かしてみる。ほんとについてない、最悪だ……自然とため息が漏れる。

アルは長い間、森の中に住む孤独な老猟師、ギャディスの家の近くの川にある、朽ちかけた古いボート小屋で暮らしていた。ギャディスは近所の牧場から依頼をうけてオオカミやコヨーテを追い払ったり、数が増えすぎてしまった鹿などを狩って処分する他に、己が食べるために時折、猟をしていた。

ギャディスは食用に狩った動物は、その場で首の太い血管を切って血抜きをしていた。ギャディスの猟についていけば、血抜きの現場に居合わせる可能性が高い。地面に零《こぼ》れた新鮮な血がアルの食事になっていた。

ただギャディスの猟は不定期で、ある程度の肉が手に入ると一ヶ月近く猟をしないこともあり、その間アルは空腹を堪《こら》えてボート小屋で寝ているしかなかった。

猟をする、しないはギャディス次第。貴重な食事の機会を逃したくないので、毎朝「今日は猟に出ないかな」とギャディスの家に行き、様子を窺《うかが》っていた。その日、いつものように窓の近くの軒先にぶら下がるも、ギャディスの家は静かだった。普段なら窓越しにコーヒーとパンの朝食をとっている姿が見えるのに、カーテンも開いてない。ギャディスの車は車庫に入ったままなので、出かけたわけでもなさそうだ。家の中からは一人暮らしのギャディスの相棒、ビーグル犬のクルートの鳴き声がずっと聞こえていた。

窓のカーテンが開かなくなって二日目、近所の牧場主がギャディスを訪ねてきて、玄関のドアを開けた。鍵がかかっていなかったのだ。ぐったりしたギャディスが家から運び出され、そして四日後に戻ってきた時は棺《ひつぎ》におさまっていた。ギャディスは猟のたびに周囲を飛び回る蝙蝠など気にもとめていなかっただろうけど……一方的とはいえアルは世話になっていたので悲しかった。

問題は、ギャディスが亡くなったことで、不定期ではあるものの確実にありつけていた血の食事ができなくなったことだ。昔、コヨーテやオオカミが殺した動物の血を狙ったこともあったが、同じ残り物狙いの鷹《たか》やワシなんかにいつも追い払われた。それでも狩りの上手《うま》いコヨーテを見つけてしつこくつきまとったこともあるけど、夜中にそいつに襲われて右腕を食われ、散々な目にあってからはやめた。

その点、ギャディスは昼間に狩りをするし、我慢して待っていれば安全に、確実に、誰にも邪魔されず新鮮な血をいただけたので、食事をする上でありがたい存在だった。ギャディスがいなくなったことで、アルは食事を確保するために、新たに猟師を見つけないといけなくなった。

森の中を飛び回って捜すも、なかなか第二のギャディスは見つけられない。牧場で、害獣を追い払うために脅しで銃を使っても、実際に狩る人はアルの知る限りほとんどいなかった。

食料である血を飲めないまま十日ほどが過ぎ、耐えがたい空腹を抱えてふらふら飛び回っているうちに、町の近くまで来てしまった。そこで吸血鬼ゆえに発達した鋭い嗅覚で、渇望していたアレの、美味《おい》しそうな匂いを嗅ぎつけた。引き寄せられるように匂いのする方角に飛んでいくと、現れたのは食肉倉庫。看板には牛肉の販売をしていると書かれていた。

最初に考えたのは、傷んで廃棄される肉の血を舐《な》められないだろうか、ということだった。どこかにゴミ箱がないか建物の周囲を飛び回ったけど、見当たらない。町の飲食店と違って外へは出さず、建物の中にしまっているようだった。

どうにか建物の中に入るチャンスはないかと様子を窺ってみる。入口らしきドアから出入りしている人はいるが、ドアが開くタイミングで建物の中に飛び込んだら、見つかって追いかけ回されそうだ。悩むアルの前を、一台の箱形のトラックが行き過ぎた。そのトラックは建物の裏に回り、閉じたシャッターの前に止まる。するとシャッターがゴゴゴと音をたてながら上に巻き上げられていった。

トラックの後ろ扉が開く。そこに運搬車がやってきて、牛の絵が印刷されているダンボール箱を積み込みはじめた。アルはそっとトラックの上に飛び乗った。トラックの屋根をじりじりとほふく前進し、車の中を覗《のぞ》き込む。積み込みに夢中な作業員は、蝙蝠に見下ろされていると気づいていない。

凍っているようだが、血の匂いが微《かす》かに漂ってきてぽたりと唾液が落ちる。もう何日も食べていなくて、お腹が空《す》いて空いて我慢しきれず、作業員が出た一瞬の隙に貨物庫の中に入り、一番奥にある箱の上に飛び乗った。当たり前だが、ダンボールの蓋はテープで閉じられている。テープを引っ張り、何とか隙間を作って中に入り込んだアルの目の前に現れたのは、ビニール包装された冷凍牛肉という現実だった。生肉をそのままダンボールに突っ込むなどあり得ないので、当然といえば当然。これじゃ駄目だ、舐められない。箱から出ようとしたアルの頭上に、ズシンと衝撃がくる。ダンボールの蓋が開かない。重たい。上に箱を積まれたのだ。

「ギャッ　ギャッ　ギャッ!!」

自分の叫び声は、バタンというドアが閉まる音に掻《か》き消された。冷凍肉と一緒にダンボールに閉じ込められるなんて最悪だ。こうなったら、次に箱の蓋が開かれた時に、勢いよく飛び出て逃げるしかない。

やけくそになって「ギャッ　ギャッ」と叫ぶも、余計にお腹が空くばかり。ふて腐れ、最悪な状況に落ち込んでいたアルは、ハッと気づいた。ここは寒い。何だかとても寒い。もしかしてこの貨物庫は冷凍用なのか？　まずい。このままだとカッチカチに凍ってしまう。しばらく小さな箱の中で這《は》い回っていたけど、だんだんと体が震えてきて、動けなくなる。蝙蝠姿の自分は、最悪、最悪とぼやきながら、冷たい牛肉の狭間で冷凍蝙蝠になってしまったのだ。

フッと人の気配を感じ、慌てて振り返った。鏡だ。鏡がある。スイッチを探して、電気をつけた。そこには栗毛《くりげ》色の短い髪の男、自分が映っている。

鏡の下には手洗いがあり、横にはプラスティックの造花が飾られている。その造花のすぐ上に、端が黄色く変色した紙が貼られてあった。

『節水！　水を大切に』

鏡に両手をつき、奇妙な形の文字をじっと見つめた。これはいったい何語なんだ？　中国語か？　ガールフレンドと食事をしたチャイニーズレストランで、こんな字を見たような気がする。

ここはチャイニーズレストランのトイレだ！　確信した。それなら生肉や香辛料の匂いも説明がつく。おそらく自分は、冷凍のままレストランの厨房《ちゆうぼう》に卸され、箱の中で凍っているのが見つかってトイレのゴミ箱に捨てられたのだ。あれ、ちょっと待て。どうしてトイレだったんだ？　厨房のゴミ箱ではなく？

カツカツ……遠くから人の足音が近づいてくる。鏡に映っている自分を見ているうちにはたと気づいた。そういえば服を着てない。人に戻った際の寝床にしている朽ちたボート小屋に服は置いてあるが、今どこにいるのかわからない状況で、そこまで取りに戻ることはできない。

そうだ！　右手を握り締め、左の手のひらをパンッと叩《たた》いた。強盗にあったと言えばいい。ナイフで脅かされ、身ぐるみ剝がされてトイレに押し込められたと。上手くいけば同情され、服を貸してもらえるかもしれない。

裸の理由はそれでいいとして、チラリと己の下半身を見た。股間だけでも隠すものが欲しい。辺りを見回すと、手洗いの横に灰色のロッカーがあった。鍵はかかっておらず、中には掃除用具らしきものが詰め込まれている。人の足音はどんどん近づいてくる。迷っている余裕もなく、手近にあった黄色いそれを鷲掴《わしづか》みにして、股間に押し当てた。

「お前っ、こんなところで何をしてるっ！」

鋭い声が背中に突き刺さる。覚悟を決めろ、そう自分に言い聞かせてゆっくりと振り返った。

「うおっ……お前は誰だ。どうしてモップを股間に当ててるんだっ」

トイレの入口に立っていたのは、水色の作業着を着た男。目を大きく見開き、幽霊に遭遇したかのような青ざめた顔をしている。顔はアジア系で、眉間にほくろがある。それにしてもアジア系は年齢がわかりづらい。ティーンエイジャーに見えるけれど、本当はいくつなんだろう。厨房のコック、もしくはウエイターだとしたら作業着というのはちょっと変だ。店の客だろうか。

「ここはじょっ、女子トイレだぞ。真っ裸で何やってるんだっ！」

中国語はさっぱりわからないが、相手が酷《ひど》く興奮していることは伝わってくる。ここはアメリカなのだから英語を使ってくれればいいのにと心の隅で思うも、喋れない、喋

ってくれないのなら仕方ない。今重要なのは、どうにかしてこの中国系のほくろ男に自分の状況を伝えることだ。英語を喋るのは無理でも、聞き取ることはできるかもしれないと期待し、意識してゆっくりとした口調で話しかけた。

【僕は、怪しいものじゃない】

声をかけ、一歩前に踏み出した。ほくろ男は「うおっ」と叫び、大きく後ずさる。まるで銀行強盗か連続殺人鬼に詰め寄られたかのような過剰反応だ。真っ裸で、ピストルも持っていないのに、どうしてそこまで怯《おび》えられるんだろうと考え、股間を押さえているモップに気づいた。ここに何か凶器を隠していると思われているんだろうか。

動物は、相手の信頼を得ようとすれば寝転がって腹を見せる。弱点を晒《さら》して、敵意はないことを示す。相手の警戒心を解くには、それぐらいの覚悟が必要だということなんだろう。仕方ないな……と諦め、股間を隠していたモップの先をそっと取り去った。

「なっ、何で俺にそんなもの見せるんだよっ。変態！」

恥ずかしい思いをして「腹」を見せたのに、ほくろ男は余計に興奮してきた。丸腰で、裸で、これ以上何をしろというのだろう。打つ手なしの状況で、途方に暮れてしまう。

【凶器になるようなものは何も持ってない。見知らぬ男にここへ連れ込まれて、財布と服を身ぐるみ持っていかれたんだ。どうか助けてください】

さきほど思いついた言い訳を口にしてみる。

「英語で喋るなよっ。こっ、ここは日本なんだから、日本語で喋れっ」

ほくろ男には英語がまったく通じないようだ。肩を落とし、フーッとため息をつく。

ほくろ男はじり、じりと後ずさりすると、上着の内ポケットに手を入れる。銃が出てくるのではとゴクリと唾を飲み込んだが、現れたのはスマートフォンだった。

「す、すみません、時任《ときとう》です。広尾《ひろお》さん、まだ事務所にいますよね。東館で、みんな帰ってるはずなのに物音がして、おかしいなと思って様子を見にきたら女子トイレに男がいたんですよ。外国人で、おまけに真っ裸なんです。変態の露出狂っぽくて、英語で喋ってるけど、俺英語できないから何言ってるのかわかんなくて。だからいっぺんこっちに来てください。冗談じゃないですよっ。冗談でこんなこと言いませんよっ！」

ほくろ男は通話を終えると、ぐっとアルを睨《にら》みつけた。いくらこちらが真っ裸とはいえ、ほくろ男の警戒心は強すぎる。尋常じゃない。……もしかして正体が吸血鬼とばれてしまったのだろうか。だけどばれるようなことなんて何もしてないのに。

いや、中国には四千年という長い歴史がある。以前観《み》たカンフー映画で、おかしな術を使う男が出てきた。中国特有の呪術とか、そういうもので正体を見抜かれてしまったんだろうか。

ペターンペターンと間延びした足音が近づいてくる。ここは足音の響き方に特徴があり、まるでリノリウムのように硬質な音がする。音だけ聞いていれば、学校の長い廊下を歩いている印象だ。ひょっとしたらここはチャイニーズレストランではなく、もっと大きな建物かもしれない。

トイレの入口から別の男が入ってきた。この男もアジア系の顔で、ほくろ男よりも年上に見える。凹凸が少なく平たい顔は、友人が飼っていたブルドッグに似ていた。その男も水色の作業着を着ていて、自分を見るなり眉を顰《ひそ》め「うっ」と声をあげた。

「なっ、何なんだ、こいつは」

アジア系のブルドッグ顔が、何か喋っている。

「ねっ、ねっ、変でしょ。こいつ、まともじゃないですよ。やっぱ警察を呼びます」

ほくろ男が再びスマホを取り出す。ブルドッグ顔は、不味《まず》いものを口にした時のような顔で、自分を頭からつま先までゆっくりと見下ろした。裸をじろじろ見られるのは、こちらとしてもあまりいい気分じゃない。

「お前はどうやってこの建物に入ったんだ？　何をするつもりだったんだ？」

ブルドッグ顔も中国語しか喋れないらしい。英語が通じない、コミュニケーションがとれないというのは何とも不便極まりない。

「やっぱり英語で言わないと外国人は通じないか。うーん……ＹＯＵ、ＹＯＵ……ヘンターイ？」

「広尾さん、ヘンタイって日本語じゃないですか！」

ほくろ男に食ってかかられ、ブルドッグ顔の頬がじわっと赤くなる。

「わっ、わかってる。……しかし外国にもこういう露出タイプの変態がいるんだな。そう考えると、変態は世界共通ってことか」

「何暢気《のんき》なこと言ってんですか！」

やたら尖《とが》ってカチカチしている二人の会話を聞いているうちに、遠くからウーウーとサイレンの音が近づいてきた。


アルは女子トイレに駆けつけてきた警察官によってたかって取り押さえられた。最初に彼らを見た時、警察官かな？　と思いはしたものの、これまで自分が見たことのある警察官の服装と随分違っていたので戸惑った。しかも全員アジア系の顔をしている。どうしてここには中国人しかいないのだろう。

チャイナタウン、きっとここはチャイナタウンだ。だから制服も中国風で、警察官もみなアジア系なのだ。しかしネブラスカ州にはチャイナタウンと呼べるほどのエリアはなかったはずなので、ここは州外になるのかもしれない。冷凍のまま遠くへ出荷されてしまったのだろう。

若い警察官の中に英語を話せる男がいたので、やっと意思の疎通をはかることができた。その警察官は【君は加工食品会社のトイレに裸で忍び込んでいたから、建造物侵入罪と公然わいせつ罪で捕まったんだよ】と教えてくれた。

警察の車に押し込まれたアルは、それが左車線を走り出したことに驚いた。左を走っていたら、対向車とぶつかってしまう。みんな気づいていないのかと一人で焦っていると、案の定向かいから車が近づいてきた。

【危ないっ！】

自分の叫び声に、両脇を固めていた警察官がビクンと大きく震えた。向かいから来た車は、何事もなかったかのように右車線を通り過ぎていく。

【急に大声を出して、どうしたんだ】

英語の話せる警察官が、強張《こわば》った表情で聞いてくる。【えっと、その……】と言い淀《よど》んでいる間に、一台、また一台と右車線を対向車がすれ違っていく。

【この車、左側を通行していいの？】

アルの問いかけに、警察官はフッと表情を和らげた。

【君の住んでいる国では右側通行かもしれないけど、ここでは左側通行だよ】

英語の発音は綺麗なのに、警察官は国と州の英単語を間違った。同じアメリカ国内で、州によって左側通行と右側通行に分かれているなんて初めて知った。それとも、自分が社会と関わらずに生活している間に、法律が変わったのだろうか。

工場のように大きな建物が並ぶ通りを過ぎると、外の景色が一変した。突如として都会的な街が現れたのだ。思わず目を凝らす。やたらと密集してひしめき合う建物に、狭い道幅。石造りの橋も、これまで見たことがない。そして通りを歩く人はみな中国人だ。街灯や看板に照らされて彩られる景色は、自分の目に馴染《なじ》んだアメリカの片田舎の風景ではなく、エキゾチックな異国の香りがした。

【ここのチャイナタウンは大きいね】

ぽろりと漏らすと、警察官に驚いた顔をされた。

【チャイナタウンって、横浜の中華街のことを言っているのかな？　あれは神奈川だからここことは違うよ】

警察官の言っていることがわからない。ヨコハマとカナガワってのは何だ？　初めて耳にする地名だ。

【ここはネブラスカ州じゃないよね。僕は自分がどこにいるのかわからないんだけど】

【君が言っているのは、アメリカのネブラスカ州のこと？】

【そう】

【ここは日本だよ。君、それもわかってないのかい？】

警察官の声が急に険しくなってくる。

【日本？】

【ここは日本で、アメリカじゃない。君、いったいどうやってここに来たの？　パスポートはちゃんと持ってるのか】

衝撃を隠しきれず、ぽかんと口を開けた。日本……ここは日本？　日本といえば、富士山、芸者、秋葉原が有名なアジアの国だ。映画スターもよく、日本へ映画のプロモーションに行っている。だけど日本ってどこにあるんだ？　インドの隣か？

場所はともかく、なぜ日本なんかに来てしまったのだろう。考えるまでもなく理由は一つ。冷凍牛肉と一緒に異国へと輸出されてしまったのだ。それは仕方がないとしても、どうせなら英語圏の国に送られたかった。

ろくに言葉も通じないアジアの警察官に捕まって、アジアの警察署に連れていかれるなんて最悪だ。何も知らないこの国で、どうやって自分は明日からの食料を確保すればいいのだろう。血を探せず、腹を空かせ、惨めな思いをする自分を想像してしまい、途端に憂鬱になった。それから警察署に着くまでアルは一言も喋らなかった。

捕まってから車で移送されている間は、加工食品会社にあった見学者用の使い捨てスモックを着ていて、署に着いてからは【これに着替えなさい】と、毛玉が目立つほど使い込まれた青いトラックスーツと新品ではなさそうなパンツを渡された。何とか着られたもののサイズが小さかったので、手足が盛大に裾からはみ出してしまい、全体のバランスがすこぶる悪かった。

自分の感覚では、トラックスーツはスポーツをする際に着用するものだ。そのために動きやすい構造になっている。日本人はスポーツをしていない時も、トラックスーツを着て過ごすのだろうか？　何とも不思議だ。

着替えをすませると、ネズミ小屋のように小さく陰気な部屋へと連れていかれた。そこでスチールデスクの前に置かれた折りたたみ椅子に腰掛けるよう促される。ここは「取調室」なんだと、座ったあとで若い刑事が教えてくれた。

向かいには、この世の不幸を全て背負い尽くしたかのような腫れぼったい目の中年刑事がどっかりと腰を下ろしている。着ているスーツは皺になっている上によれよれだ。そんな中年刑事の隣には、ずっと通訳をしてくれている若い刑事が強張った表情で突っ立っている。

「男前な外国人も、そんなちんちくりんなジャージを着ていると台無しだな」

にやにやと感じの悪い笑みを浮かべながら、中年刑事がカチカチと喋る。言葉の意味はわからなくても、いいことを言われてないだろうというのは伝わってくる。

「鳥居《とりい》さん、そういう発言はちょっとまずいかと思います」

若い刑事が何か言っている。

「まずいも何も、こいつは日本語がてんで駄目なんだろう。そう聞いてるぞ」

中年刑事は大きく息を吐き出した。その余波がこっちまで届く。少し臭い。

「駄目な振りをしているだけかもしれません。こっちに好き勝手に言わせておいて、後で人権侵害だ何だと訴えられたら面倒です。何せアメリカは訴訟の国ですから」

それを聞いた途端、中年刑事の顔色が変わった。

「そういうことは先に言え！　馬鹿野郎」

雷のような怒鳴り声が落ち、アルは思わず身を竦めた。若い刑事はブルブルと震えて「すみません」と何か言っている。この二人の力関係は、中年刑事のほうが上にあるらしい。

取り調べがはじまり、若い刑事は英語で色々と聞いてくる。名前、年齢、職業、来日の目的。名前はアルベルト・アーヴィングと本名を、年齢は吸血鬼になった年の二十一歳と答える。実際はそれから八年経《た》っているので二十九歳になるのだが、見た目は変わらない。職業は少し考えてから「俳優」と答えた。日本で映画撮影をするために来日したのだと告げる。

「ああ、やっぱり。彼、俳優だそうです。最初に見た時からハンサムだなって思ってたんですよ」

若い刑事が興奮気味に中年刑事へと話しかける。

「俳優？　そりゃＡＶか」

若い刑事は途端に黙り込んだ。

「変態モノのAVじゃねえのか？　聞いてみろ」

どういうタイプの俳優なのかを聞かれ、胸を張って「映画俳優」と答えた。最初はモデルをしていたが、有名監督の目にとまり俳優に転身した。スケジュールやパスポートの管理は全てマネージャーがしていたので、自分は撮影場所はおろか、貴重品がどこにあるのかもよくわからない。撮影中にロケ隊とはぐれていたところ、男に襲われて……九十九パーセント作り話だが、話をしているうちにだんだんとノッてきた。

モデル事務所に所属して、通販雑誌の下着モデル、州の酪農推進ポスターなんかをやっていたのは本当だし、大学を卒業したら俳優の養成所に行くつもりだった。本当は高校卒業と同時に入学したかったけれど、家族の猛反対にあって進学した。それでも夢を諦めきれず、モデル事務所に所属し続けていた。実績も何もない一モデルが大物映画監督の目にとまるなんてアメリカンドリームがあるはずもなく、通販雑誌とか通販雑誌の仕事ばかりしていた。

「もういっぺん言ってみろ、笹間《ささま》」

中年刑事の声に、自分の隣にいる若い刑事がビクリと震えて背を正すのが見えた。

「さ、さっき伝えた通りです。撮影中にロケ隊とはぐれて、道を歩いていたら見知らぬ男に捕まって、身ぐるみ剝がされてトイレへ押し込められたと」

スチールデスクがバンッ！　と大きな音をたてる。中年刑事が力任せに叩いたからだ。

「道を歩いていて襲われたまではともかく、出入りに暗証番号の必要な工場内のトイレに押し込められたとか、どう考えてもおかしいだろ」

「事実だとしたら、身ぐるみ剝いだのは会社の関係者じゃないでしょうか」

「お前はアホか！　会社の関係者が通報してきたんだろっ」

「通報してきた社員と、襲った人物は別人かと……」

「それよりも、こいつが勝手に工場内に入って、女性への悪戯《いたずら》目的でトイレに忍び込んだってほうが自然じゃねぇか」

二人の刑事が言い争っているのを、アルはぼんやりと見ていた。喋ってることは何一つわからないので、まるで相性の悪い二匹の犬が吠《ほ》え合っているようだ。それにしても腹が減った。そっとお腹を押さえる。解凍されてからまだ一滴も血を飲んでない。

「工場に連れ込まれたって言ってるのは本人なんです、鳥居さん」

若い刑事は必死の形相だ。

「工場の関係者に話を聞いたんですが、あの工場は食肉加工が主で、一日中立ちっぱなしの仕事なんだそうです。かなりの重労働で、若い人はすぐ音をあげて辞めてしまう。それもあってベテランが多く、女子社員は全員四十代以上なんだそうです」

「じゃあこいつは熟女狙いの変態野郎なんだよっ」

こちらを指差し、中年刑事は怒鳴った。

「なあ、お前さんよ。嘘《うそ》はいけねえなあ、嘘は！」

刑事のやや腫れぼったい目が、スイッチが入ったかのようにカッと大きく見開かれた。

「下手な芝居なんか打ってねえでサッサと白状しやがれ、クソ野郎！　お前は自分から工場に忍び込んで、熟女への悪戯目的で女子トイレに潜んでたんだろうがっ」

【あなたは工場の女性に悪戯しようとして女子トイレに隠れていたんじゃないですか？】

中年刑事の喋る勢いは激しいが、若い刑事が通訳してくれる声はそれよりも優しい。

【本当に、男に連れ込まれたんです】

両手を組み合わせ、真剣に訴える。気分はまんま「俳優」だった。若い刑事は泣きそうな顔で「本当だそうです」と訴え、中年刑事は椅子にふんぞり返ったまま腕組みし、チッと周囲に響くほど大きな舌打ちをした。

「じゃあ、自分を連れ去ったっていう男の人相、年齢、服装を聞いてみろっ！」

若い刑事は、まるで己が取り調べを受けている犯人のような追いつめられた表情で、連れ込んだという男の人相を聞いてきた。アルは顎を押さえ、考えた。嘘なのだから、相手の風体など言えるはずがない。それでも何か言わないと、今以上に追及されて面倒なことになりそうだ。

適当にでっちあげるとしても、犯人というからにはやっぱり悪い顔をしていてもらいたい。アジア系の悪人顔といえば……鼻の頭に気難しげな皺を寄せ、こちらをじっと睨みつけている中年刑事と視線がぶつかる。その顔を見ながら、ゆっくりと喋った。

「身長は一六五センチ前後で、年齢は四、五十代ぐらい。髪の毛は黒くて、真ん中の毛が薄くなっていたそうです。顔はひし形で、目は腫れぼったくて、眉は太くて、眉間が繋《つな》がりかけてる。鼻は低くて丸い。髭《ひげ》が濃くて、顔全体があ、脂ぎっているそうです」

喋りながら若い刑事の顔がだんだんと青ざめてゆき、その理由にようやく中年刑事も気がついたようだった。

「……つまり、俺みたいな野郎ってことか」

「そうとは言ってません。少し似てるってだけで、まさか鳥居さんが強盗なんて……」

「当たり前だろうがっ、クソッタレ！」

中年刑事の怒鳴り声が狭い取調室にビリビリと響く。結局、アルは中年刑事に一方的に怒鳴られ、ようやく取調室から解放されたのは午前零時を回ってからだった。

【明日、朝からまた取り調べがあるから】

若い刑事にそう宣告され、うんざりしながらも素直に頷《うなず》き留置場の中に入った。本国でも警察の厄介になったことはなかったのに、まさか外国でこんな目にあうとは思わなかった。

アルが連れてこられた日本の留置場は、扇型で二階建てになっていた。一部屋はとても狭く、クロゼットを二つ足したぐらいの広さしかない。そこへ一人、ないし二人が入れられている。外国人が珍しいのか、歩いているだけでやたらと周囲からの視線を感じた。

アルは一階の端部屋に入れられた。留置場の中には毛布以外は何もない。トイレらしきものはあるが、床に埋め込まれた不思議な形で、どうやって使えばいいのかわからない。まぁ、吸血鬼になってから排泄《はいせつ》しなくなったので使わないけれども、ふわふわと排泄物の匂いが漂ってくるのはきつい。鼻がきくだけ余計に。房の中は肌寒い。様々な体臭の入り混じった薄いブランケットに包まり、リノリウムの床で横になった。食事らしきものが差し入れられたが、手はつけない。そんなもので自分の空腹が満たされることはないからだ。

鉄格子を眺めながら、これからどうしようと考える。アメリカから日本……ちゃんと世界地図を覚えておけばよかった。アメリカと日本はどれぐらい離れているのだろう。飛んで帰れるだろうか。帰るにしても、腹が空いたままでは長く飛べないから、どこかで血を調達しないといけない。

飢えても死なない。わかっていても腹が空くと苦しい。体も思うように動かなくなり、苛々《いらいら》してくる。何か腹に入れてやらないと、この苦しい感覚は永遠に自分を苦しめる。

夜が明けたら、蝙蝠に変わる。ブランケットに包まって変化すれば、見つからずにす

て、外へ出ていけばいい。後は出入りする人に交じって、むだろう。蝙蝠にさえなってしまえば、飛ぶことができる。後は出入りする人に交じっ

食事を探すのは、朝になってからだな……空腹を我慢しながら目を閉じた。床は硬いけど、これぐらいなら平気だ。ベッドの上で寝られないことにも慣れた。最初のうちは原始的、かつ獣の生活に堕《お》ちていく自分に絶望し、何度も死にたいと思ったけれど、今は何も感じない。もうどうでもいい。

人は自分の置かれた状況に順応するものだ。床で寝たって、体の節々は痛まなくなったし、ぐっすり眠れる。人と同じ生活を続けようと無理をして二年、何もかも諦めることで自分の体を受け入れたのが三年目。放浪の旅に出て、ギャディスの家の近くのボート小屋に住み着いたのは去年のことだ。その頃から、人型になっても人間との関わりを持たなくなった。仲良くなったところで深い付き合いはできないし、自分の境遇を理解してもらえることもないからだ。

今日はよく人と喋った。人の声を出して喋るのは二年ぶりぐらいかもしれない。そして明日にはこれまでと同じ生活に戻る。留置場を出て、生きるためにエサになる血を探し、血を吸うためだけに生きる吸血鬼になる。

この生活がいつまで続くか知らないけれど、そう遠くない未来に自分の名前も、自分がどういう人間だったのかも忘れてしまいそうな気がしていた。

……翌朝、警察署の一室で、アルはダンボール箱の壁にはりつき、顔だけ出して外の騒動を窺っていた。右足には荷造《に》り用の二ヤード（約一・八メートル）ほどの長さの荷造《づく》り紐《ひも》が括《くく》りつけられ、その先はダンボールの底に置かれた重石《おもし》がわりの本にぐるぐる巻きにされている。紐が鬱陶しいので解《ほど》こうと何度も試みたが、きつく結ばれていてどうにも外せなかった。

「ばっかもーん!!　いなくなったとはどういうことだっ」

ことさら大きな雷、いや、怒鳴り声が空気を震わせる。机と椅子がただただ雑然と並ぶ会議室のような部屋の中にいるのは、大声をあげた制服姿の初老の男と、その男と同年代の男が二人、そして昨日自分を取り調べた刑事二人に若い警察官の六人だった。

「本当なんです。朝見たら被疑者が留置場の中にいなかったんです。鍵もちゃんとかかっていたし、監視カメラの映像でも逃げた様子はありませんでした」

「それでもいないってのは、逃げたってことだろうがっ」

悪い顔の中年刑事に詰め寄られ、歳若《とし》い警察官はハッハッと小刻みな呼吸を繰り返す。今にも倒れてしまいそうだ。

「けっ、けど、どう考えても逃げられるわけがないんです。床には署から貸し出した服とパンツが脱ぎ捨ててありました。被疑者は真っ裸のはずなんです」

「ますます怪しいじゃねえか！　内部の奴《やつ》が手引きして、警官の制服でも着せて、堂々と正面玄関から外へ出したんじゃねえのかっ」

「ぼっ、僕はそんな、手引きなんかしてません」

「貴様以外に誰がいるってんだよっ。お前、あの変態とどういう関係なんだっ」

ガツガツと言葉で噛《か》みついてくる中年刑事を前に、とうとう警察官の目にうっすらと涙が滲《にじ》んできた。

「僕は外部の人間を手引きなんかしてないし、あの外国人を見たのも初めてです。信じてください。僕は一晩中、交代するまで片時も目を離しませんでした。鍵も保管庫で管理しています。監視カメラを見てもらえたら僕の無実は証明されると思います。そっ、そのかわり被疑者がいなくなったあと、房の中にこれがいました」

警察官はアルの入っているダンボールの箱を鷲掴みにし、自分を責め立てる猛獣のような男たちの前へと突き出した。ダンボールを覗き込んだ初老の男は、蝙蝠の自分と目が合った途端、ぐにゃりと顔を歪《ゆが》めた。

「こっ、蝙蝠だとっ！　ふっ、ふざけるのも大概にしろっ！」

ダンボールを叩き落とされ、床に落ちた衝撃でアルは目が回った。初老の男に便乗するように、中年刑事も警察官を怒鳴りつけた。

「この蝙蝠は、そいつがいなくなった時にたまたま留置場内にいたってだけだろうがっ。変なこじつけをするんじゃないっ」

「だっ、だから蝙蝠を訓練して、房の鍵を格子のところまで持ってこさせたのかなと」

警察官はしどろもどろに説明する。

「馬鹿野郎っ！　アホみたいなことを言ってないで、常識でモノを考えろっ、常識で！　留置場から被疑者に脱走されたなんて大問題だ。上に知られたら、大変なことになるぞ。警察署の恥だ。捜せ、捜せ、草の根をほじくり返してでも、露出狂の外国人を捜し出せっ」

……結局、アルはダンボールに入れられたまま、煙草《たばこ》臭い部屋へと連れていかれた。ここはさっきの部屋と同じぐらいの広さで、一人一人にスチール製のデスクが割り当てられていそうだが、デスクが人で埋まっているのは三分の一ほど。部屋をうろうろしている男たちはみなスーツ姿で、どこか疲れた顔をしている。

若い刑事のデスク、引き出しの手前にダンボールは置かれた。日が落ちたら人間になってしまうので、蝙蝠のうちに外へ出ていきたくて何度もダンボールからの脱出を試みるも、足に結ばれた紐がネックになって紐の長さから先へ行けない。若い刑事は、ため息をつきながらダンボールから這い出すアルを何度も箱に戻していたが、最後は面倒になったのか、ダンボールの上に何か重たい物を置いて、箱からも出られなくされてしまった。

　ダンボールに閉じ込められた上に、空腹もますます酷くなるわで、次第に苛々してくる。「ギャッギャッギャッ」とうるさい声で鳴いていると、バンッとダンボールの側面を叩かれた。驚いて一瞬黙り込んだものの、今度は猛烈に腹が立ってきて、さっきよりも更に大きく汚い声で「ギャッギャッギャッ」と鳴いてやった。

「笹間ぁ、そのクソうるさい鳥を何とかしろっ！」

　怒鳴り声が聞こえてくる。

「すっ、すみません。申し訳ないです。けどこれ、一応ここに置いておけって鳥居さんに言われていて……」

　若い刑事の声が困っている気配に、アルはこれはどうだと力の限り「ギャッギャッ」と鳴いた。

「ああ、うるせえ、うるせえ！　そんな鳥ブチ殺しちまえっ」

「朝っぱらから、随分賑《にぎ》やかだなあ」

　若い刑事と誰かの会話に、また新しい声と靴音が混ざる。

「あっ、忽滑谷《ぬかりや》さん！」

「ギャアギャア鳴いてるのは何？」

「……蝙蝠なんです」

「蝙蝠？　どうしてまた？」

「留置場にいたのを、とりあえず捕獲したみたいです」

「そんなの置いておくことないだろ。外へ放してやれば？」

「そうしたいんですけど、これでも一応物証かなって……」

どんなに鳴いても、結局は余計に腹が減るだけ。ふて腐れてダンボールの底にうずくまる。しばらくすると、ガサガサと音がして、暗い中に薄く光が差し込んできた。ダンボールが開かれる気配に、チャンスと思って飛び出したアルは、見たことのない男にむんずと鷲摑みにされた。羽を大きく広げられ、その状態でパチパチ写真を撮られる。正面、後ろ、上、下とあらゆる角度からシャッターが切られる。モデルをしていた頃は、シャッター音にある種の快感を覚えていたけれど、これは何だか暴力に近い。最後には、いやらしい手つきで全身を撫で回され「ギャッギャッ」と身をよじって抵抗した。

「蝙蝠を物証として飼っておくなんて無理だよ。写真を撮って、体に小さな計器がついてないかだけチェックすれば、もう放してやっていいんじゃないかな」

「あ、ありがとうございます、忽滑谷さん。夜勤明けで疲れてるのに」

「いいよ、どうせ帰るとこだったから」

見知らぬ男は……この男も刑事なのだろうか……蝙蝠の羽をべろっと広げ、顔を覗き込んできた。年齢は二十代半ばか、背の高さは五・八フィート（約一七七センチ）ぐらい。彫りは深くないものの、目の形は綺麗だし、顔も小さい。中年刑事と違って、人に威圧感を与えない優しい顔をしている。

「なあ笹間。もう逃がしちゃうならこの蝙蝠、僕にくれないかな」

若い刑事が、こちらを見て首を傾げる。

「忽滑谷さん、蝙蝠が好きなんですか？」

見知らぬ男は苦笑いしている。

「僕は興味ないけど、知り合いが蝙蝠を好きなんだよ。人との付き合いが少ない上に恋人もいなくて寂しい奴だから、こういうペットでも飼ったら癒されるんじゃないかと思ってね」

「それはいいんですけど、うるさいだけの蝙蝠が癒しになりますかね？」

「好きだって言ってたし、なるんじゃないかな？」

アルは足に紐をつけたまま穴を開けた半透明のビニール袋に入れられ、部屋から連れ出された。どうして急にビニール袋に突っ込まれたのか、どこへ連れていかれるのかわからない。隙があれば逃げ出そうと機会を窺うも、袋の口はしっかりと閉じられているし、空気穴は小さい。自分ができるささやかな抵抗は、袋の中で暴れることぐらいだ。

車のエンジン音がしていたので、どうやら警察署を出て自動車に乗せられたらしい。二十分ほどドライブしたあと、再び車の外へ連れ出される気配がした。建物の中に入ったのか、エレベーター特有のゴゴッという昇降音と、チーンというドアの開閉音が聞こえる。

ピンポーンとドアチャイムの音がする。自分は男の家まで持ち帰られたのかもしれない。ちょっと待て、アルは首を傾げる。自宅に帰ってきたのに、わざわざドアチャイムを押すだろうか。いや、この男には妻がいて、妻に帰宅を知らせるために鳴らしたとか……。

「誰だ？」

ドアの向こうからだろう、くぐもった男の声が聞こえた。

「僕だよ。今日は休みなんだろ。さっきメッセージを送ったんだけど、読んでない？」

「メッセージ？」

足音が遠ざかり、すぐまた近づいてくるとガチャリとドアが開く音がした。

「仕事の帰りに、ちょっと寄ります……って、これか」

空気穴から外を覗くと、男がスマートフォンを片手に何か読み上げているのが見えた。

「返信がないからおかしいと思ったんだよ。これじゃ前もって連絡した意味がないじゃないか」

「ずっと寝てたんだ。で、何の用だ？」

「これ、おみやげ」

入っている袋が、ゆらゆらと揺れる。

「何だ、それは？」

「あげる。部屋に入って、窓をしっかり閉めてから袋の口を開けてみて」

部屋の中に連れ込まれる。そこでようやく袋の口が開いた。アルは勢いよく飛び出した……が、途中で前に進めなくなる。足に結びつけられている紐のせいだ。それがぐいぐいと引き寄せられ、とうとう男に鷲掴みにされた。

「ギャッギャッギャッギャッ」

大きく口を広げて鳴いていると、いきなり食いつかれるかと思うほど男の顔が近づいてきて、驚いた。男の体からふわりと血の匂いがする。牛や豚じゃない、これは人間の血の匂いだ。普通の人間は、こんな風に色濃く血の匂いを纏《まと》ったりしない。殺人者？もしくは同類……と予測が脳内を駆け巡る。わからない。血の匂いを嗅ぎ分けることはできても、仲間を見分けることはできない。

目の前の男を凝視する。昨日から今日にかけて見た日本人と比べて、とても彫りが深く、整った顔立ちをしている。切れ長の目に、高い鼻。欧米人にはない、硬質でストイックな色気がある。自分の見た目年齢よりも上に見えるので、二十代半ばから後半ぐらいか。今は視界がモノクロなので、男の目と髪の色はわからないけれど、濃い影なので暗い色に違いなかった。髪の毛は肩ぐらいで、癖があるのか波打って……というかぐしゃぐしゃだ。髪型はさておき、髪も目も黒だとしたら、エキゾチックだ。本当にこいつは吸血鬼かもしれない。そういえばこれに似た顔を、前に見たことがあるような気がする。どこでだっただろう？

男の瞼《まぶた》が揺らぎ、自分をじっと見つめているエキゾチックな瞳が、ふわりと微笑《ほほえ》みかけてきた。

「こいつ、可愛《かわい》いな」

蝙蝠の姿でいると、追い払われたり、叩かれたりするのがお決まりの反応で、こんな風に優しく見つめられたのは初めてだった。

「可愛い？」

自分を連れてきた刑事がボソリと呟《つぶや》く。

「可愛いじゃないか。顔の形もいい。かなりの美人、いや美男子か。こいつはオスだから」

男に鷲摑みにされたまま、傍《そば》にいた刑事の前に突き出される。

「僕には蝙蝠の美醜はわからないから……」

「蝙蝠は種類によって鼻や耳の形が違うんだ。中には豚に似て鼻の潰れてる不細工な奴もいるが、こいつはネズミみたいで可愛い」

「僕はネズミも可愛いと思ったことはないし……」

お互い沈黙する。アルは二人の男を交互に見た。喧嘩《けんか》をしたわけでもなさそうなのに、何とも気まずい雰囲気が漂っている。

「そいつ、うちの留置場に紛れ込んでて捕まえられたんだ。お前が蝙蝠を好きだと言ってたのを思い出してもらってきた。ちょっと変わってるけど、そういうペットも面白いかなって」

「蝙蝠は、ペットとして飼えないぞ」

「えっ？」

「野生の蝙蝠はダメなんだよ。俺も詳しいことは覚えてないが」

「そうだったんだ。知らなかったよ」

「飼っちゃいけないが、ここに来たのも何かの縁だ。一晩ぐらいうちで可愛がってやるか」

男はアルにチラリと視線をやると、意味深にニッと笑った。


刑事が帰った途端、さっそく男は本性を現した。足に括りつけられた紐を解いてくれたまではよかったが、やたらとベタベタ触りはじめたのだ。羽を広げてみたり、畳んでみたり、背中や腹を撫でてみたり。同類かもしれないし、こちらに好意を持ってくれて

いる気配を感じたので最初はじっと耐えていた。けれど「けっこうでかいな」と下の方まで触られた時、我慢が限界を突破した。

男の手をすり抜けて、バサバサと飛び上がる。手ごろなものがなかったので、カーテンポールに後ろ足をひっかけ逆さに吊り下がる。そんな自分を、男はじっと見つめていた。

「やっぱりデリケートな部分に触られるのは嫌か？」

こちらに向かって何か話しかけているが、日本語は一切わからない。

「嫌ならもう触らないから、降りてこい」

自分を呼び寄せようとしてか、男がチッチッと舌を鳴らす。それでも動かずにじっとしていると、男がカーテンに近づき手を伸ばしてきた。捕まえられるとわかったので、再び飛ぶ。本棚の上、キッチン……追いかけてくる男をひらひらとかわしているうちに、この部屋の全体像が見えてきた。キッチン、バス、トイレと生活に必要なものは揃《そろ》っているが、学生寮並にかなりコンパクトだ。

そのうち男は捕まえるのを諦めたのか、追いかけてこなくなった。本棚の上でうつ伏せになって部屋を見下ろしながら、男が玄関のドアか窓を開けるのをじっと待つ。蝙蝠同士なら話ができるので、同類なら蝙蝠になってくれるはずだが、男にその気配はない。普通の人間に用はないので、一分でも早く外へ出ていきたい。そうすれば、食事の血を探しにいける。胃がキュウウウッと締めつけられる。無駄に飛び回ったので、余計にお腹が空いた。

もし仮にこの男が同類だったとしても、食事を分けてくれるんじゃないか、面倒を見てくれるんじゃないかと期待してはいけない。基本的に吸血鬼は群れて生活はしないと、以前会った同類に教えられた。群れてしまうと、互いにエサである人間の奪い合いになってしまうからだ。人間の奪い合いといっても、自分はこれまで人の血を吸ったことはない。動物の血だけ。家が敬虔《けいけん》なカトリックだったから避けているというわけでもない。吸いたいのに、どうしても吸えないのだ。

凍っていた間をカウントに入れなければ、最後に血を飲んでからどれだけ経っているんだろう。アメリカにいた頃……そう、ギャディスが亡くなる前、最後の猟の時だから……血抜きのあと、地面にたまったそれを腹一杯吸い上げた時を思い出し、記憶で舌舐めずりする。

男は逃げ回る蝙蝠に背を向けると、デスクの前に腰掛けパソコンの電源を入れた。昔は自分も使っていたが、今は文明の利器とも疎遠になっている。いや、パソコンだけじゃない、「人」の生活から遠ざかっている。

昼間は蝙蝠、夜は人。こんな体になってしまったけれど、最初のうちは前向きだった。一度死んでしまったからこれまでの友達とはもう付き合えなくても、新しい友達ができるだろうと思っていた。しかし身分証を一切持たない存在は、住む家を見つけるのも、仕事を探すのも一苦労。ようやく決まったアルバイトも、労力のわりに稼ぎは少なく、食事用の生肉を確保するだけで精一杯。お金はほとんど残らなかった。そのうち低所得者用のアパートメントの家賃も払えなくなり、自然とホームレスの生活に追い込まれていった。

貧乏には慣れるのではなく、慣らされていくのだと日々すさんでいく生活の中で実感した。ベッドの上でしか寝れなかったのに、草むらでも大丈夫になる。毎日シャワーを浴びていたのに、一週間、二週間そのままでも気にならなくなる。去年流行したTシャツを着ていると、かっこ悪いと思われるんじゃないかと鬱々としていたのに、襟や袖口がどんなに汚れていても平気になる。ゴミ溜《た》めの中で生活していくうちに、本物のゴミのように汚らしい存在になっていった。

パソコンで何を見ているんだろう？　好奇心にかられ、本棚の上からもっと低い位置にあるテレビチェストへと移動した。そこからだと机に近いのでモニター画面がよく見える。蝙蝠の時、アルの視界には色がないので、いま周囲の景色は白黒の陰影になっている。当然、モニター画面もモノクロだ。

男が見ていたのは蝙蝠の写真がいくつも掲載されているサイトだった。だけどどれも日本語。読めるのは英語表記された学術名ぐらい。じっと見ているうちに、男が別のページに飛んだ。英語が画面にパッと映し出される。この男は英語が読めるのかもしれない。

男が開いたサイトのタイトルは「A BAT'S LIFE」。そのものずばり「蝙蝠の生活」だ。ひょっとして、自分のことをペットとして飼う気なのか？　アルは首を傾げた。本物の蝙蝠だと思っていなければ、こんな一般向けの飼育ページを見るはずがない。となると同類の可能性はゼロで確定だが、この男から漂う血の匂いが、人間の血の匂いが気になる。吸血鬼になってからの経験上、事故で大怪我《けが》でもしない限り、むせ返るほどの血の匂いを人が纏うことはない。

男が振り返った。視線が合う。飛び立とうとしたものの、一瞬の迷いがそれを引き止める。飼おうと思っているぐらいなら、手荒な真似《まね》はしないだろう。気に入られたのだとしたら、ちょっと愛想をよくしていたら、何か血の滴るようなエサをくれるかもしれない。

ゆっくりと男が近づいてきた。どうしても警戒してしまい、緊張で体が硬くなる。伸びてきた男の手、指先がそっと頭を撫でてくる。指は頭から背中へと移動する。優しい動きは意外に心地よかった。

上から掴み上げられても、乱暴ではない。手の中に握りこまれ、今度は鼻面をそろそろと撫でられる。気持ちよくてうっとり目を閉じる。男はアルを、優しく、そして散々撫で回したあと、口許《くちもと》を指先でつついてきた。反射的にぱかりと口を開けてしまう。男は小さな口の中を覗き込んでくる。

「あれ？　こいつ牙がないな」

何か呟き、男はアルをテーブルの上に乗せた。そして小皿に入った水を取ってくると、目の前にコトンと置いた。

透明な水を、アルはじっと見つめた。喉は渇いている。酷く渇いているけど、自分の喉と空腹を癒すのは、ワインのように赤い血だけだ。水の小皿に口をつけずにいると、男は首を傾げた。

「水は飲まないか。喉は渇いてないってことだな」

男の喋る言葉は、やっぱりカチカチと聞こえる。英語なら頷いたり、首を横に振ったりとYES／NOの会話ができるのに、英語で話してくれと男に伝える術《すべ》がない。

男はテーブルの上の蝙蝠を、じっと見つめる。

「種類はヒナコウモリっぽいんだけどな。お前、ひょっとして腹が減ってるか？」

話しかけられているようだが、言葉がわからないので返事のしようがない。アルは途方に暮れた声で「ギャッ」と鳴いた。

「そうか、やっぱり腹が減ってるんだな」

男はにっこりと微笑み、アルを手のひらに載せてクロゼットの扉を開けた。中にある棚の上にアルを置き「しばらくそこで辛抱してくれよ」と何か言い残し、クロゼットの扉をパタリと閉めた。

暗いところは大好きだ。大好きだが……。

「ギャッギャッ、ギャーッ!!」

鳴き喚《わめ》いても、クロゼットの扉は開かない。閉じ込められた。そして玄関のドアが開閉され、鍵をかける音が聞こえた。男は出かけたのだ。

外へ出ていけるチャンスだったのに、ちょっと下心を出してしまったばっかりに機会を逃してしまった。自己嫌悪に陥り、自棄《やけ》になって狭いクロゼットの中を飛び回ってみるも、腹が減るだけで嫌になり、柔らかいニットの上でうずくまった。普段は吊り下がって休憩するけど、毛糸の柔らかさの誘惑に負けた。

あの男は血の匂いがしていた。このクロゼットの中も同じ匂いがしている。沢山の人間の血の匂い。美味しそうではあるものの、どうしてこんなに匂いが集まっているのか理由がわからないので不気味だ。

蝙蝠の姿になると、嗅覚がとてもよくなる。特に血に関しては、新鮮であれば遠くまで嗅ぎつけられる。このクロゼットに充満する血の匂いは、微妙に薬品臭い気もする。以前、こんな風に血の残り香をさせている男に会ったことがある。人間には嗅ぎ分けられないであろうそれも、吸血鬼ならではの敏感な嗅覚で察知した。この男は殺人者かもしれない、もしそうならまるでドラマのようだと、好奇心を抑えられず声をかけ、話をしているうちに男が外科医だとわかった。ショッキングな出来事は、そうやすやすと道端に転がっているものではない。……あの男も、医者なのかもしれない。

血の匂いと柔らかいニットのベッド。夢の中でなら、幸せな気分になれそうだ。ウトウトしていたアルは、玄関のドアが開く音で目を覚ました。「ギャッギャッ」と自己主張していると、クロゼットの扉がパカリと開く。勢いよく飛び出し、今度こそまっすぐに玄関へと向かったが、既にドアは閉じられていた。

仕方なく男の手の届かない本棚の上へと飛び移る。男はテーブルにある水の皿の横に、もう一つ小皿を置いた。何か入っている。血の匂いはしないものの、何となく肉っぽい。期待に胸を膨らませてテーブルに降りたアルは顔をしかめた。小皿の中にいたのは、蛙《かえる》やミミズ……見ているだけで気分が悪くなる。クロゼットの中に閉じ込められた怒りも相まって、腹立ち紛れに後ろ足で皿を蹴った。蛙やミミズをテーブルの上に撒《ま》き散らし、本棚の上へと戻る。

男は「これは食わないのか」と呟きながら、蛙とミミズを片づけた。それが終わると、また違ったものを皿に載せた。今度も血の匂いはしない。期待しないで見にいくと案の定、ぶどう、りんごといったフルーツだった。

失意のままうずくまる。この男は、自分にエサをくれようという気持ちはあるのだ。

もし血を啜《すす》りたいといえば、そう伝えることができたら、生肉を用意してくれるかもしれない。だけど蝙蝠のままでは、欲しいものを伝える手段がない。今、自分が蝙蝠であることをこれほど悔やんだことはなかった。

不意に男のスマートフォンから着信を示す電子音が鳴りはじめた。

「はい、高塚《たかつか》です。はい……はい……えっ、今からですか？」

いい話ではないのか、喋りながら男の眉間にぐいぐいと気難しい皺が寄っていく。

「ええ、そうですね。わかってますが……」

最後、男は諦めたのか「わかりました」と呟き通話を終えた。深い深いため息が漏れる。男は黒い上着を羽織り、本棚の上のアルに話しかけた。

「これから仕事に行かないといけなくなった。夕方までには帰ってくるからな」

男は急ぎ足で玄関へ向かう。その後ろ姿をぼんやりと見ているうちに、アルは今こそがチャンスなのでは、と気づいた。慌てて追いかけるも、時既に遅し。ドアは目の前でバタンと閉まった。二度目のチャンスもむざむざ逃した。ショックが大きくて、しばらく玄関の天井にぶら下がり「ギャーギャー」と失意を示す低音で鳴いてみたものの、自分の声がうるさいだけ。諦めて本棚の上に戻る。

さっきは出ていけるチャンスだったのに残念だった。でも夜になれば人間の姿に戻れる。ドアなんて簡単に開けられる。ついでに服も借りていこう。そうすれば、外を歩いていても今度は変質者だなんて思われない。

日が落ちてからあの男が帰ってくればいいけれど、もし日が落ちる前に帰ってきたら？　蝙蝠から人間に変化する様を見られてしまうことになる。どうしよう、どうしようと考えているうちに、見られてもいいじゃないかとだんだん開き直ってきた。別に減るもんじゃない。化け物だ、気持ち悪いと思われたところで、痛くも痒《かゆ》くもない。なぜなら、自分はすぐにこの部屋を出ていくから。あの男との付き合いも今日限りだ。

とりあえず日が落ちるまではこのまま様子を見る。無闇に動き回っても腹が減るばかりだ。うつ伏せたまま、グウグウと空腹を訴える腹を切なく思いながらアルは目を閉じた。


午後五時十五分、日没ちょうどにアルは蝙蝠から人へと戻った。あの男はまだ帰ってきていない。人型になった途端、服を着るよりも先に冷蔵庫へ向かい、中を確かめた。そして、そして……冷凍庫の中に探し求めたそれをついに発見した。

『極上　上カルビ　１８００円』

間違いない。牛の血の匂いがしている。震える手でビニールの包装を破り、冷凍肉をぺろりと舐めた。

【んっ？　んーっ、んーっ!!】

カンカンに冷えていた牛肉に、舌が磁石のようにぴったりとくっついてしまった。牛肉を振り回したら外れたものの、舌先の薄い皮膚まで一緒にベリッと剝げて、泣き出しそうなほど痛かった。きゅうきゅうにお腹は減っているのに、肉が凍っているから舐められない。

周囲を見渡しているうちに、文明の利器の存在に気がついた。電子レンジだ。これで解凍してしまえばいい。肉を戸棚にあった皿に載せ、電子レンジに入れてボタンを押す。ワールドワイドな電子レンジには、ちゃんとボタンに【解凍】と英語で書かれてあった。肉が解凍されるのを待っている間に、クロゼットを開けて服を物色する。どんな服でも着られればいいと思っていたのに、沢山の選択肢があると迷ってしまう。一着しか着ていけないのだし、それなら似合う服をいただいていきたいと考えるのは、人として当然だろう。

男のクロゼットは黒や灰色、白といったモノトーンの服ばかり。アルは暗い色が嫌いで、自分にも似合わないとわかっている。けれどいくら探しても明るい色の服はない。クロゼットの中が丸ごと夜中みたいだな……と思いながら服を選ぶのに夢中になっているうちに、普段なら察知する、部屋に近づいてくる足音に気づかなかった。ガチャガチャと鍵の開く音でハッと振り返り、自分がまたもや「遅すぎた」ことを悟った。

食い物に執着せず、えり好みせずに着られる服を身につけてサッサと出ていかなくてはいけなかったのに……だけどそれも今更だ。ドアが開く。目の前のシャツとズボンを鷲掴みにし、アルは窓辺へ駆け寄った。

「お前は誰だっ。うちで何をしてるっ！」

男の怒鳴り声が背中に突き刺さる。窓を開け、ベランダへと飛び出した。コンクリートの塀を乗り越えようとして、思い留《とど》まる。風が下からヒューッと口笛に似た鋭い音をたてて吹き上がる。歩道が、下に見える人が小さい。来た時、エレベーターでけっこう昇ってきているなとわかっていたのに、ここが高い階だということをすっかり忘れていた。

蝙蝠の姿だったら高さなど関係なく飛び立てたのに、人の姿に戻ってしまっているので、飛んでも下に落ちるだけ。骨も粉々になるだろう。それでも死なないけれど、痛みはある。痛いのは嫌だ。

「お前は誰だっ。真っ裸で何をやってる！　どうやってこの部屋に入った！」

アルはゆっくりと振り返った。あんなに優しく自分を見つめていた男が、明らかな敵意を持って睨みつけてくる。当たり前だ。自分はもう蝙蝠じゃない。男の目の前にいるのは、初対面の外国人。それにここは男の部屋だから、食品工場で見つかった時のように、連れ込まれて身ぐるみ剝がされたなんて言い訳は通用しない。

男の視線が、アルの手にしているシャツとズボンにとまった。

「その服は俺のじゃないか。お前、泥棒かっ」

男は怒鳴るばかりで、話し合いの余地はない。窓からが無理なら、正面を突破して玄関ドアから出ていこう。男と背は同じ……いや、向こうが少し高いぐらいか。ウエイトは見たところ五分五分だろう。アルは思い切り助走をつけ、弾丸になったつもりで男に突進した。

勢いで跳ね飛ばして出ていく予定だったのに、男に腕を掴まれた。「あっ」と思ったその瞬間、アルの体はふわりと宙に舞って、背中からドシンと床の上に落ちていた。まるで魔法でも使われたかのように。それぐらい相手から力を感じなかった。仰向《あおむ》けに倒れたアルはうつ伏せにされ、拝借して逃げようとしていたシャツで両腕を固く縛られた上に、腰の上で馬乗りになられた。

チーン……。

今頃になって、電子レンジが音をたてる。男はアルの両足をズボンで縛り上げると、電子レンジに近づき扉を開けた。

「うわあっ」

男の叫び声が響いてくる。

「おっ、お前っ、俺の上カルビを解凍しやがったなっ！」

肉と血の混じるいい匂いが、アルの鼻腔《びこう》にまとわりつく。激しい空腹も相まって、口の中に唾が溢《あふ》れた。もう我慢できない。

【僕は怪しい者じゃありません。お腹が、お腹が空いてたんです。お願いだからその肉を舐めさせてください】

そう訴えると、短い間の後にネイティブな英語で怒鳴られた。

【何が怪しいもんじゃないだ。真っ裸で人の家に上がりこんで、怪しさしかないだろうが！】

アルはうつ伏せのまま、首を捻《ひね》って顔を上に向けた。

【だからお腹が空いて……】

【腹が空いてて、どうして上カルビなんだよっ。パンもカップラーメンもあっただろうが、この野郎。外国人だからって、適当にしらばっくれようと思うな。どうやって鍵のかかったこの部屋に入った、えっ！】

男の怒りは凄《すさ》まじい。あの肉には並々ならぬ思い入れがあったようだ。

【僕は強引にこの部屋へ連れてこられたんだ。自分の意思じゃない】

間違ってはいない。自分はビニール袋に入れられ、強制的に持ち込まれた。

【誰に連れてこられたっていうんだ。ふざけるなっ！】

【あんたの知り合いの刑事だよっ】

男の動きがぴたりと止まった。

【忽滑谷のことか】

【名前は知らない。日本人の名前は難しい】

【俺は忽滑谷に自分の部屋の鍵を預けていない。部屋に入れるはずがないだろっ】

【連れてこられたのは本当なんだよ。僕だって来たくてこんなトコに来たわけじゃない】

男が腰の上からどいたので、アルは何とか仰向けになることができた。芋虫のようにモゾモゾと動きながら、ベッドを背に座り込む。視線が合うと、男はアルを指差し断言した。

【忽滑谷は人の家に勝手に外国人を放り込んでいくような非常識な男じゃない。どこで奴を知ったのか知らないが、適当なことを言うのはやめろ】

【けど……】

それからアルの訴えには一切耳を貸さず、男はどこかに電話を掛けた。日本語で喋っているので、何を話しているのかわからない。通話を終えたあと、男は本棚の上や棚といった高い場所をきょろきょろと見渡す素振りを見せた。クロゼットの中まで覗き込んでいる。

【蝙蝠を捜してるの？】

人の話に耳を貸さなくなっていた男が反応する。

【お前、見たのか？】

蝙蝠の時にはやたらベタベタと触ってきていたけど、男は優しかった。それなのに人になった途端、この仕打ち。ものすごくお腹が空いているのに、解凍された生肉もくれない。そりゃあこいつにしてみれば、帰ってきたら部屋の中に裸の男がいて不審に思ったのかもしれない。けれどそんなの自分のせいじゃない。好きでこんな体になったわけじゃない！

【きっと死んだんだよ】

嫌味たっぷりに吐き捨てた途端、男の表情の険しさがアップグレードした。お前が殺したんじゃないだろうな、とでも言いたげな視線が怖い。

【じょっ、冗談だよ。そんな目でこっちを見るなよ】

男はフイッと横を向く。蝙蝠の時は、こっちのご機嫌をとるみたいにいそいそとミミズや蛙、果物を持ってきていたことを思うと、無性に悔しかった。

【蝙蝠、どこにいるのか教えてやろうか】

【やっぱりお前の仕業か】

勢いよく振り返った男が、奥歯を噛み締めている。

【蝙蝠がどこにいるのか教えてほしかったら、僕の手足を解け】

【下手な挑発には乗らないぞ。蝙蝠が外へ逃げたのなら、逃げたでかまわない。お前の手足は、警察が来るまで外さない】

全身から血の気が引いた。また留置場に逆戻りになるんだろうか。あんなところに入れられたら、また一晩血を飲めない。それに蝙蝠になっても、あそこは逃げ出すのがけっこう大変だ。

【けっ、警察はやめてくれ】

男は返事をしない。

【僕が悪かった。もう二度とこんなことはしない。だから今回だけは見逃してくれよ】

必死に訴えるアルを置物のように無視して、男は椅子に腰掛けた。パソコンをたちあげる。こいつからは話を聞く価値もなしといった態度に、虚《むな》しさがこみ上げてくる。

それと同時にだんだんと腹が立ってきた。

【あの蝙蝠は僕なんだよっ】

誰にも言わなかった。言ったって信じてもらえないからだ。こんな状況に陥った自分を理解してもらえるとは思わないし、理解されたくもない。

そう思っていたのに、ついつい口を滑らせていた。

【僕があの蝙蝠なんだよっ。昼間は蝙蝠で、夜になったら人間になるんだ】

警察署に着いたのは、午後九時過ぎ。署の二階にある廊下の突き当たりは、一種異様な空気に包まれている。それは自分を男の家から連れてきた、優しい顔の刑事の後にくっついていたアルにもひしひしと伝わってきた。

「忽滑谷、そいつは……いったいどうしたんだ」

昨日、自分を取り調べていた中年刑事と若い刑事が、呆気《あっけ》にとられた顔で自分を、脱走した外国人被疑者を見ている。

「一人暮らしの男性宅に忍び込んだ空き巣です。僕のところに連絡が来たので確保はしたんですが、窃盗は鳥居さんの管轄なので、お引き渡しします。状況は僕が友人に詳しく聞いてるので」

両手にかけられた手錠ごと引き渡される。中年刑事は「フッ、フッ」と肩を震わせると、アルを指差し大声で「アッハッハー」と大笑いした。

「悪いことってのは、続かないもんだな。外国人の兄ちゃんよ」

「悪いこと？」

優しい顔の刑事が何か言っている。

「そいつは昨日食品工場へ真っ裸で忍び込んで捕まって、今朝留置場から脱走したんだよ」

中年刑事の言葉に、優しい顔の刑事は驚いた顔をしている。

「脱走？」

慌てた素振りで、若い刑事が中年刑事に耳打ちする。

「鳥居さん、それは上と三課の間だけの話でって……」

中年刑事は慌てた素振りで「いや、今のは勘違いだった」と手をひらひらさせている。

優しい顔の刑事は複雑な表情をしていたものの、それ以上深く追及することなく「よろしくお願いします」と頭を下げていなくなった。

自分を連れてきた刑事の姿が見えなくなると、中年刑事はフーッとため息をついて胸を撫で下ろしていた。

「危ないところだったな」

「あれ、バレてると思います。箝口令《かんこうれい》はしかれてますが、脱走の件は署内でもけっこう噂《うわさ》になっていて……」

「大丈夫だ。一癖も二癖もある一課の中で、忽滑谷はそこそこ常識人だからな」

「確かに忽滑谷さんはいい人ですけど」

「とにかく喜べ！　逃げた被疑者が捕まったんだ」

中年刑事は若い刑事の肩をポンと叩いたあと、アルをじろりと睨みつけた。

「今度こそ覚悟しとけよ。ぐうの音も出ないほど絞り上げてやる！」

言葉の意味はわからなくても、中年刑事の言い方が自分に好意的でないことだけははっきりと感じ取れた。取り調べをはじめるには少し時間が遅かったらしく、そのまま留置場の中へと入れられた。部屋は昨日と違って、警察官の見張り台の真ん前になる。警察官は昨日と違っていたけれど、脱走の件があったせいだろう、常にこちらの一挙一動を見逃すまいとするかのような、鋭い視線を感じた。

……翌朝、アルは紙袋の中に入れられたまま、まるでコインランドリーの洗濯物並にぐるぐると振り回され、目を回していた。

「本当です、本当なんです。俺の目の前で、あの外国人は蝙蝠になったんです。本当なんです」

叫びながら、警察官は紙袋の口を開けた。出ていけるチャンスなのに、振り回されすぎて気分が悪くなり、アルは袋の底でぐったりとうつ伏せになっていた。それをいくつもの黒い目玉が覗き込んでくる。

紙袋の外では沈黙が続く。アルはぼんやりと「とうとう僕もこれで終わりか」と悲観的になっていた。人から蝙蝠になるところを見られた。普通の人間ではないことを知られてしまった。これからどうなるんだろう。大使館に連れていかれ、箱詰めにされて本国に送られて研究材料になるんだろうか。そして、全世界に潜んでいる仲間に疎まれるのだ。何百年も裏の世界でひっそり生きてきたのに、捕まるようなへまをしやがって、と。

「お前はちょっと疲れてるんだよ」

同情に満ち満ちた声が聞こえてきた。

「疲れてるんだ。なっ。あっちで俺とゆっくり話でもするか」

「おっ、俺はおかしくなんかありませんっ。本当に、本当にあの外国人が蝙蝠になって……」

警察官の声が、エコーのように遠くなっていく。袋の口は閉じられ、その状態でどこかに放り投げられたのか、アルは衝撃で大きくバウンドした。振り回されたり、叩きつけられたり、今日は朝から散々な目にあっている。

「それにしてもさ、二日続けて警察官が被疑者に逃走されちまうなんて、何か呪われてるんじゃないのか」

「呪いなんてあるわけないだろ。警察官のどっちかが手引きして、あの外国人を外へ逃がしたんだよ」

「まあ、そう考えるのが妥当だろうけど」

「山《やま》さんに締め上げられりゃ、奴もすぐに白状するだろ。それにしてもあの外国人、何なんだろうな。自称『俳優』らしいけど、それも本当かどうか怪しいし。変な新興宗教の教祖とかでもねぇよな」

外へ出ようと「ギャッギャッ」と唸《うな》りながら鉤爪の前足で紙袋を押してみる。悲しいかな小さな蝙蝠は非力で、隙間のできる気配もない。

「あの紙袋の中身、蝙蝠だっけ？」

「蝙蝠だった」

「ギャアギャアうるさいな。どうにかなんねぇのか」

「確かになぁ」

「昨日もいたって話だが、そん時はどうしたんだ？」

「一課の忽滑谷が持って帰ったって聞いたけど」

「忽滑谷が？　またどうして」

「蝙蝠が好きらしい。あんな気色悪いモンのどこがいいのか、俺にはさっぱりわからないけどね」


袋の外で、話し声がしている。それが自分を縛り上げ、警察へ突き出した男だというのは第一声で気がついた。

「どうしたんだ？」

「よかったよ、暁《あきら》が家にいて」

「そのギャアギャアうるさい紙袋、ひょっとして蝙蝠か？」

「そうなんだよ」

優しい顔の刑事がため息をつくのが聞こえた。

「外回りから署に戻ったら、僕のデスクの上にこれが置かれてたんだ。また留置場で捕まったらしい。『うるさいから、どうにかしろ』って上司に怒られて、とりあえず持ってきた。逃がしてもよかったけど、お前、昨日の蝙蝠を外国人に逃がされたって残念そうだったし、別のも見たいんじゃないかと思って」

「お前、気がきくな」

男の嬉《うれ》しそうな声を聞くと、何とも不愉快になる。

「じゃ僕はもう一度署に戻るから」

ドアの閉まる音が聞こえ、室内に連れ込まれた気配がした。少し窓が開いていたり、うっかり玄関が開いていたとすれば逃げ出せる可能性はある。紙袋が開かれると同時にアルは勢いよく飛び出した。案の定、ここはあの男の部屋だ。そして悲しきかな窓も玄関もぴっちりと閉じられている。

「お前、元気がいいなあ」

本棚の上にうつ伏せにとまったアルを、男が優しい表情で見上げてくる。あぁ、胸がもやもやする。人間の姿の時は罵声をあびせ、シャツやズボンで縛り上げたくせに、蝙蝠になった途端に両手を広げてウェルカムなんて、完全な差別だ。

みんなには知られたくないけど、こいつにだけは見せつけてやりたい。お前が鼻の下をでろんと伸ばし、媚《こ》びるみたいにチッチッと舌を鳴らしている相手は、あの外国人なんだと。蝙蝠は仮の姿で、本当は人間のアルベルト・アーヴィングなんだとわからせてやりたい。事実を知った男の驚愕《きょうがく》の表情を想像するだけで、暗い妄想が満たされていく。

日が落ちる前に男の部屋に連れてこられたのは、不幸中の幸いだった。蝙蝠から人に変身する瞬間を見せられる。アルはカーテンの隙間から見える夕日と時計を交互に眺めながら、太陽が沈みきるのを今か今かと待ちわびた。

絶対に傍には近寄らなかったので、男は蝙蝠とのスキンシップを諦めたのかキッチンに立った。夕食の準備をはじめたようだ。冷蔵庫から卵や野菜を取り出している。その後ろ姿に並々ならぬ憎悪を感じた。ようやくありつけそうだった食事の牛肉すら取り上げられ、空腹を訴えても完全無視された。こんなにこんなにお腹が減っているのに、人を飢餓状況に陥れて、お前は優雅に夕食か！

あともう少しで日が落ちるというその瞬間、本棚から急降下して、料理をしている男の背中に飛びついた。思いっきり手足の爪をたてる。

「うっ、うわっ。痛いっ、痛たたっ」

男が包丁を放り出し、背中を左右に大きく動かす。そして首だけ傾けて背中にとまった自分をチラッと見た。アルはニッと笑って、更にグイグイと爪をつきたてる。

「こら、痛いっ。痛いって言ってんだろう。まったく……」

男は怒っている顔だが、蝙蝠が相手だと声色が優しい。それが余計気に障り、ギリギリと深く爪をたてていると、とうとう背中からバリッと引き剝がされた。

「そんなに爪をたてると痛いじゃないか、んっ」

いたずらっ子を諭すみたいな声だ。自分は「このクソボケナス！」と力の限り叫んでいるが、男の耳に聞こえるのは所詮「ギャッギャッ」という蝙蝠の鳴き声なのかと思うと、何とも切ない。できる限り凶悪な顔をしているつもりなのに、男はそんなアルを見て嬉しそうに目を細めるのだ。

「お前、可愛い顔をしてるな。んっ？　そうだとしたら、二度も俺の家に来るなんて運命だな」

指先で頭を撫でられている時、ここぞとばかりに嚙みついてやった。だけど自分は歯が尖ってないし、顎の力も強くない。

「何だお前、腹が減ってるのか？」

嚙みついた指先を軽くゆさぶられる。弄ばれているみたいで、何ともいえない虚しさを覚えた。そのタイミングで、いつものアレがきた。もうすぐ日が沈む。体の奥底から、波のように大きなうねりが押し寄せてくる。アルはバタバタと暴れて男の手から逃れると、床の上に降り立ち、うつ伏せになった。いい感じだ。爪をたてたり、噛みついたりと気を引いたことで、男は自分に注目している。

うねりに身を任せ、目を閉じた。蝙蝠の体の中で、小さく押し込められていたものが泡になってムクムクと膨れ上がっていく。羽が小さくなり、だんだんと指の形になる。粘土みたいに人の形へと作り替えられていくうちに、全身の毛は掻き消されるようになくなっていった。

体が変化する時間は、実際は一分にも満たない。人の姿に戻ったアルは短い栗毛色の髪を大げさに掻き上げ、呆気にとられた表情で立ち尽くす男をギリッと睨みつけた。

【昨日はよくも警察署へ送り返しやがったな！】

男は何度も己の目を擦《こす》り、頬を叩き、そしてしきりに首を傾げていた。

【これでようやく信じる気になっただろう。僕は吸血鬼なんだよ】

男は現実に背を向け、洗面所に飛び込んだ。ジャバジャバと水音が聞こえてくる。そして黒い前髪から水の雫《しずく》を滴らせながら戻ってくると、じっとアルを見つめたままこう言い放った。

「この催眠術をとけ！」

男が喋ったのは日本語だった。

【そんなカチカチした言葉で喋られてもわからない】

【このおかしな催眠術をとけ】

色々と考えた末に、男の中で目の前の一連の出来事は「催眠術」によるまやかしと結論づけられたのだろう。アルは大げさに肩を竦めてみせた。

【どうしても認めたくないって気持ちはわからなくもないけど、これが現実なんだ。僕は昼間は蝙蝠、夜は人間に変化するんだ】

男は眉間に皺を寄せ、気難しい顔をしていた。そしておもむろにクロゼットに向かうと、勢いよく扉を開けた。服を貸してくれるものだとばかり思っていたのに、男が持ち出したのはガムテープ。嫌な予感がした。ガムテープの端を握り締め、じりじりと迫ってくるその顔は、まさに獲物を狙うハンター。危険を感じ、踵《きびす》を返して駆け出した時には背後から飛びかかられ、はがいじめにされた挙げ句、ガムテープでがんじがらめに拘束されていた。

手足の自由を奪われ、裸のまま床に転がるアルを、男は冷たい目で見下ろした。

【このおかしな催眠術をとけ。でないとこのまま表へ叩き出すぞ】

男は、今の状況をあくまで「催眠状態」と位置づけている。

【やれるもんならやってみやがれっ。望むところだ！】

男がフッと遠くを見る目をした。

【そうか、変態を裸で外へ放り出しても、喜ばせるだけで思う壺《つぼ》か】

アルは耳がカッと赤くなった。

【僕は変態じゃない！】

【俺の目の前に何度も真っ裸で現れやがって。お前が変態じゃなきゃ、世界中の変態は乳幼児だ】

比喩はわかりにくいし、よく考えたら言っていることもおかしい。裸というだけで、変態と決めつけられるのが屈辱だ。好きで裸になっているわけじゃない。変身直後は必然的に裸になってしまうだけで……。

男はガムテープ巻きにしたアルに背を向けると、スマートフォンを手に取った。誰かと通話をしているが、日本語なのでわからない。話を終えたのか、男はスマホをテーブルに置き、料理の続きをはじめた。自分の目を疑った。男の中で、自分が蝙蝠から人になったことは催眠術にされた。そして人間の自分には、蝙蝠のように食事を準備してはくれない。自分は蝙蝠以下、どうでもいいものなのだ。ゴゴゴと、腹の底から燃えたぎる怒りが込み上げてくる。

【この下衆《げす》野郎！　マザーファッカー】

怒鳴り声に、男が振り返った。

【このイカレチンポ！　テメエなんか死んじまえ、クソッタレ！】

思いつく限り下品で最低な暴言を吐き続けているうちに、男がゆっくりと近づいてきた。そして無言のまま、ガムテープでアルの口を塞いだ。

【シーッ、ンーッ】

海老《えび》のようにジタバタと転がり回って抵抗した。そうすると今度はベッドの脚に手を括りつけられた。必死なアルを無視して男は食事を作り、食べた。食べ物の匂いを嗅いでいると、悲しくなってくる。食欲を刺激されるわけでもないのに、悲しい。空腹はもはや極限状態で、だんだんと力も出なくなってきた。今だったら昨日足蹴にした蛙やミミズの滴《しずく》程度の微々たる血でも吸える気がする。

もう死んでしまいたい。吸血鬼になっていいことなんて一つもなかった。嫌なことや、惨めなことばかりだ。挙げ句の果てに言葉もわからないアジアの片隅で、腹を空かせた上にガムテープでの拘束状態。もういっそ誰か自分の胸に銀の杭《くい》を打ち込んでくれないだろうか。誰か、誰か……もう誰でもいいから。

あ、誰でもいいと思ったけど、この男は嫌だ。この男に殺されるのだけは嫌だ。死ぬのなら、その前にこいつの喉元に噛み付いて、牙がないから歯で喉を食いちぎって、体中の血を全部吸い尽くしてやる。カラカラに干からびて死ね、クソッタレ！

部屋の隅に、まるでモノみたいに放っておかれて二時間ほど経った頃、玄関のドアチャイムが鳴った。誰か来たのだ。その姿を見た瞬間、世界は絶望に彩られた。あの刑事だ。自分はまた、あの警察署に連れ戻されるのだ。ここへ自分を連れてきた刑事の手で、警察署と男の家をぐるぐると行ったり来たり。あまりに馬鹿馬鹿しくて、もう笑うしかない。

刑事はガムテープで簀巻《すま》きにされた自分を見下ろし、重苦しいため息をついた。

「まったく……何を考えてるんだろうね、この外国人は」

「それは俺が聞きたい。何度も人の家に忍び込んで、その上まったく反省の色がない。しかも今回は俺に『蝙蝠が人に見える』っていう妙な催眠術をかけやがった。きっとこいつ、何度も同じことをしてるぞ。泥棒の常習犯じゃないか」

刑事は声をあげて笑っている。

「催眠術なんて素人がそうそう扱えるわけないじゃないか」

「俺は冗談を言ってるんじゃない。こいつは俺にずっと自分は蝙蝠だと思い込ませてたんだ」

「そんな馬鹿な……」と何か言いかけて、刑事はふっと口を閉じた。右手で顎を押さえ、考え込むような表情を見せる。

「そういえば内々に処理してるらしくて事実関係がはっきりしないんだけど、この外国人が二度目に留置場を抜け出した時、宿直だった警察官が人が蝙蝠になったとか何とか話していたらしくて、それもひょっとして……」

「おかしな術を使った可能性がある」

催眠術ねえ……とブツブツ呟きながら、刑事はアルにチラと視線を向けたものの、すぐさまフッと逸《そ》らした。

「それはともかく、いくら何でもパンツぐらい穿《は》かせてやったらどうかな。丸見えで可《か》哀想《わいそう》じゃないか」

「裸で外へ放り出すと言ったら喜んでたぞ。変態だから見られて嬉しいんじゃないか？」

刑事は眉を顰めた。

「本人は嬉しくても、僕が見るに耐えないんだよ。お前は老若男女とも裸は見慣れてるかもしれないけどね。せめて股間に何かあててやれよ」

二人、カチカチとした声で話をしていると思ったら、男が近づいてきて横になっているアルの股間にはらりとペーパータオルを落とした。

「これでいいだろ」

「……それじゃ何だか余計に卑猥《ひわい》だよ。それにこの部屋、ちょっと寒いんじゃないか。手足を拘束してるし、服を着せられないのは仕方ないとしても、上から毛布か何かかけてあげれば」

男がクロゼットを開け、薄茶色のブランケットを取り出した。近づいてくる。アルは体がブルブルと震えた。ブランケットでぐるぐる巻きにされ、そのまま山中に埋められるのかもしれない。前も、似たようなことがあった。

こいつら最低の野郎だ！　と身構える体にブランケットがかかる。それは予想に反して、巻き付けられることもなければ、どこかへ運び出されることもなかった。部屋の中は寒かった。それでかけてくれたらしいと思い至った時、この気遣いがあの男のものだとわかっていても胸がジンと熱くなった。ようやく人として扱われたからだ。

「おい、可哀想に泣いてるじゃないか」

刑事が涙に濡《ぬ》れた顔を覗き込み、男に何か喋る。

「泣いても、こいつが俺の部屋に忍び込んで変な催眠術をかけたのは確かだ」

「それでも、口のテープぐらい取ってやれよ」

刑事は口許のガムテープを外すと、ポロポロと涙を流す目尻にティッシュをそっと押し当ててくれた。アルが自分で拭えないからだ。涙を拭き取るその手つきが優しくて、優しいだけに切なくて、涙が後から後から溢れて止まらなくなる。

【助けて、助けて】

ようやく自由を取り戻した口で、泣きながら刑事に訴える。自分を見下ろす瞳はあの男と違い、いくらか同情的だった。

【手足のガムテープは外してあげられないんだ。君が他人の家に忍び込んで迷惑をかけ

たのは事実だから、警察署に行ってもらうよ。あ、僕の言っていることわかる？　暁ほど英会話は得意じゃないんだ】

【アキラ？】

【君が忍び込んだ、この部屋の住人だよ】

アキラ……その名前を胸の中で三度繰り返した。ブランケットの一枚ぐらいじゃ許さない。記憶がある限り、この仕打ちを一生忘れるものかと心に誓う。

【君は昨日もこの部屋に不法侵入した。どういう意図があるのか、そのへんを警察署の方で詳しく聞かせてもらうことになる】

【あんたが僕をここに連れてきたんじゃないかっ！】

刑事は驚いたように何度か瞬《まばた》きした。

【紙袋に入れて、あいつに渡したんじゃないか】

【君を紙袋に入れるのも、持ち歩くのも不可能だよ】

【僕は昼間、蝙蝠なんだよ。催眠術なんか使ってない。……吸血鬼だから蝙蝠になったり、人になったりするんだ】

刑事は困惑した表情でアルを見下ろした。

【人は蝙蝠にはならないし、なれないんだよ。吸血鬼というのは、想像の産物だ】

【本当に吸血鬼なんだって】

刑事は口を閉ざすと、男に振り返った。

「今から署に連れていくよ。一度、精神鑑定を受けてもらった方がいいのかもしれない」

【英語で話せよっ！　僕は日本語なんかわからないんだからなっ】

振り返った刑事は慈悲深い眼差《まなざ》しをアルに向けた。

【自覚はないかもしれないけれど、君は少し思い込みが激しいようだ。一度お医者さんに診てもらおう】

爪の先ほども信じてもらえないということが、痛いほど身に染みる。

【嫌だ、嫌だっ】

アルは叫んだ。警察署に連れ戻されても、きっと同じことの繰り返しだ。

【そんなに大きな声を出さないで……】

興奮するアルに刑事は声も手も出しあぐね、やや遠巻きになる。

【本当に僕は吸血鬼なんだ。信じてくれよ。昼間は蝙蝠で、夜しか人間にはなれないんだ。大学三年の時に、クラブで誘った女の子と車の中でやってたら、首を嚙まれて吸血鬼になっちゃったんだ。一回死んだけど、十四日目に生き返って、家に帰ったら「悪魔つき」って言われて、追い払われて……】

刑事は俯き加減になり、額を手で押さえた。

【本当に僕は吸血鬼なんだって！】

離れた場所にいたあの男が近づいてくる。

【おい、自称吸血鬼。本物だっていうなら、俺から血を吸ってみろ】

「やめとけよ。手はお前の商売道具だろ」

慌てる刑事を無視して、目の前にズッと差し出される右腕。アルはぐっと唇を嚙み締めた。

【僕は血を吸えない】

途端、男の目が勝ち誇ったように細められる。アルは慌てて言葉を付け足した。

【すっ、吸いたいんだよ。吸いたいけど、吸えないんだ。僕は吸血鬼としては半人前で、牙は生えなかったから。吸血鬼になって今年で九年目だけど、一人だけ仲間に会ったことがある。そいつは昼でも夜でも人間になったり、蝙蝠になったりと自由に変化してた。僕は半人前の吸血鬼だからそういうコントロールができなくて……】

【言い訳も、ここまでくると見苦しいな】

言い訳じゃないし、嘘なんてついてない。こんなに真剣に話をしているのに、まともに取り合ってもらえない。……これまでの八年間を思い返す。同じだったじゃないかと。誰も信じてなんかくれなかった。目の前のこいつらが本気にしてくれないからって、何も特別なわけじゃない。

生き返って、真っ先に会いにいった両親と友達には、野良犬みたいに追い払われ、悪魔つきと罵られた。この状況をわかってもらうこと自体、無謀なのだ。自分だって、なってみるまでこの世に吸血鬼がいるなんて思いもしなかった。理解できるのに腹が立つ。目で見たことすら信じようとせず、現実を催眠術と誤魔化し、人を悪者にするこの男だけは。

【……わかった】

アルは低い声で呻《うめ》いた。

【おとなしく警察に行ってやる。後は煮るなり焼くなり好きにしろ！　そのかわり、僕が警察に行くのは明日の朝だ】

男はクイッと顎をしゃくった。

【言い訳は警察署でしろ。忽滑谷、さっさとコイツを連れてってくれ。一晩もこんな鬱陶しいのに傍にいられちゃかなわん】

【いっ嫌だっ、嫌だっ、嫌だっ】

アルはガムテープで縛られたまま、打ち上げられた魚のようにバタバタと跳ねた。大きな音がする。

【暴れるなっ！　近所迷惑だ】

アルは男に取り押さえられた。それでも動かせる足先や頭を振り回す。両の目からボタボタと涙が零れた。

【お願い、お願い、お願いします。警察署に連れていくのは明日にして。お願い、お願い……】

聞く耳を持たぬ男ではなく、刑事に向かって訴える。そっちの方がまだ、願いを聞いてくれそうな気がしたからだ。

【朝まで待ってくれたら、おとなしくする。嘘はつかない。本当に、本当に……】

沈黙していた刑事が、ようやく口を開いた。

「暁……朝まで、警察に連れていくのを待ってあげちゃ駄目かな」

刑事が喋っている日本語は、アルにはわからない。だけど男の動きが止まった。

「すごく嫌がっているし、今無理に連れていっても、興奮して手がつけられなくなるかもしれない。本人も精神的に不安定だし、朝まで様子を見て、それから連れていっても遅くないと思う」

男が露骨に眉を顰め、アルを指差した。

「こんな頭のイカれた奴を一晩もここへ置いておけって言うのか！」

「僕もここに泊まって明日の朝、署に連れていく。それだったらいいだろ」

男は奥歯をギリギリと嚙み締めながら「勝手にしろ。何かあっても俺は知らんからなっ」と吐き捨てる。刑事がアルの前で膝を折った。

【暁と話をして、朝までは君の様子を見ることになった。そのかわり、手と足の拘束は外せない。これだけは譲れないから。それでもいいんだね？】

アルはコクリと頷いた。朝までここにいられたら、自分の変化する姿を見せられる。いや、見せつけてやる！　そして二人に謝らせる。本物の吸血鬼を馬鹿にしたことを謝らせるのだ。

【そういえば、暁に取り押さえられてからだと、随分と時間が経ってるんじゃないかな。お手洗いとかは大丈夫？　もし行きたくなったら僕に声を……】

【僕は吸血鬼だから、トイレなんか行かない。そんなことより、明け方には二人とも絶対に起きていてくれよな。僕が蝙蝠に変身するのは日が昇る直前で、ほんの一分ぐらいなんだ。短い間だから、見逃さないようにしてもらわないと】

刑事は何も答えず、どこか同情を禁じえない目でアルをじっと見つめていた。

そろそろ夜が明ける。カーテン越しでも、空が白みはじめたのがわかる。アルは焦っていた。なぜなら男も刑事もぐっすりと眠り込んでしまったからだ。零時過ぎまで二人は日本語でベラベラと話をしていたが、男の方が先にうとうとしはじめ、それにつられるように刑事の方も瞬きが多くなり、アルに【トイレに行きたくなったら、起こして】

と言い残し、テーブルに突っ伏してしまった。

ずっと起きてるんじゃないのかよっ！ と腹は立ったものの、夜明けの変身する時に二人の目が開いていればいいのだと思って我慢した。そして待望の夜明けになろうとしているのに、二人はいっこうに目を覚ます気配がない。

アルはガムテープで手足を巻かれた上に、腰をベッドの端に括りつけられている。奴らを蹴り飛ばしてでも起こしたいところだけど、距離があるので足が届かない。

【おい、起きろよ。二人とも】

声をかけても、二つの塊はぴくともしない。

【起きてくれよ、なあ】

下手に出てお願いしても、反応はない。怒りも相まってイライラしてくる。こいつらはやっぱり人の言うことを信用してなかった。だからこんな大事な時にグースカ寝てられるのだ。

【起きろって言ってんだろ！　もうすぐ変身するぞ。お前らが見ないでどうするんだよっ】

大声で怒鳴り、ベッドに括りつけられたまま、両足でドンドンと床を蹴る。男は反応しなかったものの、刑事の方は「うーん」と小さく唸りながら顔を上げた。薄暗い中、しきりに目を擦っている。

【もう夜が明けるじゃないか。そこのクソボケも早く起こせ！　僕が何のためにここへ居座ったと思ってるんだ。全部が全部、無駄になるだろっ】

「……朝っぱらから英語の怒鳴り声はきついな」

【ごちゃごちゃ言ってないで、早くそこのうすらボケを叩き起こせっ】

刑事は細く長いため息をつくと、床でブランケットに包まり微動だにしない男を揺り起こした。

「暁、起きてくれ。でないとあの外国人がギャアギャアうるさいから」

うーん、うーんと散々抵抗したあと、男はようやく目を開けた。寝起きのその顔は、前科何犯ですか？　と聞きたくなるほど凶悪だ。

「そろそろ夜が明けるだろ。あの外国人が蝙蝠になるって言ってるから」

話を聞くと同時に、男は再び床の上で横になった。こちらに背を向けた、意地でも見るものかというその態度に、怒りが沸騰する。

【このクソッタレのマザーファッカー！　約束は守れっ！】

男が顔だけで振り向き、ギロリとアルを睨んだ。

【黙れ、この嘘つきの変態野郎】

一触即発の二人の間に【ちょっとやめろよ】と刑事が入ってくる。

「暁も徒《いたず》らに挑発するなよ。ほら、すぐ夜が明けるから。夜が明けさえしたら、もう一度寝られるし」

男はチッと舌打ちすると、モソモソと起き出した。

「このクソアホのせいで、すっかり目が覚めた」

「はは、僕もだよ。けどほら、見てるだけでいいんだから。それで本人は納得すると思うし」

カーテンの向こうの空が、もっと明るくなってきた。夜が明ける、と思ったその瞬間、全身がワッと温かくなる。いつもの朝の感覚がやってきた。……変化がはじまる。

【二人ともよく見てろよ。僕が蝙蝠になってから吠え面をかくなっ】

指先が熱くなってきた。じわじわと縮んでくる。

【今のうちに言っておくけど、蝙蝠になっても日本語で話しかけるなよ。僕は日本語を知らないんだからな。英語だったらわかるし、返事もできる。あっ、返事っていっても蝙蝠だから「ギャッギャッ」としか鳴けないからなっ】

刑事が男に向き直った。

「……話を聞いてると、だんだん腹が立ってくるよ」

「大丈夫。俺もだ」

男はぐっと目を細め、アルに向かって怒鳴りつけた。

【モタモタしてないで、蝙蝠になるならさっさとなってみせろ、変態野郎】

　言われなくても、なってやる……と言おうとしたのに、声が出なかった。声帯も変化をはじめたのだ。熱を持った体が小さく縮こまって、五本の指の骨が細く伸びる。指の股の間には膜が広がり、傘のような羽ができる。全身に毛が生え、視界がモノクロになった。口を開け、鳴いてみる。「ギャー」としか聞こえない。完全に変化した。

　二人を見ると、呆気にとられた顔でぽかんと口を開けている。

「ギャッギャッギャッ」

　蝙蝠になったはいいものの、羽や尻尾にガムテープが絡まっている。「お前ら、さっさとこれを外しやがれ！」と怒鳴ってみたが、悲しいかな蝙蝠では言葉が通じない。

「こう……もりになったね」

　刑事が何か呟いた。

「まぁ、確かに蝙蝠だな」

　男がガリガリと後頭部を掻き上げる。刑事が気難しい顔で首を傾げた。

「これが催眠術になるのかな？」

「そうとしか考えられんだろ。地球が逆立ちしたって、人間が蝙蝠になるはずがない」

　あれだけ日本語で喋るなと言ってあったのに、人の話をまったく聞いてない。「いい加減にしろ」と怒鳴っても、出る声は「ギャッギャッ」だ。

「とりあえずガムテープを外してやろうか。何かジタバタして怒ってるみたいだし」

　刑事は毛に絡まったガムテープを丁寧に外してくれた。自由になったアルはバサバサと飛び上がり、カーテンポールに逆さにとまった。大きく胸を張る。言葉が通じないのであれば、せめて態度で「僕の言うことは正しかっただろう」と示したかった。

「あれって、胸を張ってるみたいに見えるんだけど」

「偉そうだな……おい」

　アルは「ギャッギャッ」と甲高い声で鳴いた。あれだけわからないと念を押したのに、日本語で話しかけてくるので腹が立つ。

「怒ってるみたいだな。どうしてだろう？」

「蝙蝠になったら英語で喋れとか偉そうに言ってなかったか？」

「そういえば……」

　ようやく思い出したのか、男が英語で話しかけてきた。

【お前はあの頭のおかしな外国人か？】

　アルはムッと黙り込んだ。ここで頷けば「頭がおかしい」ということを肯定してしまう。それは嫌だけど、ここで頷いておかないと蝙蝠では話が通じないんだと思われる。仕方なく、本当に仕方なく頷いた。

「ちゃんと頷いているよ、暁」

　刑事の声が興奮して聞こえる。

「偶然ってこともあるからな。今度はもっと具体的に言ってみるか」

【俺の肩に飛んでこい】と英語で声をかけられて、カーテンから男の肩へと飛び移った。その際、親指の鉤爪をわざと肩にギリッと食い込ませた。

「痛っ！」

アルは体を小さく丸め、ふふっとほくそ笑んだ。

「こいつ、爪をたてやがった。絶対にわざとだ、根性悪い」

「あ、でもそうしないとくっついてられないとか。……僕の言うことも聞くかな」

【こっちの手のひらにおいで】

刑事の言葉に、アルはひょいと手のひらに乗り移った。刑事にはさほど腹は立たないので、爪をたてないでおく。刑事は蝙蝠を乗せた手のひらを顔に近づけた。

【君は本当にさっきの外国人なの？】

アルは大きくコクリと頷いた。

【英語だったら、蝙蝠になっても言葉がわかるんだね】

再び頷く。刑事が男に何か耳打ちする。刑事と男は日本語でボソボソと話し合い、何を思ったか【僕らと一緒に外を散歩しよう】とアルに提案してきた。こんな早朝から、何ゆえ散歩？　二人の考えていることはわからないし、何日もろくに食べてないから腹が減って、正直飛ぶのは辛《つら》い。すると【君は肩にとまっているだけでいいから】と言われ、それならと了承した。

アルを肩に乗せた男と刑事は外へ出ると、少し歩いてから公園に入った。枯葉がカサカサと舞っている歩道で、すれ違う人に片っ端から声をかけ、あれこれと話を聞いている。そして二十分もしないうちに部屋へ戻ってきた。

二人は向かい合って座り、アルはその間にあるテーブルの上にうずくまった。蝙蝠になると足の力が弱くなるので、二本足では立てない。逆さにぶら下がるか、うつ伏せて丸くなるかが基本姿勢だ。

「五人に見てもらったが、誰に聞いてもこいつは蝙蝠だったな」

男の言葉に刑事が相槌《あいづち》を打つ。

「蝙蝠になるっていう言葉を信じるとしたら、犯人が留置場で姿を消して蝙蝠が残ってたってこととも辻褄《つじつま》は合うんだ」

二人とも黙り込む。難しい顔で腕組みをしていた男が、おもむろに口を開いた。

【お前は、秘密組織で造られた人間兵器か】

アルはブルブルと首を横に振り、刑事を見た。案の定、呆《あき》れた顔をしている。

「それ、本気で言ってるの？　人間兵器のわけないじゃないか。こんなちっちゃな蝙蝠になったって、叩き落とされてそれで終わりだよ」

「いや、こいつらが集団で襲ってきたとしたら……」

「それにしても効率が悪いだろ。人一人に蝙蝠二十匹とか三十匹とか。それだと人間のまま襲わせた方が確実じゃないか」

男は眉間に皺を寄せ、口をムッと横に引き結ぶ。

【最初に言っていたように、君は吸血鬼なの？】

刑事の問いかけに、アルは何度も頷いた。

「やっぱり吸血鬼なんだよ」

男は眉間に皺の寄った渋い表情のまま「認めたくない」とぼやいた。

「認めるっていうか、俺はこれを現実だなんて思いたくない」

「人に話したら、間違いなく病院を紹介されそうだよね」

刑事が苦笑いする。

「昼は蝙蝠で、夜は人間だって言ってたから、日が落ちて人間に戻るまでまともな会話はできないってことか。詳しい話を聞くのは夜になってからだね」

日が沈むと同時に、アルは蝙蝠から人間に変化した。そして変化を見るために再び男の家にやってきていた刑事と男の前で、ここぞとばかりに大きく胸を張った。

【ほら、言った通りだっただろう。僕は吸血鬼なんだ。お前らは認めたくないかもしれ

ないけど、目の前で起こっている事実まで、否定することはできないだろう】

「人になった途端、うるさいな……」

男がボソリと日本語で呟いた。

【何度も言ってるが、英語で話してくれないか。それから服を貸してくれ。変態じゃないんだから、いつまでも裸のままじゃみっともない】

要望どおり、パンツとジーンズ、長袖のTシャツが与えられる。アルは嬉々《きき》としてそれらを身につけた。男とは体格が似通っているのか、服は大きすぎることも、小さすぎることもなくジャストサイズだ。Tシャツの前にはちょっと変わったイラストが描かれてあり、今はこんなのが流行《はや》っているのかな、とまじまじと見つめてしまう。壊れかけたボート小屋に置いてある着替えの服は、八年前からずっと同じ。服とか靴のおしゃれなんかとも随分と遠くなっちゃったなとしみじみ思う。

「暁、あのTシャツって職場のじゃないか」

「そうだ」

「社名が入ってるよ、いいのかな」

「どうせ日本語はわからないんだろう」

二人はひそひそ話をしていたけれど、服を着終えたことに気づくと、刑事の方が声をかけてきた。

【君が蝙蝠から人間に変身するのはわかったから、もう少し詳しく話を聞かせてもらってもいいかな】

【オッケー、何でも答えるよ】

両手を広げ、アルはニコリと笑った。

【まずは君の名前。署の書類ではアルベルト・アーヴィングとなってたんだが、これで正しいのかな？】

【そうだよ。みんなにはアルって呼ばれてた】

【国籍はアメリカ？】

【アメリカだよ。出身はネブラスカ州。八年前に一度死んだんだ。吸血鬼になって生き返ったんだけど、そんなの誰も信じてくれなかった】

【まぁ、普通はそうだろうな】

嫌なタイミングで口を出してくる男をギッと睨みつけた。こいつは言葉一つで人を苛立たせる。

【そもそも君はどうして吸血鬼になったの？】

【八年前、クラブで誘った女の子と……その、車の中でメイクラブしてる最中に噛まれたんだ。森の中に車をとめてたんだけど、吸われている最中に周囲を不良に囲まれて、車を蹴られたり、ガラスを割られたりした。それで女の子が驚いて逃げたんだ。死ぬ直前で吸うのを止められたから、僕はすぐには死なずに一週間苦しんだ。血の吸われ方も死に方も中途半端だったから、ちゃんとした吸血鬼にはなれなかったんだ】

【それは具体的にどういうこと？】

刑事が先を促す。

【僕は自分が普通だと思ってたんだ。だけどこうなって半月後だったかな、初めて同類を見つけたんだ】

【それは、同じ吸血鬼に会ったってこと？】

【そう】

いかん、と男が呟いた。

【どれもこれも嘘臭く聞こえる。血の吸い方が中途半端だとか、同類だとか】

アルが口を出す前に、刑事が男を諫《いさ》めた。

【真面目な話をしてるんだから、暁は黙っててくれないかな。アル、それで？】

【そいつは僕に言ったんだ。お前はおかしいって。普通の吸血鬼は蝙蝠になったり人になったりは自分でコントロールができるのにって。……ねえ、吸血鬼って本当はどんなものか君らは知ってる？】

刑事は【いや……】と首を横に振る。

【僕も映画やドラマでしか吸血鬼のことを知らなかったんだけど、本物は日の光を浴びても灰になったりしないんだ。にんにくや十字架も平気。ただ銀の杭で心臓を貫かれると死んでしまうらしい。えっと、何の話だったっけ……そうだ、普通の吸血鬼と違うって話だ。僕は日が昇ったら蝙蝠、日が沈んだら人になって、自分の姿をコントロールできない。血を吸うための牙も伸びなかったから、人に噛みつくこともできない。舐めるか啜るかしかないんだ】

【やっぱり血は吸うんだね】

【吸うよ。噛みつけないから人の血は吸えなくて、獣の血ばかり飲んでた】

【獣？】

【日本に来る前は猟師のギャディスの家の近くに住んでいて、狩られる動物の血を舐めてたんだ】

【へえ。じゃあどうして暮らしやすいアメリカからわざわざ日本に来たんだい？】

アルはぐっと言葉に詰まった。

【日本語もわからないんだよね？　それならアメリカにいた方が暮らしやすかったんじゃないのかな？】

【仕方なかったんだ。不可抗力で……】

【不可抗力って？】

かっこ悪くて嫌だったけれど、ギャディスが亡くなったこと、自分がいかにして日本に「輸入」される羽目になったのかを正直に話した。

【これでようやく話が繋がった。最初に見つかったのが食品工場っていうのは、そういうことだったのか】

刑事の相槌に、黙って話を聞いていた男が口を挟んできた。

【問題は解決だな。今すぐ冷凍してクール便でアメリカへ送ってやる。向こうでの住所を教えろ】

アルは唇を尖らせた。

【親の所へ帰れるわけないじゃないか。「悪魔つき」って言われて追い出されたのに】

【じゃあ住処《すみか》にしていた猟師だったか、奴の家を教えろ。そっちへ送ってやる】

【ギャディスはもう亡くなってるんだって】

【それならアメリカ大使館に連れていってやる。一度は死んで吸血鬼になったとしても、実体はあるんだから事情を話せば、何とかしてくれるだろう】

【大使館なんかに連れていかれたら、どうなるかわかんないよ。怪しげな研究所に閉じ込められて、研究用のモルモットにされて終わりだ】

【じゃあお前はどうしたいんだ！】

男に怒鳴られ、アルはビクリと背中を震わせた。

【お前が吸血鬼になったことも、冷凍されて日本へ来たことも、俺には一切丸ごと関係

ない】

反論できず、奥歯をぐっと噛み締める。

【お前は不運だった。けどそれは予測できない交通事故みたいなものだ】

【だっ、だけど……】

【アメリカへ帰れば、少なくとも言葉は通じる。まだマシだろう。それとも何だ、俺らにお前の生活のサポートをしろっていうのか？　冗談じゃない。俺は目の前の交通事故を見ていただけだ。救急車を呼んで、応急処置ぐらいはしてやっても、怪我人を家に連れ帰って、面倒を見なくちゃいけない義理はない】

言っていることは正しいんだろう。この男が自分の世話をする義理はない。たとえそうだとしても、もう少し思いやりのある言い方はできないものだろうか。

吸血鬼になって、それまで生きてきた二十一年間の友達がいなくなった。みんな自分は死んだと思っているから、会えなかった。一人だけ、親友に会いにいったけど拒絶された。一番仲のよかった奴でさえこうなのに、ほかの友達が自分を受け入れてくれるはずがない。仕方なく、新しく知り合う人に希望を託したが、夜に知り合う人はみんなその場限りの浅い付き合いで、自分の姿がみすぼらしく、金がなくなると相手にしてもらえなくなった。

生きるため、毎日必死になって血を探し回る日々。ハゲタカに追い回され、コヨーテに腕を食われ……惨めだった。惨めだったけどその生活にも慣れてきていた。色々な感覚がいい具合に麻痺《まひ》しかけていたのに、どうしてこんなアジアの片隅で、追い討ちをかけるように責められないといけないんだろう。

【きつい言い方をするなよ】

沈黙の間に刑事が割って入ってきた。

【吸血鬼になるなんて滅多にある経験じゃないんだし、戸惑いがあって当然だよ。それに家族にも見離されたっていうんだったら、実際帰るのは難しいだろうし】

【それじゃあお前がこの間抜けな外国人の世話をするか！　できないだろっ】

目頭が熱くなり、涙が出そうになる。悔しい、悔しい、たまらなく悔しい。こんなこと言われたくない。吸血鬼にさえなっていなかったら、大学を卒業して俳優の養成所に入所していた。一生懸命稽古をして、映画の端役をもらう。そこで大物映画監督の目にとまり、主役に大抜擢《だいばってき》される。主演映画は大ヒットし、アカデミー賞も総舐めにして、一躍レッドカーペットの常連になって……可能性は誰にだってある。到底無理だとわかっていても、どこまでも広がっていく。

【もういいよっ！】

思わず怒鳴っていた。

【お前らの世話にはならないっ。今すぐ出ていってやるっ】

立ち上がったアルの腕を、刑事が掴んだ。

【待って。ここを出ても、行くあてはないんだろう。蝙蝠に変化するんじゃ長時間飛行機には乗れないから、アメリカへは帰れない。日本で暮らしていくにしても、夜しか働けない上に君は英語しか喋れない。周囲に迷惑をかけるのは目に見えてる】

刑事は淡々と告げる。同情もなく事実だけを語る声が、アルの感情に押し流されていた頭をクールダウンさせていく。

【だ、だって……ほかにどうすれば……】

刑事がチラリと視線をやった先、男は露骨に眉を顰めた。

「俺は絶対に嫌だぞ」

「僕はまだ何も言ってない」

「いいや、お前の言いそうなことの見当はつく。その間抜けな外国人をここへ置いてやれって言うんだろ」

「すごい、どうしてわかるんだよ」

男がテーブルをバンッと叩いた。

「お前の考えてることなんかお見通しなんだよ。俺はこんなクソ生意気な外国人の世話なんて真っ平だ」

刑事が悲しげな表情で目を伏せた。

「僕が面倒を見てあげたいけど、警察官舎は家族以外の宿泊は禁止されてるんだ。彼が日本に慣れて、生活の目処《めど》がつくまでの間でいいから、ホームステイ感覚で置いてやってもらえないかな」

「あいうえおも知らない外国人で、おまけに昼間は蝙蝠なんだぞ。いつになったら生活の目処なんてつくんだよ」

男は日本語でわめき続けている。アルは目尻に浮かぶ涙をTシャツの袖口で拭った。

「生活の目処はハードルが高かったかな。けど、彼もいきなり知らない土地に来て不安だと思うんだ。状況も特殊だしね。ここで数日暮らして、やっぱり日本じゃ駄目だってわかったら自分からアメリカへ帰りたいって言い出すんじゃないかな。クール便はそれからでも遅くないだろ」

「冷静に考えろ。こいつは吸血鬼なんだぞ！　寝ている間に俺が血を吸われて死んだらどうするんだよ」

「牙がないから、人の血は吸わないって言ってたじゃないか」

「だけどな……」

「それに昼間は暁の好きな蝙蝠の姿になるんだよ。思う存分、可愛がれるじゃないか」

「いくら俺が蝙蝠を好きでも、中身がアレだと思うと触る気になれん」

刑事は両腕を組んで、フッと息をついた。

「……この機会に言わせてもらうけど、暁はもっと人と接した方がいいと思う」

「それこそ余計なお世話だ。俺は、俺が好きなように生きてる。文句をつけられる覚えはない。それに人っていったって、そいつは人間じゃない。吸血鬼じゃないか」

「いったい何を見てたんだよ。彼は人間だろ。昼間蝙蝠になるだけで、ちゃんと泣いたり、怒ったりする。好きで吸血鬼になったわけじゃないって言ってるのに、差別するなんてそれこそ偏見だよ」

言葉の感じから、どうも二人は喧嘩をはじめてしまったらしい。日本語で話しているので、自分のことなのか、そうでないのかはわからない。

【アルベルトさん】

刑事がアルの名前を呼んだ。

【彼が、暁が当分の間、君の面倒を見てくれるから】

振り返ると、男はレモンを嚙み潰したみたいな気難しい顔をしていた。

【……いい。僕、一人で何とかするから……】

【さっきも言ったけど、言葉のわからない国で「どうにかなるだろう」なんて楽観的に考えない方がいい。僕も君が普通の体だったら、ここまで干渉しない。君が日本に来て僕らに会ったのも、きっと何かの縁だ。しばらくここで世話になって、ゆっくり先のことを考えてみるといいよ】

語りかける刑事は眼差しも声も優しいのに、その背後にいる男の目は厳しい。極寒のアラスカ並だ。

【俺はしばらくなんて曖昧なことはさせないぞ。二週間だ。二週間の間に、アメリカに帰るなり、こっちで働くなり自分の身の振り方を決めろ】

外で寝なくていいのはありがたいとはいえ、男の放つあからさまな「迷惑オーラ」の圧に、野宿の方がかえって気楽なんじゃないかと思えてくる。

不意にグーッと音がして、アルは慌てて腹を押さえた。

【お腹が空いているの？】

刑事が聞いてくる。

【日本に来る前から血を飲んでないんだ。お腹が減っても死なないけど、力がなくなって動けなくなる。この辺とか猟師はいそうもないよね。朝に外を歩いていた時にもそういう匂いはしてなかったし。贅沢《ぜいたく》は言わないから、新鮮な牛肉とかないかな。ステーキがベストなんだけど】

刑事が【ステーキ……】と小声で呟いた。

【人間の血が一番美味しいって話だけどね】

【ほらみろっ】

男が怒鳴った。

【面倒を見てやると言った途端にこれだ。何がステーキだ、ふざけるな。ステーキなんて血抜きされてて血なんてほとんど残ってないだろうが！】

【けっ、けど、美味しそうな匂いがするから……】

男の目が考えを巡らせるように斜め上に動く。

【……筋肉から出る液体に血液に似た成分がないわけじゃないが……とにかく、飯が食いたかったらまず働け。吸血鬼だからって甘えるんじゃない】

アルはムッと唇を尖らせた。

【僕だって無料で食べさせろって言ってるわけじゃない。働けたら、食べた分のお金は返すよ。今は一ドルも持ってないから……】

【無一文のくせに、人にたかろうってその根性が気に入らないんだよっ】

電子の呼び出し音が響く。男がスマートフォンを片手に、窓辺へと歩く。男は日本語で「今から？」「そりゃ、できないことはないですけど」とカチカチ喋ったあと、ため息と共にスマホをテーブルに置いた。

「……急な仕事が入った。今から出かける」

「えっ、これから？」

男がクロゼットから黒くて薄いコートを取り出す。会話の内容は意味不明でも、雰囲気でどうやら出かけるらしいというのはわかった。

【あいつ、どうしたの？】

隣にいる刑事に、小声で聞いてみる。

【急な仕事が入ったから、これから出かけるそうだよ】

クロゼットの中の、血と薬の匂いを思い出す。

【あいつ、医者なの？】

刑事は曖昧に首を傾げた。

【医者ではないよ。でもものすごく大きな括りで分けたらそういう部類に入るのかな】

アルの顔を見ていた刑事は【あ、そうか】と手を叩いた。

【日本じゃ知っている人が少ないけど、アメリカじゃ一般的だったね。……暁はエンバーマーなんだ】

想像もしてなかった意外な職種に、驚くと同時に納得した。エンバーマーは、エンバーミングを行う資格を持つ人間のことだ。エンバーミングは、遺体を腐敗から守るために編み出された技術で、基本的には遺体を殺菌したあと、血管を使って防腐剤を注入する。遺体の状況によっては、事故で欠損した顔や体、手足も修復する。州ごとに多少の差はあるけど、ネブラスカ州では、死んでしまったらエンバーマーの世話になるのは当たり前のことだ。実際、祖父は交通事故で亡くなったが、頭が半分削れたはずの遺体はエンバーマーの手によって綺麗に修復され、祖母は涙を流して喜んでいた。

エンバーミングの起源は古代エジプトのミイラの作製にあり、アメリカでは南北戦争時代に急激に普及したらしい。テレビでエンバーマーのドキュメンタリー番組を見た時に、死んでしまってもう痛みを感じないとはいえ、防腐剤を注入する準備のために体にメスを入れるのは痛そうだと思ったことを今でも覚えている。そして……。

アルは今まさに出ていこうとしている男に駆け寄った。

【待って。僕も一緒に連れてって】

振り返った男は、怪訝《けげん》な顔をした。

【お前はエンバーマーなんだろ。エンバーマーって、死体の体から血を抜くんだよな。その抜いた血を僕に少しだけ分けてくれないか】

男はギョッとした顔をした。

【前にテレビで見たことがある。抜いたあとの血って、捨てるだけなんだろ。それなら少しぐらいもらってもいいよね。そしたらお金もかからないし……】

【断る。ふざけたことを言うな】

ぴしゃりとはねつけられる。

【ふざけてなんかないよ。本当にちょっとだけでいいから】

【うちに運ばれてくるご遺体は、お前の食料じゃない】

男の声は硬い。

【そりゃわかってるけど、どうせ捨てるものなら……】

【そういう問題じゃない。もしお前が血を分けてほしいなら、ご遺体の家族に許可を取ってからにしろ。それだったら俺も文句は言わん】

アルは両手を大きく広げた。この男はクレイジーだ。

【許可をもらうなんて無理に決まってるじゃないか！　あんたが僕を吸血鬼だって認めるだけでこんなに時間がかかったっていうのに。おまけに見てもなかなか信じてくれなかった。それを初対面で、吸血鬼だから血をくれなんて言っても、許してくれるわけないだろう】

【なら、諦めるんだな】

男の声はゾッとするほど冷たい。

【僕は腹が空いてるんだよ！　もうずっと血を飲んでない。腹が減っても死なないけど、苦しいんだ。ものすごく苦しい。こんな気持ち、わかんないんだろ。あんたはいいよな。何でもいいから食べてれば腹が膨れるんだから】

【お前が下手をうって日本に来て、それで腹が減ったと文句を言われても、そんなの俺の知ったことか！】

吐き捨て、男は出かけていった。玄関のドアが乱暴に閉まる。アルはじっと立ち尽くしたまま、男が消えていったドアを睨みつけた。

確かに自分が空腹だろうが何だろうがあの男には関係ない。だけど、いくら何でももう少し言い方ってモンがあるんじゃないだろうか。吸血鬼だとわかった途端、自分が人間の扱いをされていないと感じて悲しくなる。吸血鬼じゃなかったら、お腹が空いたら死んでしまう人間だったら、もうちょっと優しく……というか親身になってもらえたんだろうか。腹が立っているのに、悲しい。涙が出てきた。堪えきれなくなってしゃがみこみ、声をあげて泣いた。背後からそっと背中を摩《さす》られる。

【大丈夫……かな】

アルは涙目で刑事を見上げ、首を横に振る。ちっとも大丈夫なんかじゃない。胸が痛い。今にも張り裂けそうだ。

【ごめんよ。暁は言い方がきついけど、本当は面倒見がよくて優しい奴なんだ】

そんな言葉、信じられない。

【それに自分の仕事にプライドを持っているから、あんな風な言い方になっただけで、決して君がお腹を空かせてもいいって思ってるわけじゃないから】

刑事に慰められ、その言葉を鵜呑《うの》みにするわけではないけれど、少しだけ気持ちが落ち着いた。

【この時間だと残っているかどうか期待できないけど……】と言われ、連れていかれた先は車で十五分ほど行った場所にあるスーパーマーケットだった。【あと三十分で閉店な古そうな血抜きのされた肉売り場に走るも、慌てて刑事に急《せ》かされ、【急いでだから加工肉がほとんどで、新鮮な牛肉はない。その中から、まだ血の気の多そうな鳥のレバーを選んで、二パック買ってもらった。日本のスーパーマーケットに初めて入ったが、まるでコンビニエンスストアかと思うほど小さかった。アルの感覚では、スーパーは巨大で、買い物はカートに山盛りというのが常識だった。この国は、何もかもがミニマムだ。

部屋に戻ると、刑事は【実は仕事に戻らないといけないんだ。途中で抜け出してきたから】と肩を竦めた。【困ったことがあったらかけてきて。食事のことでも暁のことでも何でもいいから】と帰りがけに電話番号と「NUKARIYA」と書いたメモを置いていった。

アルは久しぶりの食事……にしては、貧相な感を拭えないレバーを一つ口に含んでくちゃくちゃと噛んだ。牛肉で新鮮なものがなかったから鳥にしてみたものの、案の定淡白な味だ。正直、この程度じゃ全然腹の足しにはならないが、噛んでいるだけで何となく気持ちが落ち着く。

忽滑谷という名前の親切な刑事は【明日はもっと血の滴るやつを探して買ってくるよ】と言ってくれた。それに期待しつつ、今日のところはこれで耐え忍ぶ。

ベッドの向かい側にあるソファにごろりと横になってみる。忽滑谷は【これからのことを考えてみて】と話していた。そんな風に言われても困る。吸血鬼になってから家族と友達、そして夢と希望の全てをなくした。だから先のことは考えないようにしている。自分の取り柄といえば、前向きなところだけ。どうにかなる、どうにかなるだろうでやってきて、結局どうにもならなくなって今に至る。

ブルッと体が震えた。部屋が寒い。裸の時に包まっていたブランケットを引き寄せて、体に巻きつける。そういえば今日は何日だろう。この肌寒さからすると十月ぐらいの感触だけど、この国の季節感はわからない。

時刻は午後十時を回った。レバーだけでは満たない腹がギュウギュウと鳴っている。あの男が帰ってきたら、全身から美味《うま》そうな血の残り香をプンプンさせているのかと思うと、今から憂鬱になる。

あいつとはもう話をしたくない。だから目を閉じた。寝てしまえば、帰ってきたことに気づかずにすむ。朝になったら自分は蝙蝠だから、話はできない。寝よう、寝ようとして瞼をぎっちり閉じても、酷く怒ったり、泣いたり、嫌な思いをして感情の起伏が激しかったせいなのか、頭が冴《さ》えて眠れない。

眠れない頭はこれからのことを、考えたくないのに考えてしまう。忽滑谷の言っていた自分の「これから」は、あといったいどれだけ続くんだろう。

ゴロゴロと寝返りばかりを繰り返しているうちに、夜中の零時を過ぎる。午前一時……二時、瞼にようやく眠りの気配がさしかかってきた頃、ガチャガチャと玄関の鍵が開く音がした。あの男が帰ってきた。

自分は寝ている、寝ているんだと瞼をしっかり閉じたものの、敏感な鼻がその匂いを嗅ぎつけてしまった。生の牛肉の匂いがする！　それもけっこう汁気が多めの感じの。ゴクリと喉が鳴った。

「……寝てるか。車で一時間かけて買ってきてやったのに」

ボソリと何か呟き、男は強烈なほど甘美な匂いのするビニール袋をポンとテーブルに置くと、バスルームに入っていった。シャワーの音が聞こえはじめる。我慢できなくなってバッと起き上がり、ビニール袋に飛びついた。厚みのあるステーキ肉が現れる。プラスティックのケースを揺すると、ビニールのパック越しに赤い汁がたらーりと流れた。全身がブルブル震えた。自分が求めていたのはまさにコレ。舐めて、舐めて啜りたい。震える手でビニールの包装を剝ぎ取ろうとして、はたと気づく。これはあの男が部屋にいる吸血鬼のために買ってきてくれたものに違いない。でないとこんな夜中に生肉を、冷蔵庫にも入れずここに置いておく理由がないからだ。だけどまだ「お前にやる」と言われていない。許しもないのに人のものを勝手に食べたら、怒られる。絶対に怒られる。

それはお前のじゃない、俺の食べる分だと主張されたら返す言葉がない。金もないのに人のものを盗み食いしたのかと言われてしまったら……。

【クソッ！】

吐き捨て、生肉のパックをビニール袋の中へ戻すと、ソファへ飛び移ってブランケットに包まった。目の前に美味しいごちそうがあるのに、お腹が空いているのに、食べられないジレンマでイライラする。

しばらくすると、男がバスルームから出てくる気配がした。近づいてくる。肉の入ったビニール袋がガサガサ音をたてる。

「食ってないのか」

ビニールの音が近くなり、血肉の匂いが自分を取り巻くみたいに強烈に香ってきた。横になっているのに、眩暈《めまい》を起こしたように頭がクラクラする。我慢できるものではなく、そろそろとブランケットから顔を出した。自分の顔の前で白いものが、ビニール袋に入った肉がゆらゆらと揺れていた。

【匂いには敏感なんだな】

男の目が笑っている。

【食いたいか、ほら】

怒りがマグマになって脳天から噴き上がり、ビニールを摑む男の手を思いきり叩いた。

【ばっ、馬鹿にするなっ！】

興奮のあまり、怒鳴り声が裏返った。

【ひっ、ひっ、人のこと馬鹿にしやがって。腹が減るのがどんなに苦しいか、しっ、しっ知らないくせに】

感情が昂《たかぶ》って涙まで溢れてくる。こんなことで泣きたくない。泣いたらまた馬鹿にされる。それでもボタボタ落ちる涙は止められないから、奥歯をぐっと噛み締めて、嗚咽《おえつ》が漏れるのだけは我慢して男を睨みつけた。着ている服がぼろぼろになっても、土の上に寝ても、包丁で追い回されても、まだプライドは残っている。

長い沈黙のあと、先に視線を逸らしたのは憮然《ぶぜん》とした男の方だった。チッと舌打ちして床に落ちたビニール袋を拾い上げる。

【……悪かったよ】

肉がビニールごと差し出された。

【俺が悪かったから、コレは食えよ。お前用に買ってきた】

アルはビニール袋を引っ摑み、バスルームに走った。男がシャワーを使った余韻で周囲はまだ湯気がたち、床は濡れている。バスルームのドアを閉じて、それを背にしゃがみこむ。ポロポロ涙を零しながらラップの包装を剝ぎ、新鮮な匂いのするステーキ肉にかぶりついた。レバーとは比較にならないほど濃厚で甘い。その肉汁は血とは少し違った味がするけれど、その美味さに感動し、喜びのあまり噎《むせ》び泣きながら啜った。ステーキ肉が干し肉になるまでその汁気を吸い取ったところで、ようやく我に返った。満腹に

はほど遠くても、狂おしい飢えを鎮める程度にはお腹も満ちた。

腹が立って、悔しくて、思わず一人になれる場所へ逃げ込んだものの、今度は出ていきづらくなる。あのからかい方は絶対に許せないが、自分のためにわざわざ肉を買ってきてくれたのは事実なのだ。

礼を言うべきなんだろうな……言いたくないけど。「こんなものいらない」とステーキ肉をあいつの顔めがけて叩きつけてやれたらよかったのに、結局自分はもらった肉の汁を吸い尽くしてしている。散々ぐずぐずしてようやくバスルームを出ると、部屋の電気は消されていた。辺りは真っ暗。男も寝ているようだ。起こしてまで礼を言うことはない。……ドサリとソファで横になった。このまま寝て朝になれば蝙蝠だ。蝙蝠になったら、ありがとうは言えない。言わなくていい。

向かい側のベッドが軋《きし》む。男が寝返りを打ったのだ。まだ起きているのかとドキリとしたものの、男はこちらに声をかけてくることはなかった。

翌朝、アルは蝙蝠になると同時に、本棚の上へと飛び移った。男は七時過ぎに目を覚まし、やけに辺りをキョロキョロと見渡していた。自分を捜していたようだったのに、本棚の上の蝙蝠に気がついても何も言わず、洗面所へ行って顔を洗い、歯を磨いた。朝食は食べないスタイルなのか、コーヒーだけいれて飲む。そして八時過ぎにはシャツの上にコートを羽織ったラフな服装で、ポケットに鍵を入れた。出勤時間になったらしい。

男は出かける格好のまま、本棚に近づいてきた。

【俺は今から仕事に行く。帰りは、緊急の仕事が入らなければ七時だ】

英語で喋っているから、何を言っているのかはわかる。だけど頷いてやらない。

【お前、ああいう飯を日に何回食えばいいんだ？】

蝙蝠の時に聞いてくる無神経さに苛立ちが隠せない。鼻息も荒く「これで返事ができるかよっ！」と「ギャッギャッ」と鳴いた。

【日に二回か】

アルはぽかんと口を開けた。二度の鳴き声を、二回と思われてしまった。

【夜にまとめて買ってきてやる。それまで我慢してろ】

男がこちらに背を向けた。三歩歩いて立ち止まる。

【夜中のあれは、悪かった】

振り返らずに吐き捨てる。驚いたアルを残し、男は出かけていった。閉まったドアの余韻が、鼓膜にワーンと響く。

あのクソ意地悪い男が謝ってきた。口は悪いし嫌な奴だけど、ちゃんと反省してる。夜には食べるものも買ってきてくれそうだ。本当はそれほど悪い奴じゃないのかもしれない。アルは刑事の忽滑谷が言っていた「優しい」という言葉を今なら、少しだけなら信じてもいい気がした。

男に対してうっすら好意的な気持ちを持っていたのは、約束どおり買ってきてくれた食事……赤丸シールのついた鳥のレバー八パックを見るまでだった。

【忽滑谷に聞いたぞ。お前、ステーキじゃなくて鳥のレバーでもいいそうじゃないか】

確かにレバーでも飢えはしのげる、しのげるが、ステーキの方が美味しいし、力がつくし、お腹も満足する。

【あの……】

【毎晩あの極上ステーキを食われたらいくら何でも財布がキツかったが、レバーなら安いから安心した。しかも今日は特売日だったしな。一回で二パックとして、日に二食。これだけあれば二日はもつだろ】

財布がキツいと先手を打たれてしまっては、あの極上ステーキが毎日食べたいとは言い出せなくなる。ステーキでなくてもいいから、牛系の血が欲しい。毎日鳥のレバーだけでは飢えはしのげても、ひもじいのは持続する。

【あの、忽滑谷さんは……】

【あぁ、今日も約束してたんだってな。あいつは急に仕事が忙しくなったとかで来れなくなった。お前によろしくと言ってたぞ。肉は今度、差し入れするそうだ】

希望の火がシュルッと消える。やや古そうな色のレバーをじっと見つめた。淡白だけど、一応血は血だ。これを食べていれば、飢えて動けなくなることは多分、ない。

男は外から買ってきたらしいボックスランチ風の夕食を食べはじめ、アルも部屋の隅でレバーの入ったプラスティックケースのビニールを取り去った。

【おい、部屋の隅が好きなのか？】

男に話しかけられ、顔を上げた。

【別に……】

【じゃあこっちのテーブルで食ったらどうだ？】

お前と顔を突き合わせて食べたくないからだよ！　とは言えず、仕方なくテーブルに近づく。性格は悪いし、買ってきた食事はレバーだけど、これから何日か世話にならないといけない相手だ。上手くおだてておけば、鳥から豚や牛ともうちょいレベルアップしてくれるかもしれない。ただどうやっておだてればいいんだ？　いいとこなんて見当たらないのに……アルは思惑の第一歩から見事にけつまずいていた。

レバーでも仕方ない、あるだけマシだと自分に言い聞かせ、無言のままモソモソと味気ない肉を食《は》むアルの前で、男は美味そうに夕食を食っている。見ているとムラムラ腹が立ってくるので、ずっと俯いていた。

食事が終わると、男に【話がある】と言われた。食事の残骸を片づけ、テーブルを挟んで向かい合う。何を言われるんだろう……嫌な予感しかない。

【忽滑谷にも頼まれたし、仕方がないから、しばらくおまえをここに置いてやることにする】

優しくない、上からのもの言いが感じ悪いなと思いつつ、コクリと頷く。

【置いておくといっても、俺はお前をここでダラダラ漫然と過ごさせるつもりはない。それに自分の食費ぐらいは自分で稼ぐべきだ】

【そりゃ働けたら、自分で食べる分ぐらい払うけど】

【アルバイトをしろ】

無茶ぶりが酷い。眉間に皺を寄せ、唇を尖らせた。

【アルバイトって言われても、僕はこの体だし、日本語もわからないのに】

【わからなくて当たり前だ。お前は今まで日本語を習ったことがないんだろう】

【そうだけど……】

【これは個人的な話になるが、俺は英語が大嫌いだ】

思わず【はっ？】と問い返していた。

【アメリカの葬儀大学に通い出した頃からインターンが終わるまで、英語は嫌というほど聞いたし、嫌というほど喋った。日本に帰ってきてからも、寝言が英語だったと同僚に言われたことがある。俺は日本にいるのに英語で話をしたくない。郷に入れば、郷に

従えという言葉もある。お前も今日から日本語で話せ】

【そんなの無理だよ！】

叫んだアルの前に、おもむろに一冊の本が差し出された。タイトルは『Joy Joy Japanese』。ぱらっと捲《めく》ってみる。英語圏向けの日本語の教科書だ。

【これも使え。昔、俺が買ったやつだが】

もう一つ、目の前に差し出されたのは古い電子辞書だった。

【必要なものは揃っただろう。日本語を猛勉強しろ】

それは「お前」が英語を喋りたくない、聞きたくないから勉強しろってことかよっ！と喉のところまで出かかっていた言葉をごくりと飲み込んだ。本も買ってきて、辞書も用意してくれた。口先だけで勉強しろと言っているわけではないのだ。アメリカに帰ると決めたわけではない以上、日本に留まることになる。まったく日本語を使わずに生活できるはずもなかった。言葉を知らなければ、まともに働けないのも事実。……大学でも外国語は選択していたが、大の苦手だった。

【言葉っていうのは、生半可なことじゃ覚えられない。そして集中して取り組んだ方が上達も早い。だから俺はこれから日本語でしか喋らないし、お前の言うことも日本語でしか聞かない】

【そんな無茶苦茶だよ】

【何のために辞書を用意したと思ってるんだ。とにかく色んな日本語を聞いて、間違ってもいいから喋ってみろ】

【けど……】と言いかけると、間髪を容《い》れず【それっ！】と指摘された。

【日本語で話せと言っただろう。ただでさえ英語は嫌なのに、お前は地方の妙な訛《なま》りがあるから聞いてると余計に気分が悪くなる】

アルはムッと口を閉じ、電子辞書を開いた。それは随分と使い込まれていて、入力キーのアルファベットが薄くなっている。さっそく電源を入れて言葉を検索し、そして上目遣いに男を見上げた。

「あ……くぅま」

お望みどおり日本語で喋ってやると、男の眉間にぐっと皺が寄った。

「悪魔だと？」

更にアルは辞書を引いた。

「あほぅ」

アルは額に何本もピリピリと青筋を立てた男に首根っこを掴まれ、ベランダへと叩き出された。「やっぱり約束していたから」と牛肉片手に忽滑谷が訪ねてくるまで、部屋の中には入れてもらえなかった。

男、高塚暁のマンション――自分の感覚だとアパートメントだけど――に居候をはじめてから二週間目、十月の終わりに忽滑谷がカルビを手土産に遊びにきた。忽滑谷は仕事の忙しさに波があり、大きな事件が起こると一ヶ月以上も休みがないことがあるんだと苦笑いしていた。それだといくら何でもストレスがたまるんじゃ……と心配になるも、忽滑谷は真面目な顔に似合わずエスケープの常習犯だった。よく自分の様子を見にきてくれるので、今日は休み？　と聞くと【聞き込みの途中】と言ってにっこり笑う。

暁の仕事、エンバーマーも忽滑谷に負けず劣らず忙しい。たまに夜も呼び出される。仕事の依頼がない時が休みになり、前もって「いつ」とは決まってない。今日は平日なのに家にいるなと思っていたら、休みだったりする。

【あ、そうか。昼間だから今は蝙蝠なんだね】

アルはバタバタと羽ばたいて忽滑谷を出迎えた。ドアが開いた瞬間から、牛血の美味しそうな香りがプンプンしていた。匂いを嗅いだだけで口の中に唾が溢れてくる。アルは忽滑谷の肩にとまり、手土産への感謝を込めて、首筋に頭をスリスリと擦りつけた。

忽滑谷はくすぐったそうにフフッと笑う。

「暁は生意気だって言うけど、アルってすごく可愛いじゃないか」

「あほ、おうぼう、あくま、はらすいた」

「何だい、それ？」

暁はアルに向かって顎をしゃくった。

「そいつが最初に覚えた日本語だ」

忽滑谷は黙り込み、小さな蝙蝠の背中を指先でそろそろと撫でた。

「そういえばアルってちょっと痩せたんじゃないか？　一回り小さくなった気がするけど」

「朝夕に毎日レバー、時々牛肉もやってるぞ」

「そう？　じゃあ僕の気のせいかな」

二人の日本語での会話も、よく使われる単語はアルの耳にも引っかかるようになった。牛肉とかレバーとか。勉強をはじめてわかったのは、日本語はとても難しいということだ。喋ることはできても、書くことができない。言葉を表す種類だけで平仮名、片仮名、漢字と三種類もあるのだ。これらを時と場合に応じて使い分けることなど、自分には永遠にできる気がしない。

アルを肩に乗せたまま部屋の中に入ってきた忽滑谷が、テーブルに置いてあった本をじっと見下ろしている。

「それって日本語の教科書？」

「そうだ」

アルが猛勉強中の本を手に取った忽滑谷が、ぱらっとページを捲る。

「外国人が日本語を勉強する本って、こんな風になっているんだね」

忽滑谷が腕に引っかけ、ブラブラさせているビニール袋に視線が釘付《くぎづ》けのアルの耳に、暁の怒鳴り声が響いた。

「土産の肉を食うのは勉強が終わってからだぞ！」

すぐさま肉にかぶりつこうと思っていたのに、と胸の中でチッと舌打ちする。暁はゆっくりと喋るので、集中していれば単語の半分ぐらいはわかるし、あとは想像力で繋げれば、言われていることも何となく理解できる。言葉がわからなかった振りをして無視してやろうと画策するも、強い目力に押されて諦めた。

アルは忽滑谷の肩から飛び降りてテーブルに移ると、忽滑谷に向かって「ギャッギャッ」と鳴いた。

「アルはどうして鳴いてるのかな？」

「勉強をするから、本を置けってことだろ」

忽滑谷が本をテーブルの上に置く。アルは鉤爪を引っかけて本を開いた。そしてページが閉じないよう、体を割り込ませる。

「……蝙蝠の時も日本語の勉強をさせているのか」

「当たり前だ。こいつは夜に寝るから、起きているうちにさせないとな。それに俺がいないとすぐに勉強をサボるから、夜は毎晩テストをしてる」

忽滑谷はテーブルの脇に腰掛けて、アルの頭をそろそろと撫でた。

「こんなちっちゃな頭なのに、お前も大変だなあ」

「そうだろ」という意味で「ギャッギャッ」と返事をする。忽滑谷と和やかに話をしていても、背中に家主の視線が突き刺さるので、雑談は切り上げて教科書に集中した。

勉強をはじめた頃は「日本語がそこそこわかればいいなぁ」ぐらいで、目標はなかった。適当にやっていると、暁が「このままじゃお前は一生上達しない！」と断言して、毎晩テストされるようになった。テストといっても、口頭だけど。そのかわり、間違うと丸めたニュースペーパーで頭をペホンと叩かれる。痛くないとはいえ、叩かれるという状況が何とも屈辱的で、必死に単語を覚えている。

本を見ながらアルは「ギャッギャッ、ギャッギャッ」と鳴いた。緩急をつけてリズムよく。

「何か、やたらとギャアギャア鳴きはじめたんだけど、どうしたの？」

「発音を練習しているんだろ」

一ページ読み終えたので、一枚捲る。体が小さいのでなかなか本を開いたままにできない。しっかり押さえ込もうと本の中央ににじり寄ると、本が閉じて間に挟まってしまった。ジタバタしているのを見かねたのか、忽滑谷がページを開いて押さえてくれる。

「暁、本ぐらい開いてやれよ。体も小さいし、大変そうじゃないか」

「いくら蝙蝠でも、甘やかすとろくなことにならん」

「そういう問題じゃなくてさ」

それからみっちり一時間、忽滑谷は勉強している間、本を開くのを手伝ってくれた。やっぱり優しいなぁと嬉しくて、忽滑谷の手に鼻先を擦りつけたりして、自分の頭をニュースペーパーでバシバシ叩く男に見せつけるようにベタベタと甘えてみせたものの、さほど関心がないのかこっちを見てなかった。

勉強したあとは暁のお許しが出て、カルビが解禁される。牛血を舐めている間、忽滑谷と暁は日本語でボソボソと話をしていたが、食事に夢中になっていたアルの耳には、単語の断片しか入ってこなかった。

「アルもここでの生活に慣れてきたみたいでよかったよ。最初はどうなることかと思ったけど」

忽滑谷はコーヒーを飲みながら、ホッと息をついている。

「慣れたのはいいが、問題は山積みだ。働かせるにしても、もう少し時間がかかる」

「それは日本語がよくわからないから？　言葉が喋れなくても、仕事を選べば何とかなるんじゃないかな。アルって人間の時には綺麗な顔立ちなんだから、例えばモデルとか。ああ、けど脱走の件があるから顔が表に出る仕事は無理かな」

モデルの単語に、アルは牛肉にかぶりついたまま反射的に振り返っていた。

「……この蝙蝠は頭が悪い」

えっ、と忽滑谷が問い返す。

「人間的に、ものすごく頭が悪い。二日前だったか、出かけてみたいと言うから、電車で一緒に渋谷まで行ったんだ。隣を歩いてたのに急にいなくなって、捜し回ってたら駅前にいた。どこにいたんだと聞いたら、モデル事務所に登録したって言いやがった。まんまとキャッチセールスに捕まったんだよ。キャッチの中にたまたま英語のできる奴がいて、モデル事務所に登録すれば仕事を斡旋《あっせん》するから、そのかわりにプラチナのネックレスを買えと言われたらしくて、百万の契約を結んでた。金もないくせに、五年ローンで」

「あ、でもアルはそういう詐欺を知らないから……」

「俺は教えたんだよっ。街中で壺を買えとかセミナーに参加しないかって近づいてくる奴がいても、無視しろってな。それなのにこいつの言い訳ときたら『モデルにならないかは駄目だと言われてなかったから』だぞ。このちっさい脳味噌《のうみそ》はそれっぽっちの応用もきかないんだよ。おまけにこいつは、保証人欄に覚えたばかりの俺の名前とここの住所を書きやがった。油断も隙もあったもんじゃない」

モデルとかネックレスとか、多分、一昨日のことを言われているんだろう。あれに関しては、道の真ん中でガンガンに叱られた。自分たちの周囲を人が避けて通るほどに。その後、アルを勧誘した会社に直接乗り込んだ時も、暁は同じ調子で怒鳴りつけていたのである意味、分け隔てなく公平ではあった。

「もちろんそんなキャッチはクーリングオフした。こいつは一人で歩かせるだけで、トラブルをてんこ盛りにして持ち帰ってくる」

忽滑谷は「まあまあ」と苦笑いして、小さくなっているアルの背中をそろそろと撫でた。

「経験することで、これはいけないって身に染みてわかったんじゃないかな。……僕は思うんだけど、アルはアルで必死なんじゃないだろうか。モデルをしないかって声をかけられたのなら、何か仕事ができると考えたんだろうし」

「それにしても、自分の身の丈に合ったバイトってモンがあるだろ」

「モデルが身の丈に合ってないとは思わないよ。人間になったアルはハンサムだもんな」

忽滑谷が何か同意を求めてきたようだったので、よくわからないままとりあえず「ギャッ」と同意する。

「そんなにいい顔か？」

「とてもかっこいいと思うけど」

「俺は彫りの深いタイプの顔が苦手だからな。こいつを見ても、顔だけ日本人になるか、蝙蝠の頭とすげ替えてくれないかと思うことがある」

「人の体に蝙蝠の頭なんてホラーじゃないか」

「そうか？　俺はけっこういけるぞ」

忽滑谷が「暁って変だよな」とまた同意を求めてきて、今度は「暁」も「変」もわかったので、大きな声で「ギャッ」と賛同して、渋い顔の男にギッと睨まれた。

楽しそうに話をしていた忽滑谷が、フッと黙り込んだ。その視線はつけっぱなしだったテレビ、ニュース番組に向けられている。自分にはニュースの日本語はまだ難しいので、いつも映し出される映像だけ見ている。蝙蝠だと視界はモノクロ。人間の時にカラーで見るのと比べて、映像のインパクトは半減する。

「また殺人事件か」

暁がぼつりと呟く。

「手口が似てるから、同一犯かもしれない。今月に入ってこれで二件目だ。所轄は警視庁から一課が来て、合同捜査本部ができたらしい。最初は老人男性で、次が若いＯＬ……手当たり次第、無差別って感じで気分が悪い」

忽滑谷はテレビ画面を睨みつけている。いつも穏やかで優しい男の、こんなに厳しい表情を見るのは初めてだった。

三時間ほど部屋にいて、忽滑谷は帰っていった。いつも暁と二人で、その時は二人きりを何とも思わないのに、三人いてそれが急に二人になると微妙に気まずくなるのはどうしてだろう。忽滑谷とは仲良しで、ゴロゴロとこれ見よがしに甘えていたから、そのせいもあるかもしれない。

ほかにすることもないし、暁はじっとこっちを見ている。アルは「やれ」という視線の圧力に急かされて日本語の勉強をはじめた。

ページを捲っていると、また本の間に挟まれた。すると右側からすっと手が伸びてきて、本を押さえてくれた。手伝ってくれているのに目を合わせづらくて、アルは下を向いて教科書を読んだ。鳴くのをやめると、パラリとページを捲ってくれる。忽滑谷の時には捲るたびに「ギャッギャッ」とお礼を言っていたけれど、暁が相手だと気まずくて言えなかった。

日が落ちて、体は人型になった。すぐにクロゼットへ行き、そこにある服を適当に着る。暁は日本語を勉強しろとうるさいのに、ほかのことに関しては無頓着だ。

この部屋に住むことになった当初、服や下着、靴下なんかは自分用に準備してくれるんじゃないかと密《ひそ》かに期待していた。けれど似たような体格だったせいか、暁は「クロゼットの中にあるやつを勝手に着ろ」と言っただけだった。下着まで一緒でいいのか？と思うものの、自分にはお金もないし、買ってくれと言い出せないまま今に至る。

最初の頃、蝙蝠から人になったり、人から蝙蝠になったりする時、暁はじっと自分を見ていた。多分、物珍しかったのだろう。最近は蝙蝠から人間になったら「裸でウロチョロしないでさっさと服を着ろ」と怒鳴られる。

夕食を終えると、暁は「買い物に行くぞ」と急に言い出した。

「かいもの？」

「金の単位は、教えたから覚えてるだろう」

「……うん」

一昨日教えてもらったが、きちんと覚えているかどうか怪しい。不安はあれど、忘れているかもしれないとは言えなかった。また馬鹿、アホと怒鳴られる。

手を出せ、と言われて手のひらを差し出すと銀色の硬貨が一つ落ちてきた。

「自分で釣り銭の計算をして、これで買い物するんだ」

自分でお金を手にして買い物に行くなんて、何年ぶりだろう。ワクワクしながら暁の後についていく。午後八時を過ぎた通りには、犬の散歩やウォーキングをしている夫婦らしき男女がチラホラいる。冷たい風が首筋をすり抜けて、シャツ一枚の体が寒くなって背中を丸めた。クチンとクシャミが出る。暁が振り返った。

「お前、上着を着てこなかったのか？」

「うん」

暁はそれ以上何も言わなかったけれど、歩く足が少しだけ速くなった。たどり着いたのは、深夜も営業しているコンビニエンスストア。五百円以内で、自分で計算して買ってこいと送りだされる。暁は店の中には入らず、外で待っているとのことだった。

買い物という感覚が久しぶりで嬉しくて、水槽の魚のように店の中をぐるぐる回っているうちに、無性に悲しくなってきて店を出た。

「何を買ってきたんだ？」

手ぶらのアルを見て、暁が首を傾げる。

「かう　ない」

暁の眉間に、ムッと不機嫌そうな皺が寄る。

「買ってこないと、練習にならないだろう」

「かうもの　ない」

「ないわけないだろう。何でもいいから買ってこい！」

怒鳴られても、俯いたまま動かなかった。店に入ってすぐは楽しかったが、弁当やおにぎりといったファストフードの棚に行った時に心が揺れた。吸血鬼になったから、人間の時に食べていたものや飲んでいたものは、必要ないなと思い出したのだ。食欲という意味においては、血のほかには何も欲しくない。だから食べ物や飲み物は買えない。それなら別のものを、と思って日用品がある棚も見てみたが、欲しいと思うものが何もなかった。……いや、パンツは欲しかったけど、五百円じゃ買えなかった。

暁は買い物の練習だと言っていたし、何か買わなくちゃと焦っているうちに、だんだんと虚しくなってきた。どうしてパンツ以外に欲しいものがないんだろうと。

人間だった頃は、欲しいものが沢山あった。美人のガールフレンドとか車とか。モデルも、地元の酪農推進キャンペーンでカウボーイの格好をしているダサダサのポスターとか通販雑誌の下着モデルじゃなくて、ハイブランドの服や靴なんかの、人に自慢できるかっこいいのをやりたかった。俳優にもなりたかったし、ハリウッドに行きたかったし、一生に一度でいいから、レッドカーペットの上を歩きたかった。だけどこんな体じゃガールフレンドもつくれないし、お金がないから車も買えない。ハリウッドどころかアジアの片隅にいて、パックの牛肉をぺろぺろしている。人気俳優なんて夢のまた夢、もうその入口に立つことすらできない。

アルが黙り込むと暁は苛々した仕草で髪の毛を掻き毟《むし》った。

「じゃあ、牛乳とパンを買ってこい。明日俺が食べる分だ」

自分に命令するこの男は、すぐにでも欲しいものが出てくる。血でなくても普通の食事が栄養になって、昼間も蝙蝠になったりしない。

「いや」

きっぱりと拒絶した。店に入ったら、きっとまた虚しくなる。切なくなる。

「急に何だよ。来る前は嬉しそうにしてたじゃないか」

「いや」

言いきった途端、両目からドッと涙が溢れてきた。

「お前、どうしたんだよ」

暁は困惑した表情でアルの顔を見ている。

「俺は難しいことは言ってないだろう」

返事をしないでいると、暁は「何か言え」と怒った。それでもだんまりを通す。言ったって、きっと理解してもらえない。忽滑谷だったら、可哀想だとか気の毒だとか同情してくれるかもしれないけれど、こいつは「そんなの仕方ないだろう」って吐き捨てて、人をもっとどん底に突き落とすんだろう。そんな奴に、絶対に言いたくない。もうこれ以上、傷つきたくない。

「勝手にしろっ！」

黙ったままのアルを怒鳴りつけ、暁は背中を向けた。来た道を戻っていく。一人きり、しばらくコンビニの自動販売機の前に立ち尽くしていた。そのうちのろのろと歩き出す。あの部屋に帰りたくない。けどあそこのほかに、どこへも行くあてなんかない。

コンビニの近くに公園があった。周囲は木がうっそうと茂っていて、街灯も少ないので酷く寂しい佇《たたず》まいだ。池の傍にあるベンチに腰掛け、ハーッとため息をついた。

ネブラスカに住んでいた時みたいに、放浪の生活に戻ろうか。だけどここじゃ無理だ。都会で、家も人も密集していて、餌場になりそうな場所も見当たらない。ネブラスカにいた時も、お金がないと街中では暮らせなかった。だから田舎へ、田舎へ、動物はいても人はいない田舎へと流れていった。

日本の田舎……北、南、西、東どっちへ行けばいい？　ネブラスカだったら、どちらへ行けば田舎か街かぐらいはわかったけれど、ここじゃ見当もつかない。日本の地図も、まだちゃんと見たことがない。いっそアメリカに帰ろうか。そっちの方が断然暮らしやすい。人になっても大丈夫なように大きな箱に入れて送ってもらえば……あぁ、受け取ってくれる人が誰もいない。

ネブラスカに帰ったところで、自分を待っている人などいない。考えているうちに、また涙が出てきた。グスグスと鼻を鳴らしながら、袖口で拭う。

どれだけの時間、ベンチに腰掛けたまま泣いていただろう。染み入るほどではないものの寒くて、手の先が冷たいなと擦り合わせていたらぽつ……ぽつ……と頭に何か落ちてきた。顔を上げる。雨だ。雨脚は強くないけど、濡れない場所に行ったほうがいい。もっと降り出したら、濡れたら余計に寒くなる。わかっていても、濡れないために移動するのが面倒だった。

ザッザッと足音が聞こえた。近づいてくる。……血の、匂いがする。古い血の匂い。

暁が自分を捜しにきた。嬉しいような、嬉しくないような、顔を合わせたくないような。だけど暖かい場所に帰りたい。どこへも置きどころのない複雑な気持ちで顔を上げる。

結論から言うと、そこに立っていたのは暁じゃなかった。二十代……東洋人の年齢はわからないから、三十を過ぎているかもしれない。痩せた男だ。短い髪に、黒い眼鏡。黒いコートに、黒っぽいパンツ。夜の中に消えてしまいそうな服装だ。これといって特徴のない顔の、満面の笑みを浮かべる口許だけが街灯の下、ぽっかりと浮き上がって見えた。

「こんばんは。日本語、わかりますか？」

男が声をかけてきた。ゆっくりだったので理解できたけど、会話はまだ無理だ。

【あまり……】

英語で答える。【ちょっとこれを見てもらえますか。字が小さくて読めないんです。数字、いくらになってます？】と男も英語に切り替えて喋り出した。

男が差し出した左手の中に、小さな紙切れがある。蟻《あり》ぐらいの大きさの文字が印刷されていて、数字が見える。これってレシートかな？　と思いつつ、ぐっと屈《かが》みこんで男の手に顔を近づけた。

ドッ！

背中に、息詰まるほどの衝撃とめり込んでくる感触。それが抜けた瞬間、背中は火がついたように痛みだした。なにこれ……過去に覚えのない感覚。殴られたり、蹴られたり、骨を折られたりしたことはあるけど、これはそれらとはまったく違う種類の痛みだ。

【あっ、痛い……痛い……】

「ははっ……はははっ」

ピクニックに出かけてはしゃぐ子供みたいな、無邪気な笑い声。痛みに耐えながら顔を上げると、男が楽しげに笑っていた。

「早く死んだら？」

男が振り上げたナイフが鈍く光った。無意識に防御の姿勢を取ってしゃがみこんだ背中に、再び鋭利なものが突き立てられる。痛くて痛くて思うように動けない。一歩前に踏み出し、ベンチから崩れ落ちるようにして地面に膝をついた。無防備な首筋に、えぐられる感覚がくる。あ、切られた。首を……切られた。血が噴き出しているのがわかる。力が一気に抜けて、ドッと地面に突っ伏した。

「外国人、やっちゃったよ」

呟き、男は着ていたコートを脱いだ。それを大きなバッグの中にナイフごと押し込み、まるで何事もなかったかのように、ゆっくりと歩き去っていった。

地面に俯《うつぶ》せたまま、愕然とする。刺された背中も切られた首も、ズキンズキンと痛みが焼けつく。そんな激痛に絡まる疑問。あれは何？　どうして？　どうして？　どうしてこんなことになった？

痛い、痛い、痛い。背中も首も痛い。傷つけられた場所から溢れ出る血が、地面に黒々と染み込むのを横目に泣いた。気持ちが惨めな時に、体まで痛めつけられた。最悪、最悪、最悪だ。

動くと余計に痛いので、じっとしたまま血が止まるのを待った。おとなしくしていたら体は自然に治っていく。何日もかかるけど。血が止まっても、傷が完全に治るまでは人並みに痛みはある。吸血鬼になっても、死ななくても、痛みの感覚はなくならなかった。治るのに二日かかれば、二日間痛む。……少しずつ楽になってはいくけれど。

さっきの男を激しく恨んだ。そもそもあいつは刺した相手が「どこの誰か」知ってたんだろうか。知るはずがない。外国人で吸血鬼の自分を襲ったことでわかる。きっと誰でもよかったのだ。

前も似たようなことがあった。ギャディスの家の近くにある川沿いのボート小屋で寝ていた時、キャンプにきていた見知らぬ三人組の若い男によってたかって乱暴された。奴らは自分のことをホームレスだと思ったらしく、何度も「家なし」と罵ってきた。その時は頭蓋骨が割れ、背骨と両足が折れた。気が遠くなるほど痛かったし、苦しかった。こんなに苦しいなら、いっそ死んだ方がましだと、死にたいと思ったのに、死ねなかった。半人前とはいえ、吸血鬼だったからだ。

動かなくなったアルを、三人はすぐ傍の川へと放り投げた。三マイルほど下流まで流されたところで橋脚に引っかかり、そこで一晩過ごした。

ぽつ、ぽつと間欠的だった雨のリズムが速くなり、本格的に降りはじめる。濡れると寒い。首の血もじわりと止まってきている。立てるか？　自分に言い聞かせながらゆっくりと立ち上がった。途端、叫び声も出ないような激痛が背中に走り、その場にしゃがみこんだ。塞がったはずの首から、再び血が噴き出すのがわかる。

血が止まるのが遅い。骨や内臓の修復はさておき、血だけはすぐに止まってたのに……。力がないのかもしれない。鳥のレバーばかりで、牛の血はごくたまに。慢性的な空腹状態で、力がつくわけもなかった。この状態だと、背中と首が治るにはいつもより時間がかかってしまうだろう。アルはごそごそ這って、ベンチの下にもぐりこんだ。足がはみ出す。そこだけ雨があたって、冷たい。

土の地面で、雨粒が弾《はじ》けるのが見える。少し眠くなってきた。体に残った血を効率的に使うため、体力を温存するよう体がシフトチェンジしたのかもしれない。

もういっそ、寝ている間に死ねたらいいのに。そしたらもう痛くないし、お腹も空かないし、惨めな思いをしなくてもいい。これからのことも、何もかも考えなくていい。

傘が雨を弾くバラバラという音が、降りしきる雨の狭間《はざま》に聞こえた。誰か近づいてくる。黒い影。さっきの男が戻ってきて、自分にとどめを刺そうとしてるんじゃないかと思い、ゾッとする。見つからないよう、はみ出した足を少しでも引っこめるために膝を曲げた途端、背中がズキリと痛んだ。

黒い傘に隠れて、人の顔は見えない。バラバラと、恐怖が近づいてくる。……予想に反して黒い傘はあっさりと通り過ぎていく。ベンチの下に潜んでいる存在には気づかなかった。

黒い傘の後ろ姿を、視線でじっと追いかける。さっきの男じゃない。服が、違う。暁みたいな気がする。一度そうなんじゃないかと思うと、顔もはっきりわからないのに、暁にしか見えなくなった。黒い傘は砂場の脇を通り、遊具の間を抜け、何度も屈みこんだり、辺りを見回しながら、ベンチの傍に戻ってきた。

「あ……あきぃ……ら」

行き過ぎようとした傘が「うわっ」と上下に揺れて、止まる。しゃがみこみ、ベンチの下を覗き込んでくる顔。やっぱり暁だ。迎えに来てくれたのが嬉しくて、ただただ嬉しくて、ぽろりと涙が出た。

「お前、そんなとこで何やって……って、おい、首んトコどうしたんだ！　真っ赤になってるじゃないかっ」

心配してくれてるのに、そんな時も暁は怒鳴り声だ。

「いた……い」

「痛そうなのは見りゃわかる。どうして首なんか怪我したんだよ。おまけにそんなトコにもぐりこんで、何考えてんだっ」

暁に腕を摑まれ、ベンチの下から引きずり出される。決して乱暴ではなかったのに、体を捻ったせいで背中に激痛が走り「ウギャッ」と蝙蝠のように叫んでいた。その声に驚いたのか、腕を摑んでいた暁の手が離れた。黒い傘もトンッと地面に落ちる。

暁は口も半開きの呆然《ぼうぜん》とした顔で、血だらけの自分を見下ろしている。

【いったい、何がどうなってんだよ！】

耳に入ってきたのは、英語だった。

「おとこ……」

【日本語はいいから、英語で話せっ】

【男……に刺された】

【それはどこのどいつだ！】

【……知らない。見たこと、ない】

【とりあえず救急車……】

暁が慌てふためきながらスマートフォンを取り出すのが見えて、アルは【駄目】と叫んでいた。

【救急車、呼ばな……い……で】

スマホを操作しようとしていた暁の手が止まる。

【僕……普通と違う】

【じゃあどうすんだよ。首も背中もザックリいってるぞ。こんなん縫わなきゃ絶対に治んないだろうがっ】

【治る……時間はかかるけど、勝手に治る……】

暁は苦い物を食べたような顔をしていたけど、救急車を呼ぶのはやめてくれた。そして【ないよりゃましだろ】と着てきたコートをアルの頭から被《かぶ》せ、血だらけの体を背負うと急ぎ足で歩き出した。相変わらず雨は降ってるが、コートが遮ってくれるから冷たくない。揺すられると傷に響いてとても痛いけど、背負ってもらった背中からは、じんわりと熱が伝わってくる。

【いったい誰がこんなふざけたことしやがったんだ。このクソアホが死んだらどうしてくれるっ】

暁の声が耳に響く。嬉しくて、温かい背中にぎゅっとしがみついた。

【僕は死なない】

くっついた背中がビクリと震えた。

【心配しないで、死なないから】

気持ちが楽になる。安心した瞬間、アルはフウッと気が遠くなっていった。

それから三日間、アルはベッドの中でコンコンと眠り続けた。大怪我に同情されたのか、それまでソファが寝床だったのに、今はずっとベッドに寝かせてもらっている。日中は蝙蝠に、夜は人になるけれど、ベッドから一歩も外へ出なかった。いや、出られなかった。

傷口は時間が経つにつれてじわじわと閉じてゆき、二日目には跡も残らないほど綺麗に完治したのに、それでも動けなかった。手足に力が入らないので、座ることもできない。

暁は仕事から帰ってくると、真っ先にシーツを剝いで背中と首筋を確認する。服の脱ぎ着が自分ではできないので、怪我をしてから服を着てない。傷を見るのに都合がいいのか、暁も着せてくれない。

「おまえ、傷は治ってるのにどうして動けないんだよ」

暁はボソリと呟いた。

「ちから　ない」

小さな声で、理由を教える。喋るのも疲れる。

「レバーをいつもの三倍、ステーキ肉だってやってるだろう」

大怪我をしてから暁なりに気を遣ってくれて、毎晩ステーキ肉が出ている。以前からすれば考えられない、夢のような好待遇だ。昔ならそれであっさり回復しただろうけど、最近は食事が少なめで活動ぎりぎりのエネルギーしかなかった上に、貴重な血を一度で大量に失ってしまった。残っている僅かな力も、これ以上の血の流出を防ぐべく、真っ先に傷を塞ぐために総動員したので、もうほとんど残ってない。ステーキ肉に含まれる牛血ぐらいじゃ、バケツの中の一滴。完璧なガス欠状態だ。お金がかかるはずなのに、毎日奮発してステーキを買ってきてくれる暁に、それでも足りないんだとはどうしても言えなかった。

「ステーキ　ちから　たまる　だいじょうぶ」

アルは心配をかけないよう、頑張って笑いかけた。体が自由に動かないのは辛くても、暁が優しいから嬉しい。怒鳴ったりしないし、痛いと言ったらずっと背中を撫でていてくれる。こんなに優しくしてもらえるなら、もうずっと力が戻らなくてもいいのに……とまで思ってしまう。

「ひょっとしてお前、ステーキでも栄養が足りてないのか？　血がかなり出てたもんな。それでも傷は治ったから、大丈夫かと思ってたんだが……」

思わず目を逸らしてしまう。

「だいじょぶ　ちょっと　たまる」

気を遣わせないようにそう言ったのに、暁は黙り込んでしまった。何か考えている風だったが、おもむろに「よし」と呟いた。

「今日はお前にごちそうをやる」

ごちそうと聞いて、アルは首を傾げた。ステーキが増量されて一度に二枚とかだろうか。

「明日は仕事も休みだし、特別に俺の血を少しだけ分けてやる」

自分の耳を疑った。

「そのかわり、四百ミリリットルまでだ」

暁は「確かここに……」と棚の中から何か取り出した。針のついた注射器だ。

「以前、業者にサンプルでもらったやつだが、これだと傷も針穴程度ですむしな」

ぶつぶつ呟きながら、注射器の入っている包装を破る。そして左手をゴムのような伸びる紐で縛った。左手の肘の内側にためらいなく針を刺し、口で紐を外す。そうして針を抜くと、滴る血をアルの口許に近づけてきた。

「もったいないから一滴も零すなよ。くれぐれも言っとくが、四百ミリリットルまでだからな」

「あ……でも……」

これまで人の血を飲んだことはない。飲みたいな、飲めたらいいなと思うことはあっても、機会がなかった。牙のない自分は、人の血を飲もうとしたら誰かを傷つけなくてはいけない。それだけはできなかったし、したくなかった。

「早くしろっ。垂れてるじゃないか」

熟成しきったワインのように赤い血が、滴り落ちてくる。ただでさえお腹が空いているのに、目の前にごちそうをちらつかされて、我慢なんてできるわけがない。しかも相手の同意のもと「飲め」と言われたのだ。アルは口を大きく開けて、傷口へと吸いついた。

途端、口腔《こうくう》に広がるまろやかな塩味。旨《うま》みがあって、深みがあって、まったりと濃い。舌の上を転がるそれのあまりの美味しさに、アルは卒倒しそうだった。動物の血など比べものにならない。スナック菓子と高級フレンチ、それぐらい歴然とした差がある。こんなに美味しいものだったなんて知らなかった。アルは両手で暁の腕を押さえ、傷口から強く吸い上げた。

「飲むのはいいが、ちゃんと加減しろよ」

何も聞こえない。美味しい、美味しい……もっと、もっと……頭の中がそれだけでいっぱいになる。喉を滑り落ちる、極上の感覚。飲み下すごとに、全身にみちみちと力がみなぎっていくのがわかる。

「お前、俺の言ったことを覚えてるんだろうな！」

間近で響く怒鳴り声は、鼓膜を素通りしていく。乱暴に背中を叩かれても、本能に支配された頭は制御不能。蛭《ひる》のように傷口へ吸いつく。やめられない。

「いい加減にしろっ。いくら何でも吸いすぎだ。めっ、眩暈がしてきた」

あ、ちょっとまずいかも……と思えたのは、お腹がいっぱいになってきた頃。頭ではダメだという気持ちがあるのに、体が言うことをきかない。まるでセックスしてるみたいだった。無茶苦茶気持ちよくて、あとちょっとでイクっていうのに、やめられるわけがない。

そうしているうちに、摑んでいる腕からフッと力が抜けた。えっ、と思った瞬間、暁はうつ伏せにドッと倒れ込んだ。

「あ……き、ら？」

揺さぶっても目を覚まさない。さっきまで自分が吸いついていた針穴からは、タラリと血が流れる。アルは傍にあったタオルで慌てて針穴を押さえた。血はすぐに止まったものの、暁は真っ青な顔のまま目を覚まさない。息はしているけどすごく弱い。

死んでしまうかもしれない。全身の血が足許にザッと落ち、両手がブルブル震え出す。優しくしてくれたのに、せっかく血をくれたのに、自分が吸いすぎたせいで殺してしまうのだ。思わず泣き出しそうになったのを、奥歯をグッと嚙み締めて堪えた。

とにかく救急車、救急車を呼ばないといけない。日本じゃどうやって呼べばいいんだろう。暁のスマートフォンを手に取るも、何番を押せばいいのかわからない。そうだ、忽滑谷に掛ければいい。前に電話番号を教えてもらった。だけどその紙はどこへ置いた？　覚えてない。わからない。それ以前に画面のロックを解除できない。スマホを放り出し、もう一度暁の傍に駆け寄った。相変わらず青い顔のままで、揺さぶっても目は開かない。ぐずぐずしてられない。アルは外へ飛び出して、隣の家のドアをドンドンと叩いた。

「何だよっ、うっせえなあ！」

出てきたのは自分と同い年ぐらいの男だ。凹凸のない顔、アジア人特有の肌の色をしているのに、髪は金色で目は緑。アルは人種がわからないそいつを外国人、アメリカ人に違いないと思い込んだ。

【助けて！　助けて！　死にそうなんだ、救急車を呼んで！】

「なっ、何なんだよ、お前っ。そんな英語でベラベラ喋られてもわかんないんだよっ」

金髪男の、通常予測される反応以上の驚愕が、口許にべったりとついている血と、真っ裸が原因なのだと気づく余裕はなかった。

ドアを閉じられる気配に、慌てて右足を隙間に突っ込んだ。靴を履いていなかったから、金属ドアに挟まれる衝撃をまともに足に食らった。

「アウッチ!!」

ゴキッと骨が砕けた感触に悲鳴をあげる。男は慌ててドアから手を離し、泣きそうな顔で玄関に尻餅をついた。

「かっ、勘弁してくれよっ」

【どうしてドアを閉じるんだよ！　そんな意地悪しないで、救急車を呼んでくれよ。友達が死にそうなんだよっ】

「だからっ、俺は英語がわかんないって言ってるだろっ」

その瞬間、扉がバーンと開いたように言葉の意味がわかった。自分が言いたい日本語の単語が、頭の中にストンと舞い降りてくる。

「きゅうきゅうしゃ　よぶ　やって」

アルは日本語で喋った。

「ともだち　たすけて　おねがい　おねがい」


二人部屋の病室には、今のところ暁一人しか入っていない。白いベッドに横たわって自分に背を向ける男の隣、パイプ椅子に腰掛けてアルは深くうなだれていた。処置を終え、意識を取り戻した暁が救急外来から病室に入ってきた時、涙でぐちゃぐちゃの顔で抱きついたアルは容赦なく頭を殴られ、開口一番「このクソ馬鹿がっ！」と怒鳴られた。

それからどれだけ謝っても暁は一言も口をきいてくれない。

アルはそっと右足を振ってみた。隣の家のドアに挟まれた時に折れた感触があり、ものすごく痛かったのに二、三時間ですっかり治ってしまっている。驚くほど回復が早い。それが暁の血のおかげだとわかっているので、何とも居たたまれなかった。

隣人が呼んでくれた救急車に、アルは一緒に乗り込んだ。病院に運び込まれた暁は「極度の貧血」「脱水」と診断された。救急外来の廊下で、アルが簡単な日本語しか喋れない、聞き取れないとわかると、四十代半ばに見える細身の医師は英語で話しかけてきた。

【ご本人さんとの関係は?】

即座に【友達です】と答える。

【彼のご家族の連絡先をご存じありませんか?】

それを聞くと同時に、両目からドッと涙が溢れた。家族を呼ばないといけないほど状態が悪い……危篤だと思ったのだ。

【彼は、暁は死ぬんですか】

【いえ、そういうわけでは……】

【暁が死んだら、僕はもう生きていけない。どうしたらいいんだ】

病院の床に膝を抱えてしゃがみこんだ。

【やめろって何度も言われたのに、どうしても我慢できなくて……やめられなくて、体に負担が……】

【彼は大丈夫ですよ】

俯けていた頭を上げる。大丈夫と言う癖に、医師の顔は不安を予感させる、微妙な強張りを見せていた。

【確かに危険な状態でしたが、点滴をしたので脱水は改善されました。ただ貧血がかなり進んでいるので、輸血が必要です。輸血には家族の方、もしくはご本人の同意をいただかないといけないんですが、まだご本人の意識がはっきりしないので……】

ガチャリとドアの開く音がして、看護師らしき女性が廊下に顔を覗かせた。

「伊藤《いとう》先生、貧血の患者さんなんですけど、目を覚まされました。話もできます」

「あ、そう？　じゃあご本人に確認してみるかな」

医師がアルに振り返った。

【意識が戻ったそうです。よかったですね】

アルは両手を組み合わせ【神様、感謝いたします】と呟き目を閉じた。祈るアルに

【ところで】と医師が話しかけてくる。

【あなたのご友人は随分と酷い貧血ですが、外傷はありません。データ上も貧血所見だけで、ほかの臓器の異常は見当たらないのですが、体の中から出血した可能性も否定で

きません。あなたはそれについて何か思い当たることがありますか？】

意味深な問いかけに、アルの胸がドクリと鳴った。どうしてそんなことを聞いてくるんだろう。ひょっとして暁の貧血は、吸血鬼に血を吸われすぎたせいだと知ってるんだろうか？　いや、そんなはずはない。吸血鬼だと言っても、誰一人としてまともに信じてはくれないのに。じゃあ同類？　そんな感じもしない……。質問の意図が読めず、返事もできなくて黙り込む。

【こちらとしては、無理にはお聞きしませんが】

知ってるのか知らないのか判断できないまま、アルは【暁をお願いします】と医師に頭を下げた。

その後、三十分ほどで処置室から出てきた医師は「大丈夫ですよ。アナルからの出血はありません。きれいなものでした」とにこやかに笑い「ただこれだけの貧血ですから、体調も優れなかったのではと思います。そんな時は手加減するかやり方を変えるか、後はご本人さんとよく話し合ってくださいね」と告げられた。

そこでアルは自分たちは同性カップルと誤解されているのだとようやく気付いたが、既に訂正するタイミングを失っていた。

コンコン、と病室のドアをノックする音が聞こえた。時刻は午後十時を回っている。

「暁、いる？」

忽滑谷の声だ。アルは立ち上がって、ドアまで駆けつけた。スーツ姿の忽滑谷は、真っ赤に泣きはらしたアルの肩をポンと叩いて、暁のベッドに近づいた。

「お前、どうしてここがわかった？　そこのアホから連絡があったのか」

アホというのは、きっと自分のことだ。部屋の隅で小さくなる。

「仕事の帰り、暁の家に寄ったんだよ。そしたら二人ともいないのにドアの鍵はかかってないし、部屋の中はぐちゃぐちゃ。おまけに血のついたタオルなんかも落ちてる。スマホは部屋に置きっぱなしだし、何か事件でもあったんじゃないかと心配になって隣の人に聞いたら、救急車で運ばれたって言うじゃないか。驚いたよ。いったいどうしたの？」

「諸悪の根元はそこにいるアホだ」

暁はアルをまっすぐに指差した。弁解のしようもなく、俯く。

「そこにいるアホに俺の血を分けてやったら、際限なく吸いやがって貧血で死ぬ寸前だったんだよ」

「血？」

「ごめん　なさい」

アルは震える声で謝った。

「とま……る　ない　あたま……わかる　からだ　わかる　ない　ごめん　なさい」

「こいつの具合が悪くて、可哀想だと思ってちょっと同情したらこのザマだ。謝りゃ何でも許されると思うな！　お前の節操ナシのせいで、俺は病院に担ぎ込まれて、挙げ句の果てにゲイカップルがやりすぎたんじゃないかって誤解されて、尻ん中を覗かれたんだぞ。お前、あの医者に何て言ったんだよっ」

「ぼく……ぼく　いう　ない」

「お前が言わなきゃ、誰が言うんだよっ」

「ごめん　ごめん　なさい」

ボロボロと涙が出てくる。忽滑谷は困惑した表情で自分たちを交互に見たあと、俯いて謝るばかりのアルに近づき、そっと頭を撫でた。

「その、事情はなんとなくわかったよ。アルは不注意だったのかもしれないけどわざとじゃないし、反省もしてるから……」

「わざとじゃなかったとしても、それで死んだらどうしてくれるんだよっ。甘っちょろい言い訳がいつまでも通じると思うな！　不注意だって立派な犯罪だ」

機関銃のようにまくしたてたあと、暁は忽滑谷に「そのアホを連れて帰れ！　目障りだ」と吐き捨てた。「そば　いる」と食い下がっても「お前の顔を見てると余計に気分が悪くなる」と強固に断られ、仕方なく家路についた。

【とりあえず入院は一日でいいみたいだし、軽くすんでよかったよね】

忽滑谷はぐずぐずと泣きっぱなしのアルを慰めながら、車を運転していた。マンションに着いても、いっこうに泣きやまないのを心配したのか、しばらく傍にいてくれた。

【ここのところ忙しくて来られなかったけど、アルも具合が悪かったの？】

聞かれ、コクリと頷いた。

「おきる　できる　ない」

【僕と話す時は英語で喋っていいよ。暁はちょっと厳しすぎるから】

忽滑谷は優しい。話をしていても、自然と穏やかな気持ちになる。

【僕、三日前にナイフで刺されたんだ】

【何だって！】

普段物静かな忽滑谷の大声に、驚いた。

【暁に刺されたのか！】

アルは慌ててブルブルと首を横に振った。

【暁はそんなことしないよ。公園に一人でいたら、見たこともない男に背中から刺されたんだ】

【見たこともない男？】

【三回も刺されてすごく痛かったし、沢山血が出た。僕はどんな傷でも自然に治るんだけど、ずっとレバーだけでちゃんとした血を吸ってなかったから、治すのに時間がかかってベッドから起き上がれなかったんだ。それを見かねた暁が腕を傷つけて血をくれたんだけど、すごくお腹が空いてたから抑えがきかなくて、暁が倒れるまで飲んじゃって……】

忽滑谷は厳しい表情で、眉間にぐっと皺を寄せた。

【ここ一週間はとても忙しくて暁とも連絡を取ってなくて、アルが刺されたなんて知らなかったよ。今回はアルが吸血鬼だから死なななかっただけで、普通の人間ならもっと大変なことになってたんじゃないのか】

【首の大きな血管のところを切られたから、人間だったらそれが致命傷になったと思う。血が噴き出してたし】

忽滑谷はアルの両肩を、痛いほどぐっと摑んできた。

【最近、ナイフを使った殺人事件が連続して起きてるのを知ってる？】

【僕、ニュースを見てもよくわからないから……】

そうか、と忽滑谷は目を伏せた。

【十月に二人、似たような手口で人が殺されてるんだ。両方とも凶器はナイフで、背中や腹、首を切りつけられてる】

背筋がゾッとした。

【アルを襲った犯人は、この無差別殺人の犯人と同一人物かもしれない。もし吸血鬼じ

やなかったら、君が三人目の被害者になっていた可能性がある】

アメリカにいた時も殺されかけたし、相手を恨んだ。死に値する傷は、いっそ殺してくれと身悶《みもだ》えるほど猛烈に痛い。だけど治ってしまうのだ。そして痕跡も残さず過ぎ去った災いは、そのうちに忘れてしまう。

治るとわかっているから、「刺された」ということがどういう意味を持つのか深く考えなかった。そう、自分を刺した犯人は、捕まらなければ同じことを繰り返す可能性があるのだ。

【アル、警察の捜査に協力してくれないか。奴を捕まえられたら、次の被害者を出さずにすむかもしれない】

胸がザワッと騒いだ。世の片隅で静かに暮らしていても、怒鳴られたり追い払われたりするばかりで、邪魔者扱いされることが多かった。そんな自分が、人の役に立てるかもしれない。凶悪犯を追いつめ、捕まえる手助けができるかもしれないのだ。

【僕、協力する!】

忽滑谷はさっそくメモ帳とボールペンを取り出した。

【年齢や顔、どういった服装だったか覚えてる?】

集中するため、スッと目を閉じる。笑っていた男の顔をはっきりと思い出す。

【歳は二十代の後半かな、すごく痩せてて、髪が短くて、眼鏡をかけてた。あと服が黒

かったんだ。上から下まで着てるもの全部】

犯人の顔の特徴や、眼鏡はどんなデザインだったかなど、忽滑谷は細かく聞いてくる。

「当時の状況を思い出させることが、トラウマになるんじゃないかと心配なんだけど」と申し訳なさそうだったが、以前も人間なら死んでいたレベルの暴力を受けたことがあるので、大丈夫だと忽滑谷を安心させた。

ふと犯人の、奇妙に歪んだあの口許が頭に浮かび、自分の口まで自然と歪んでくるのがわかる。

【どうしたの、アル?】

【あいつ、僕を刺した後に笑ってたんだ。早く死ね、みたいなことを言って……】

忽滑谷の顔を見る。

【人を刺すこと自体、普通じゃないと思うけど、犯人の男は何かこう、楽しんでる雰囲気があった。やっぱりあいつ、おかしいんだ】

メモをとる忽滑谷の手が止まった。考え込んでいる表情だ。

【犯人の似顔絵を作りたい。明日、夜の早い時間に来るから協力してもらえないかな】

【いいよ。僕ができることなら、何でも協力する】

忽滑谷が帰ってから、アルはソファで横になった。向かいのベッドの住人はいないけど、もう元気になったんだから、たとえ不在だとしても、あそこに寝ちゃいけない。暁が入院するほど血を吸ってしまったり、自分を襲った男が連続殺人犯の可能性があったり、今日は一日で色々なことがありすぎた。そのせいだろうか。神経がやけに昂っている。

暁は病院にいるから心配することはないとわかっていても、気になって仕方ない。全身に力がみなぎっていて、それが暁のおかげだとわかっているから余計に。倒れてしまうまで吸うなんて最悪だったけど、暁が血をくれたその行為は嬉しかった。

明日、暁がマンションに帰ってきたら、すごくよくしてあげよう。家の中も掃除して、洗濯もして、ご飯も作ったりして……そんなこと考えているうちに、スイッと眠り込んでいた。

翌日、アルが目を覚ますと日が昇っていて周囲は明るく、当然のことながら蝙蝠になっていた。この姿だとドアノブを回せないので、人間のうちに外へ出ようと密かに計画していたのにうっかり寝過ごしてしまった。これじゃあ病院まで行けない。行きたいのに行けないジレンマで無駄に室内を飛び回る。しかしよくよく考えたら行きは救急車で帰りは忽滑谷の車だった。場所はおろか病院名すら覚えていないという現実にぶち当たり、結局早起きしても行けなかっただろうという悲しい結論にふて腐れて、テーブルの上でうつ伏せになった。

せめて部屋の片づけだけでもしたいのに、人間の時みたいにはいかない。床に落ちているタオルを口でくわえて部屋の隅へ寄せるのが精一杯だった。

何もできないまま鬱々と過ごしているうちに午後になり、二時を過ぎた頃、ガチャッと鍵が開く音がした。玄関まで慌てて飛んでゆき、ドアが開くなり「ギャッギャッギャッ」と大声で鳴いて出迎えた。

「うるさいっ！　頭に響く」

怒鳴られ、アルはぴたりと口を閉じた。暁は眉間に皺を寄せた不機嫌な顔で靴を脱ぎ、真っ先にバスルームへ向かった。脱ぎ捨てられた服をせめて端に寄せておこうとシャツを口でくわえたところ、少し引っかかる感触があった。何だろうと思ってグイッと引っ張ると、ビリリッと嫌な音がした。

ひょっ、ひょっとして、破けた？　額にドッと冷や汗が浮かぶ。どっ、どうしようとウロウロしているうちに、バタンと扉が開いてずぶ濡れの暁が出てきた。

「お前、何してるんだ？」

アルはくわえていたシャツをぽたりと落とした。

「俺の服で遊ぶんじゃない」

暁はシャツを拾い上げ「んっ？」と首を傾げた。シャツの肩口が見事、破れている。

不機嫌な額の上に、追加でピクリと青筋が立つのがわかった。

「このクソ蝙蝠！　何やってんだよっ」

暁は床でうつ伏せになっていたアルを鷲摑みにすると、その耳許で怒鳴った。

「お前のせいで散々な目にあったんだ。これ以上、俺を苛つかせることをするんじゃないっ」

思いきり放り投げられたものの、途中で羽を広げて壁との衝突は回避した。暁は裸のまま部屋を横切り、クロゼットの中からスウェットを取り出して着た。髪も乾かさずにベッドへと直行する。帰ってきてすぐに休むなんて、まだ体の方が辛いんじゃないかと心配になる。暁は昼間からダラダラと居眠りをするタイプじゃない。

カーテンまで飛んで、低い位置でぶら下がった。暁の顔がよく見える。シーツに半分埋もれたそれは、心なしか青白く感じる。血が増えて、どんどん栄養がつくものを食べさせればいいんだろうか。だけど蝙蝠の体では買い物はおろか料理もできない。そういえば日本に来てから一度も買い物をしてない。機会はあったが、気持ちの問題で何も買うことができなかった。

大学のドミトリーでは一応、自炊していた。料理の腕は悪い方じゃない。オムレツはその時々の彼女に振る舞ったりして、評判はよかった。そうだ！　晩御飯はとびきり美味しいオムレツを作ってあげよう。冷蔵庫の中に卵ぐらいはあったはずだ。あれこれ思案しつつ、アルはふらふらとシーツの端に飛び降りた。

　マットレスが揺れたのか、暁が目を開ける。ムッとした表情のままでも、あっちへ行けとは言わずに、すっと目を閉じた。アルはほふく前進でじりじりと不機嫌な男に近づいた。何だか無性に頭を撫でてあげたくて、そっと手を伸ばして髪の中に差し入れると、親指の鉤爪で引っ掻いてしまったらしく「痛っ」と言われてしまった。

「何すんだよっ、クソ！」

　アルはシーツの上から引き剝がされ、紙くずのようにポンと放られた。それでもめげず再びカーテンに移り、シーツの上へ飛び乗った。暁は、またかっ……という目でアルを睨む。あっちへ行け、という意思表示が雄弁な視線に回れ右したくなるのを堪えて、にじりにじりと距離をつめていく。そしておそるおそる頰に鼻先を擦りつけると、暁がビクリと震えたのがわかった。触れても、摑んで放り投げられたりはしない。アルは何度かすりすりと鼻先を擦り寄せたあとで、ぺろりと頰を舐めた。

「ふんっ」

　暁は荒い息をつき、目を閉じた。アルも暁の顔のすぐ傍で小さく丸くなる。そうやって人の温もりの傍にいるうちに、いつしか一緒に眠ってしまっていた。

日が落ちる直前、体が変わる気配で目が覚めたアルは、慌ててベッドから下りた。それとほぼ同時に体が変化する。気づいてよかった。目覚めなければ、暁の頭の上で変化して、また大目玉を食らうところだった。完全に人間化したので、クロゼットを開けて適当に服を着る。暁といえば、今も眠り姫のようにコンコンと眠り続けている。

アルは小さなキッチンの前に立ち、シャツの袖を捲《まく》り上げた。暁のために、栄養いっぱいの夕飯を作るぞ！　と意気込んで冷蔵庫の扉を開けたタイミングで、来訪を告げるチャイムがピンポーンと鳴った。ドアの前に立っていたのは忽滑谷だ。

【ああアル、暁は帰ってきた？】

【うん】

大きく頷く。

【帰ってきてから、ずっと寝てるんだ】

【昨日の今日だし、まだ本調子じゃないのかな】

玄関で話をしていると、奥でゴソゴソと物音が聞こえた。話をしていた部屋の主が起きたようだ。忽滑谷は「お邪魔するね」と靴を脱ぎ、ベッドに腰掛けてガリガリと頭を掻いている暁の傍に近づいた。

「大丈夫かな。まだどこか調子が悪い？」

「……昨日、寝れなかったんだ。お前らが帰ったあと、緊急で入院してきた爺《じい》さんが認知症で、俺のことを昭三《しょうぞう》って幼馴染みだと思い込んで一晩中、トマトの話を聞かされた」

「トマト？」

「二人ともトマト農家だったらしくてな」

「トマトは美味しいけどね」

暁は「話を聞いてるだけで、別に食えるわけじゃないからな」とぼやき、忽滑谷にクスクスと笑われていた。

「そうだ、今からちょっとアルを借りていってもいいかな？」

「永遠に借りていけ。返却不要だ」

忽滑谷は「それは……」と苦笑いする。

【アル、僕と一緒に来てくれる？】

【どこに？】

【近くのカフェ。昨日、似顔絵作りに協力してもらいたいって言っただろ。アレだよ】

一晩寝てすっかり忘れていた。暁にご飯を作ってあげたかったなと思う気持ちはあれど、こちらには人命、犯人逮捕が関わってくるので、我《わ》が儘《まま》も言ってられない。

「似顔絵ってのは何だ？」

暁が不思議そうに聞いてくる。

「そうだ、思い出した。アルが暴漢に襲われて死にそうな大怪我をしたって、どうして僕に教えてくれなかったんだよ」

咎《とが》める口調の忽滑谷に、暁が「そういえば」と天井を見上げた。

「見た目の傷は一晩で治ったから、相手がいるってことをすっかり忘れてたよ」

「アルは吸血鬼だから助かったけど、人間なら死んでたかもしれない。相手を選ばずに致命傷になるまで傷つける、そんな奴を野放しにしておくのは危険だよ。できたらアルが怪我をした時、一言僕に連絡が欲しかったな」

「……そこまで考えが及ばなかった。すまん」

自分の前では暴君な暁も、忽滑谷が相手だとおとなしくなる。ある意味、この三人の力関係で最上位に立つ忽滑谷に促され、アルは近くのカフェへ入った。初めて日本のカフェを経験したが、小さくて狭い上にやたらと薄暗かった。リラックスはできるけれど、どことなく閉鎖的な匂いがする。

カフェでは、目尻があがり気味で気が強そうな三十前後の女性を、警察で似顔絵を専門に描いている警察官だと紹介された。忽滑谷に促されるまま、あの特徴のない男の人相を思い出し、片言の日本語で女性に伝える。女性は慣れたものでサラサラと、まるでアルの頭の中を覗き見したように、あの男の輪郭や目鼻を描き込んでいく。一時間ほどで出来あがったその似顔絵は、特徴のない男を的確に捉えていた。女性は特大のパフェを一つぺろりと平らげ「忽滑谷ちゃんは本当、人使い荒いよね」とニコリと微笑み帰っていった。

【アルは被害者だけど、身分を証明するものが何もないし、食品工場侵入と留置場脱走の件があって、署には連れていけない。だから彼女に内緒で出張してもらったんだ】

帰りの道すがら、忽滑谷は話をしてくれた。

【似顔絵ができて、確実に一つ大きな手がかりを得られたと思う。アル、今日は本当にありがとう】

人相を話しただけ、大したことはしてないのにすごく感謝されて、くすぐったいやら、嬉しいやらで体がもぞもぞする。暁にも、一回ぐらい盛大に感謝されてみたい。そしたらとんでもなく嬉しくなる気がするからだ。

マンションに帰ると午後九時を過ぎていて、暁は既に夕食をすませてしまったらしく、部屋の中にはラーメンの残り香があった。

「ただいま」

日本語で帰ってきた挨拶をする。机のパソコンに向かっていた家主は「遅かったな」とボソリと呟いた。アルはそっと背後から近づいた。頭越しにモニター画面をじっと覗き込んでいると、暁がおもむろに振り返った。

「何だ、お前もネットがやりたいのか？」

「いいえ」

「じゃ、俺に何か用か」

「ぼく　にほんご　べんきょう　がんばる　あきら　やく　たつ」

フッと、暁は鼻先で笑った。

「お前が俺の役に立とうなんて、百万年早いんだよ。アメリカに帰らないのなら、日本で働いて、食い物を確保して、そこそこ暮らせるだけの語学力と知恵を、自分のために身につけろ」

つっけんどんに言い放ったあと、暁は再びモニター画面に集中する。百万年早いと言われた時にはムッとしたけど、最後まで聞いていると胸がじわっと震えた。抱きついてキスしたい衝動に駆られるも「邪魔だ」と振り払われそうで我慢した。

定位置のソファに寝そべって、暁の後ろ姿をじっと見つめているうちに、吸血鬼になった頃のことをぼんやりと思い出した。

……八年前、クレイジーな女吸血鬼に血を吸われて死んだあと、十四日目にアルは墓場から這い出した。最初に目覚めたのは棺の中で、暗くて、狭くて、そして酷くお腹が空いていた。最初、自分は生きているのにどうして棺に入れて埋められたのかと、激しい怒りを覚えた。死んで吸血鬼になったのだという自覚はなかった。

棺を壊し、土を掻いて、ようやく外へ出ると辺りは真っ暗。月も出ていない夜、周囲は見えないのに、どこに何があるのか感覚でわかってしまう。墓場から自宅まで、一度も躓《つまず》くことなく、物にぶつかることなく帰り着いた。時間はわからない。通りの静けさから夜中かもしれないと思いはしても、実家のドアチャイムを鳴らすことに躊躇《ちゅうちょ》はなかった。それぐらいこの仕打ちに腹が立っていた。

【こんな時間に、誰?】

ドアの内側から、緊張を含んだママの声が聞こえた。

【僕だよ!　アルベルト……アルだよ】

短い沈黙のあと、鶏の断末魔に似たヒステリックな金切り声が響いた。

【私の息子は死んだの。どこの誰か知らないけれど、性質《たち》の悪い冗談はよして!】

【冗談なんかじゃない。ママ、僕だよ、本物のアルなんだよ。棺の中で生き返ったんだ】

【そんなわけないでしょう!】

【信じられないかもしれないけど、生き返ったんだ。嘘じゃない。ここを開けて、僕をちゃんと見てよ】

玄関のドアを何度も何度も叩いた。だけどママは返事をしてくれないし、ドアも開けてくれない。フッと周囲が明るくなる。二階の部屋の明かりがついたのだ。

【あなた、強盗なんでしょう】

ママの声は冷たかった。

【息子と同じ声の子を連れてきて、ドアを開けさせようとしたんでしょう。そうはいくもんですかっ】

ママは現実を見てくれない。息子が生き返ったことを認めてくれない。心と同じ、開かれない玄関ドアに額をつけ、唇をぎゅっと噛み締めた。

【三年前のクリスマス、ママがくれたプレゼントはセーターだった】

目を閉じ、思い出す。

【サッカーの試合で怪我をして入院した時、ママはオクラホマのおばあちゃんのところから飛んで帰ってきてくれた】

【大学のガールフレンドを連れてきたら、ジャネは気に入ってたけど、アマリーンは嫌いだって言ってた】

【やめっ、やめてっ！　もう何も言わないでっ！】

【ママは……パパに内緒で買ったアクセサリーは、いつも食器棚の右端の奥に隠してあるんだ】

バタバタとドアの前から走り去っていく足音が聞こえた。

【ママ、ママッ！】

大声で叫んでも、返事はない。バンッと頭上で大きな音がした。顔を上げると窓が大きく開かれ、パパが上半身を乗り出しているのが見えた。

【……パパ】

自分の目に映る光景が、信じられなかった。父親の右手には拳銃が握られ、その銃口はまっすぐに愛する息子へと向けられていた。

【この悪魔つきめ!!　今すぐあっちへ行け!　でないと撃つぞ!】

【パパ、僕だよ。アルだよ。どうして、どうして僕を撃とうとするの。せっかく帰ってきたのに】

【俺たちの息子は死んだ。生き返るはずがないっ】

父親の声は硬かった。

【死んでなんかない。ちゃんと僕を見てよ!　パパの方こそ酷いよ。どうして墓に埋めたりしたんだよ。暗くて、狭くて、苦しかったよ!】

【おお……神様、神様!!】

父親の隣から、おばあちゃんのしわがれた声が聞こえた。

【神様、どうか迷い出たあの子を、天国にお導きください】

【僕は幽霊なんかじゃない。生きてるんだよ!　ちゃんとここにいて……】

バンッと闇夜に響く銃声。アルは立ったままブルブルと震えた。弾はずっと遠くの芝生に撃ち込まれた。それはおそらく威嚇だけど……下手をしたら殺される、殺されてしまう。身の危険を感じて、じりじりと後ずさる。ずっと銃口は自分に向けられたままだ。

家の敷地、柵の外へ出ると同時に、一目散に駆け出した。この時も、おかしいのは自分ではなく父親の方だと信じていた。だって自分は死んでいない。

暗い夜道を、歩き慣れた道というだけではない確かさで走る。後になってそれは、蝙蝠特有の超音波で、周囲との距離を測っていたのだと知ったけれど、その時はわからなかった。

どうしよう、どこへ行こうと迷った末に、幼馴染みだった友達、グレッグの家へ向かった。仲のいいあいつなら、自分の状況を理解してくれるに違いないと思った。

白い柵を飛び越えて幼馴染みの家の庭へ入り、玄関ではなく東側の窓を叩いた。そこがグレッグの部屋だと知っていたからだ。バンバンと繰り返し窓を叩いているうちに、部屋の明かりがつき、カーテンが開いた。寝ぼけ眼のグレッグは、窓の外に立つアルと目が合うと、跳び上がって驚き、勢いよくカーテンを閉めた。

【グレッグ、僕だよ。アルベルトだ。窓を開けてくれよ】

部屋の中から【ひぃいぃっ】という甲高い悲鳴が聞こえた。

【話を聞いてくれ。パパやママは、僕が生き返ったと言っても信じてくれないんだ】

【いっ、生き返るわけないじゃないかっ】

グレッグに断言され、アルはガラスに手をあてたまま、大きく目を見開いた。

【しっ、死ぬ前、もう最後かもしれないって言われて見舞いに行ったら、お前はもう意識がなくて、ガリガリに痩せてて、年寄りみたいになってた。けど、葬式の時には、ふっくらした綺麗な顔に戻ってて、お前の母さんが『腕のいいエンバーマーにお願いできてよかった』って泣いてたんだ。エッ、エンバーミングまでした死体が生き返れるわけないじゃないか】

アルは自分の両手を見た。握ったり開いたりできる。足も動く。話だってしてる。この体のどこが「死んでいる」というのだろう。おかしいのは自分じゃない、みんなの方だ。

【俺はお前によくしてやっただろう。一番の友達だったじゃないか。どうして俺にとりつこうとするんだよ。お前はもう死んだんだ。死んだんだよ。ちゃんと神様のところへ行ってくれよ】

それきり、何度呼びかけてもグレッグは返事をしてくれなかったし、窓が開くこともなかった。家族に、親友に拒絶されて、絶望のまま通りを彷徨《さまよ》い歩く。みんなおかしい。誰も自分の存在を認めてくれない。見ようとしない。

途中で喉の渇きが耐えがたくなり、見知らぬ家の庭先で水道の水を飲んだ。飲んでも飲んでも喉は渇いたまま、少しも渇きが癒えない。ここで初めて、自分の体の異常に気がついた。だけどそれがどうしてなのかは知る由もなかった。

そのうち夜が明けて朝になった。何が何だかわからないうちに体が熱くなり、手の形が変わって、体中に毛が生えた。視界は古い映画のようなモノクロ映像になり、両手を動かすと空を飛べた。これは何だ、いったいどういうことだと混乱のまま飛び回り、ガソリンスタンドの鏡に映った自分の姿を見て驚愕した。体に毛が生え、羽ができ、指の形がおかしくなったのはわかっていた。わかっていたけど、認めたくなかった。自分が蝙蝠になってしまったなんて、信じたくない。そんなの子供の頃に読んだ絵本……魔女に呪いの魔法をかけられた王子様の話で、現実にあっていいはずがなかった。

昼間は蝙蝠、夜は人間……明らかに普通とは違う自分の体。食べても飲んでも決して満ちることのない腹。そして滴る血を啜った時だけ、体中を駆け巡る歓喜と力。これじゃあまるで吸血鬼だ。

惑い、途方に暮れたアルの疑問に答えてくれたのは、偶然巡り会った同類の男だった。隣町の盛り場で、お金がないから店に入ることもできずに表でぼんやりと座り込んでいると、三十歳ぐらいの黒髪、黒い瞳をした細身の男が親しみのこもった眼差しで微笑みかけてきた。

【こんばんは。この辺に美味い娘、いる?】

最初は何を言われているのかわからなかった。ここ数日、繰り返す体の変化と血への執着から、吸血鬼みたいだとは思っていたものの、自分の体に起こる事象を正確に把握していたわけではなかった。

黒髪の男は吸血鬼で、君も同類だと語った。男はアルに自覚がないと知ると、色々と教えてくれた。彼はキエフという名で、三百年ほど前に吸血鬼になっていた。見た目の年齢が変わらないので、十年ごとに住まいと名前を変え、アメリカ各地を転々としているとのことだった。

自分が吸血鬼になってしまったという現実は、日中は蝙蝠になる、血しか喉の渇きを潤さないという事実を前に、すんなりと受け入れられた。それを嫌だと思うよりも、不可解な状況に答えが与えられてホッとしたという気持ちの方が大きかった。

アルが女の子に血を吸われた話をすると、キエフは同情的な瞳で【何とも気の毒に】と頭を抱えた。

【相当クレイジーな娘に当たったんだね。通常は血をいただいても死なない程度に留めて、無闇やたらと仲間を増やしたりしないんだけど。その子も吸血鬼になったばかりでコントロールがきかなかったか、相当ムシャクシャしてたかのどちらかだろうね】

【吸血鬼に血を吸われたら、みんな吸血鬼になるんじゃないの？】

まさか、とキエフは笑った。

【それだと食事のたびに吸血鬼が増えて、街は吸血鬼だらけになっちゃうよ。人間を同族にするには、その人間が死ぬまで血を吸い続けないといけないんだ】

アルはカーセックスの最中に女の子に血を吸われ、気が遠くなったことを思い出した。

【ずっと不思議に思ってたんだけど、どうして君はそんなにお腹を減らしてるの？　血を吸うなんて簡単じゃないか】

【えっ】

【女の子を誘って……まあ、男でもいいけど……セックスしてる間に相手の首に軽く嚙みつけばいいんだよ。嚙んでも、牙から気持ちよくなるフェロモンが出るから相手は痛くないし、牙を抜いたら傷はちゃんと塞がって跡も残らない。昔は首筋に嚙み跡を残すってのが流行ったらしいけど、今じゃほとんど聞かないね。クラシックな吸血鬼が趣味でやってるぐらいじゃないかな】

アルは【でっ、でも……】と食い下がった。

【嚙みつくっていっても、僕には牙がないんだ】

キエフはアルの口の中を覗き込み【本当だ！】と驚いた。

【牙のない吸血鬼なんて、三百年近い吸血鬼生活の中で初めて見たよ。珍しいなあ】

【牙って、みんなあるの？】

【あるよ。それがないと、血が吸えないだろう。そういえばもとはブロンドやブラウンの髪でも、吸血鬼になったら黒い髪、黒い目になるものだけど、君は髪もくすんでるけどブラウンだし、目の色も黒じゃなくて灰色だ。ファッションで髪を染めたりカラーコ

ンタクトを使ってるわけじゃないよね？】

【何もしてないよ。僕、もとの髪は明るい金色で、瞳は緑だったんだ】

アルが昼間は蝙蝠、夜は人間に変化して、自身ではコントロールできないことを知ると、キエフは更に驚いていた。

【君は本当に興味深い存在だな。吸血の牙も生えてないし、変態のコントロールもできない。それだと普通の人間に紛れて生活するのは難しいんじゃないか。住む場所も見つけづらいし、夜の仕事しかできないし、昼間は誰にも会えないわけだから、人付き合いも大変だよ】

そう言われて初めて、自分の背負った不幸に気がついた。

【どうして、僕だけほかの吸血鬼と違ってるんだろう？】

キエフは首を傾げた。

【俺にもはっきりとはわからないけど、可能性としては血の吸い方が中途半端だったんじゃないかってことだな。だって君、血を吸われてもすぐには死ななかったんだろう】

【……一週間ぐらい病院に入院してたみたいです。最後の方は覚えてないけど】

【近頃は死んだ後にエンバーミングってやるだろ。あれもよくないのかもしれない。全細胞が吸血鬼に変化する大事な時に、血を抜かれた上に体の中に変な薬品が入ってくるわけだから。とはいえ時代の流れは止められないし、これから君のような少し変わった

タイプの吸血鬼が増えてくるのかもしれないね】

吸血鬼を自覚した最初のうちは、こんな体でも人らしい生活をしようと頑張っていた。人でなくても獣の血で何とか空腹はしのげたし、キエフの口利きで低所得者用の格安アパートに入居することができた。だけど実際は死んでいるので、身分証のない自分は、定職はおろかアルバイトにもなかなかありつけなかった。たとえバイトが見つかっても、重労働に加えて賃金は安く、体ばかり疲れる。それでも我慢して働いていたのに、突然解雇される。理由も教えてもらえず、あの時は半月も次の仕事が決まらなかった。ようやく見つけた荷運びのバイトも、一ヶ月で辞めさせられた。自分がいなくなったあと、言葉も通じないヒスパニック系がバイトに入ったのだと人づてに聞いた。おそらくそちらの方が自分よりも安く使えたのだろう。

どうにも生活がままならなくなり、キエフに相談しようと家を訪ねると、越してしまった後だった。もとから吸血鬼同士は群れないし、何百年も容姿が変わらないので定期的な転居を余儀なくされる。それでも唯一の吸血鬼仲間だったので、一言ぐらい何かあってもいいんじゃないかと寂しくなった。

バイトをしてはすぐに辞めさせられてを繰り返しているうちに、アパートの家賃が払えなくなって追い出された。お腹は空くのに、お金は僅か。食べることが最優先で、服は後回しになり、汚れたり破れたりしているものでも、平気で着るようになった。みすぼらしさに拍車がかかり、そしたら余計にアルバイトが決まらなくなっての悪循環で、数少ない顔見知りも寄りついてこなくなった。

人間らしくとか、見栄《みえ》とかどうでもよくなって、最終的に「空腹さえ満たされたら」という究極に行き着き、ギャディスの家の近くに住み着いた。昼間は血を吸って、夜は眠る。人との関わりはなく……そう、なくなっていたのだ。

吸血鬼になってから出会った人の中で、暁はとびきり口が悪くて乱暴なのに優しい。それも一時の優しさじゃなくて、大きくなったり小さくなったりしながら、ずっと続いている。

「あきら　すき」

嬉しくて訴えると、振り返った男が怪訝な顔をした。

「おだてたって何も出ないぞ」

「おだて　る？」

暁は少し考えて【おべっかを使って、調子に乗せる】と英語で答えた。

「おだて　ない　ほんとう　すき」

「わかったから、さっさと寝ろ」

アルはスウェットに着替え、寝る体勢にはいった。日本語を覚えろなんて強制されて、腹が立った。何か失敗すると、すぐに怒鳴り声が飛んできて怖かった。今は怖くない。

怒鳴られたって怖くない。自分が何か酷い目にあったら、きっと暁は助けてくれる。文句を言っても助けてくれる。

何より、ここは自分がいてもいい場所だ。ご飯が出てきて、清潔で、話をする相手がいる。アルはもっともっと日本語を勉強するぞ、と心に決めた。そしたらきっといつかは暁の役に立てるに違いないと思いながら、目を閉じた。


―


部屋の中も寒かったし、外はピュウピュウと風の音がしている。アルはシャツの上にコートを羽織り、更にマフラーと手袋を追加して買い物に出かけた。暁は「マフラーと手袋は少し早すぎるんじゃないか。まだ十一月半ばだぞ」と言っていたけど「ぼくさむい　おおきい」と反論すると、何も言わなくなった。が、実際に外を歩いてみたら、完璧な冬支度をしているのは自分だけで、ちょっと恥ずかしかった。

閉店間際のスーパーマーケットで買い物をして帰ってきたら、玄関に忽滑谷の靴があった。ドアを開けた時に牛肉の香《かぐわ》しい匂いがしていたので、間違いない。

「こんばんは、アル」

部屋の奥から、忽滑谷がニコリと笑いかけてくる。

「こんばんは　ぬかりや　しごと　やすみ？」

　買ってきた食材を、冷蔵庫にドカドカと詰め込んでいく。

「僕は仕事の帰りに少し寄っただけ。アルはこんな時間に買い物かい？」

「ぼく　ひと　よる　で　あしたごはん　かった」

「アルは料理もできるの？」

「べんきょうちゅう」

　すごいな、と感心したように頷き、忽滑谷はソファに腰掛けた暁に振り返った。

「日本語も伝わるレベルで話せてるし、聞き取りはほぼほぼできてるんじゃないか。ここへ来てまだ一ヶ月ぐらいだろう。偉いよ」

　喋りながら、忽滑谷は「けど……」と続けた。

「何だか顔色が悪くない？　アル」

　ぎくりとした。

「それ　ない」

　ブンブンと首を横に振る。

「そういえば、料理をするって言ったけど、アルは普通の食事も食べられたっけ？」

　忽滑谷が顎を押さえる。

「食べない。こいつの作った珍妙なものを食わされてるのは俺だ」

　暁が憎々しげに吐き捨てた。

「チョコレート風味の味噌汁や、刺身のケチャップがけマスタード添えとかな……」

忽滑谷が「うっ」と頬を引きつらせる。アルは唇を尖らせ、暁を睨みつけた。

「ぼくつくる　おいしい　きれい」

「見た目と味は違うだろうがっ。お前もいっぺん食ってみろ！」

「たべた　おいしい」

「嘘つけ！」

暁がソファの前にあるテーブルをガツッと蹴飛ばした。

「これだからアメリカ由来の大雑把な味覚は嫌なんだ。結局、お前らはハンバーガーとポテトチップスとコーラがあれば生きていけるんだろうが」

「へんけん　へんけん」と暁を指差す。

「あめりかのひと　やさい　さかな　だいすき」

アルを完全無視して、暁は忽滑谷に話しかけた。

「今晩のメニューを聞きたいか、聞きたいよな。教えてやるよ。チーズオムレツに、フライドチキンにフライドポテトだぞ！　胸焼けがする上に、コレステロールたっぷりだ。きっとこいつは俺に早死にしろって呪いをかけてんだよ」

「ちがう　ちがう　あきら　えいようい っぱい」

「お前の栄養の基準は、単純にカロリーが高いってことだろうが。栄養っていうのは、肉、野菜、魚がバランスよく配分された食事ってことだ」

アルはぷうっと頬を膨らませた。暁のためを思って毎晩料理の腕を振るっても、ちっとも喜んでもらえない。それどころか嫌がられている。仕事から帰ってきた暁にすぐご飯を食べさせてあげたいので、日が落ちて人間になると真っ先に調理をはじめる。なので買い物に行くのはいつも暁が食事を終えたあと、この時間になっていた。

栄養がつくように、暁は痩せているから少しでもカロリーの高いものをとメニューを考えても、ことごとくけなされる。チョコレート入りの味噌汁だって、パンプキンスープに似て美味しかったのに、口にした瞬間ブッと吐き出され、そのあとで「邪道」だと初めて聞く言葉で猛烈に怒られた。これまで文句を言わずに口に入れてくれたのは、ごはんと何の味付けもしてない焼き魚と目玉焼きだけだ。

せめてこれを見て作れ！　と『超簡単！　十分でできるおいしいおかず』という本を渡されるも、漢字が多くて読み解けない。喋ったり、聞いたりは何とかできるようになりつつあるも、字を読むのは苦手だ。平仮名だけなら何とかなっても、片仮名と漢字が交ざったら途端に目が泳ぎ出す。

周囲の景色がぐにゃりと歪み、軽い眩暈に襲われる。体がふらふらするので、シンクの端を握って体を支え、やり過ごした。最近よく立ちくらみがする。原因はわかっている。血が足りないのだ。忽滑谷の「何だか顔色が悪くない？」の指摘は間違ってない。

体重も少し減っている。

暁の血を、貧血で倒れるまでもらったあとは、体中にパワーがみなぎっていた。それもだんだんと尽きてきて、レバーで補ってはいるものの、足りなくなってきている。人間の姿の時に、買い物だ、掃除だとこまごまと動いてしまって、体力を消耗するのが早い。それがわかっていたから、ボート小屋に住んでいた頃は、人型の時には寝て、動くのはもっぱら蝙蝠になってからだった。だけど今は人間の時しか色々としてあげられないので、ついつい動いてしまう。暁も週二のペースでステーキを買ってきてくれるけど、それだけじゃやっぱり足りない。

ギャディスのおかげでダイレクトに獣の生血が飲めたから、活発に動かなければ苦しくない程度、必要最低限の栄養補給はできていた。同じ状況を用意すると言われても、もうあそこに戻りたいとは思わない。十分に食べられなくても、慢性的にお腹が空いていても、吸血鬼になってから今が一番落ち着いた、人らしい生活を送っているという実感がある。

じっとしているうちに眩暈がおさまってきた。頭を振っても大丈夫。これだったら動ける。

暁のスマートフォンに着信がきた。多分職場だ。暁に電話を掛けてくるのは、職場と忽滑谷で、忽滑谷はここにいる。

「今から……またですか！」

暁の声が険しい。「でも」「いやしかし」と短いやり取りのあと、結局「わかりました」と返事をしていた。

「アル、今から出かけてくる」

「いま　から？」

時刻は午後九時を過ぎている。暁はクロゼットから黒いコートを取り出した。

「先に寝てろ。部屋の電気は必ず消せよ。あとこの前みたいに玄関の鍵をかけ忘れるな、絶対だ。忽滑谷、来てもらって悪いが……」

「僕のことは気にしなくていいよ。アルの様子を見に寄っただけだし。緊急の仕事？」

まったく、と暁は腰に手をあて大きなため息をついた。

「明日の朝一で、海外便に乗せる仏さんをやれと言ってきた」

「外国人なのか？」

「ああ。ルワンダまで帰るそうだ。……この時間だと助手もいないっていうのに」

助手、という言葉をアルは聞き逃さなかった。暁がよく使っているので、覚えた。仕事を手伝う人を意味する日本語だ。

「ぼく　てつだい　する！」

暁は驚いた顔で振り返った。そして眉間にぐっと皺を寄せる。まるで食事に文句を言う時みたいに。

「素人が手伝える仕事じゃない」

「あきら　いう　ぼく　する」

「素人が手伝える仕事じゃないって言っただろっ！　お前がいたら余計邪魔になる」

「じゃま　ない　ぜったい　ない」

アルは必死な眼差しを忽滑谷に向けた。忽滑谷ならこの気持ちをわかってくれる気がしたからだ。視線ですがりつかれた忽滑谷は、困った表情をしている。

「アル、暁の仕事は専門職だから、手伝うのは難しいと思うよ」

玄関に向かい、出入口を塞ぐ素振りでわざとドアの前に立った。

「ぼく　いく　ぜったい　いく」

暁が「ふざけんなっ」と怒鳴り、こっちに摑みかかってこようとしたのを、忽滑谷が慌てて止めた。

「アル、暁の邪魔をしちゃいけない。仕事で急いでるんだから」

「ぼく　てつだう　いく」

忽滑谷に説得されても、動かない。今を逃したら、こんなチャンスは二度とないかもしれない。食事を作るとか、掃除をするだけじゃなくて、もっともっと暁の手伝いがしたい。役に立つんだと思われたい。

睨み合う二人を、忽滑谷が交互に見てため息をついた。

「……暁、掃除を手伝ってもらうぐらいの軽い気持ちで、アルを連れていってあげることはできないのかな」

忽滑谷が味方についてくれた。

「冗談じゃない。何度も言ってるが、これは遊びじゃないんだ」

忽滑谷はふっと目を細めた。

「アルも遊び半分で手伝うなんて言ってるわけじゃないと思うよ。何かしたいんじゃないかな。自分にできることを何か。たとえ手伝うのは無理でも、仕事している姿を見せてあげるぐらいならいいだろう。自分にできないとわかったら、アルも諦めるだろうし」

「何かをしようと思う気持ちが悪いわけじゃない。ただどうしてそれが緊急だって言ってる今なんだっ」

「タイミングは悪かったけど、そもそも蝙蝠だとやれることが限られてるから……人型の時にって思ったんじゃないのかな」

アルから距離を取り、暁と忽滑谷はボソボソと話をする。声が小さくて何を話しているのかわからない。途中で暁は黙り込み、忽滑谷がアルに近づいてきた。

「暁が職場に一緒に連れていってくれるそうだから」

聞いた瞬間、嬉しくてワッと胸が騒いだ。

「ぼく　いっぱい　がんばる」

暁は無言のままアルを押しのけ、玄関ドアを開けた。忽滑谷を振り返ると「置いていかれないようにね」と言われたので、慌てて後についていく。駐車場にある暁の車に乗るのは初めてだ。助手席にアルが座ると同時に暁は急発進する。アルは慌てて車のドアを閉めた。

「……シートベルト」

乱暴にハンドルを切り、暁は吐き捨てた。

「なに？」

「シートベルトをしろって言ってんだよ。警察に見つかったら、罰金を取られるのは俺なんだからなっ」

慌てて金具に手をかけた。アメリカにいた頃は、車に乗ってもシートベルトをしたことがなかった。窮屈だし、かっこ悪いと思っていたからだ。

忽滑谷に説得されて、仕方なく連れていってくれるんだろう。これが暁の本意でないというのは痛いほど伝わってくる。だけどどうしても手伝いたい。見てるだけのつもりはないし、何か一つぐらいはできることがあるだろう。

家事を頑張っても、暁にはあまり喜んでもらえない。もっと何かできないか、喜んでもらえないかとずっと考えている。暁が大事にしている仕事の手伝いができたら、自分を信頼してくれそうな気がする。

十五分ほど運転し、暁は白いコンクリートの外壁に囲まれた建物の中へと車を乗り入れた。裏手にある駐車場に車をとめ、一人でスタスタと歩いていく。置いていかれないよう後を追いかけながら、きょろきょろと辺りを見回した。建物は大きくて白く、凹凸の少ない直線的なフォルムだ。殺風景なので一見すると工場のように見える。

裏口だろうか、狭いドアの前で暁は壁にある数字のキーボードに番号を打ち込んだ。カチャリと鍵の開く音がして、暁はドアを押し開く。閉まってしまうと鍵がかかって入れなくなりそうで、アルも慌てて飛び込んだ。勢い余って暁の背中にぶつかってしまい「前を見て歩け！」と怒鳴られる。

建物の中は、病院によく似ていた。クリーム色の壁に、薄緑色の床。四角い箱みたいな廊下には、観葉植物も何も置かれていない。一つおきにしか照明がついていないので、全体に薄暗い。一番奥まった場所が明るいのは、部屋の明かりが廊下へ漏れ出しているせいだ。

「松村《まつむら》さん、書類ある？」

暁は明かりのついた部屋を覗き込んだ。

「あ、高塚君、早かったわね」

スーツ姿の女性が暁に書類を渡す。短い髪で、随分と細身だ。年齢は三十代ぐらいだろうか。涼しげな目許で、口調もきびきびしていて、ばりばり仕事ができそうな雰囲気だ。

「急に呼び出してごめんなさいね。前回、高塚君に緊急をうけてもらったでしょう。だから今回は小柳《こやなぎ》君に先に連絡したんだけど、奥さんが風邪で寝込んでて大変らしいの。ほら、あそこって子供が二人いるでしょう」

暁は書類に目を通している。向かいに立つ女性を無視するように無言なので、いくら何でも感じが悪いんじゃないかと心配になる。だけど女性はそんな無愛想な男を気にする風もなく、チラチラとこちらに視線を投げてくる。

「全て確認した。これだったら、三時間以内ですむかもしれない」

「お願いね」

そう言って書類を受け取った女性は、横目でアルを見た。

「ねえ高塚君。後ろにいる彼はどうしたの？」

「処置の見学」

「見学はいいけど、こんな時間から？　ひょっとして彼、エンバーマー志望なの？」

「そんなところだ」

あれこれ説明するのが面倒くさかったのか、暁は嘘をついた。女性と目が合ったので、アルは「こんにちは」と挨拶し、ニコリと微笑んだ。

「こんにちは。日本語が上手ですね」

女性は笑顔がチャーミングだ。すごく感じがいい。

「ぼく　にほんご　へた　べんきょうちゅう」

「いつから日本にいらしてるんですか？」

一ヶ月前と言おうとして、日本語でどうだったっけと考えているうちに「おい、行くぞ」と暁に急かされた。女性に会釈し、足早に歩いて行く背中を慌てて追いかける。

暁はロッカールームに入り、「これを着ろ」と一纏めになっているものをアルに投げつけてきた。予防衣の紐をどう結んでいいのかわからずアルがモタモタしている間に、暁は手術着の上に雨合羽に似たウエアを重ね着して完全防備の姿になっていた。そしてのろまな自分を待ってはくれず、さっさと出ていってしまう。使い捨てのキャップを手に、予防衣の紐を引きずりながらアルもロッカールームを後にした。

「おい」

廊下の突き当たりにある鉄のドアの前で、暁は立ち止まった。

「最初に言っておくが、処置室に入ったら俺に話しかけるな。絶対だ」

凄《すご》みのある声で念を押され、アルはコクリと頷いた。暁が鉄のドアに近づくと、ウインと自動で開く。そこは、壁際に棚のある、殺風景な部屋だった。部屋の真ん中を通り抜けたら正面に重たそうな鉄の扉があり、そこも自動で開いた。

エンバーミングの処置室は、漠然と想像していたよりも広々としていた。ハイスクールの教室ぐらいの広さはあるだろう。壁も床もタイルで、広い間隔をとってステンレス製の調理台に似たテーブルが四つ並べられていた。そのうちの一つに大きな布が被せられている。暁はここで更にゴムのエプロン、長靴、手袋を身につけた。アルは少し離れた場所に立っているよう言いつけられる。

暁が布を取り去った。横たわっていたのは背が高くて痩せこけた、黒人男性だった。死体を見たことがないわけではないのに、改めて目の当たりにすると自分に関係ない人物だとしてもドキリとする。

暁は死体の服を脱がせて、体全体にスプレーを吹きつけた。それから全身をくまなく見て回る。アルが遠目から観察した感じでは、体に大きな傷はなさそうだったので、病気で死んだのかもしれなかった。暁は洗剤のようなものをかけて、死体をゴシゴシと洗いはじめる。その動きはリズミカルで、力任せではない。洗剤にまみれた体を一旦洗い流したあとは、目、耳、口を拭いて、コットンを詰めていく。何か手伝いを……そのために無理を言ってここに来たのに、暁の動きには無駄がなく、自分が手を挟む余地はなかった。

暁は口の中に針を通しはじめた。縫って閉じるのだろう。アルの鼻に、ふわっと血の匂いが飛び込んできた。小さな傷、微かな匂いなのに、空きっ腹にガツンと響く。思わずゴクリと生唾を飲み込んだ。

「こっちに来い」

ようやく呼ばれた。だけど傍に行くと、血の匂いが強くなって辛い。目の前に極上ステーキを置かれた時のように、口の中に後から後から唾液が溢れてくる。マスクと防護用の眼鏡をつけた暁が、じっと自分を見ている。

「本気で手伝う気があるのか」

真剣な声は、食欲に八十パーセントぐらい支配されていた思考をグッと本来の位置に引き戻してくる。

「はい」

「じゃあそこに置いてある手袋をつけて、腕のマッサージをしろ。皮膚が弱いから、優しくやるんだぞ。腕に傷口はなかったが、もし見つけたらすぐ俺に言え」

「はい」

アルは手袋をつけて、黒く細い腕のマッサージをはじめた。離れているとわからなかったけど、よく見ると皺が多い。かなりのおじいちゃんだ。ギュッ、ギュッと二、三回揉《も》んだところで、いきなり「こらっ」と怒鳴られ、ビクリと背中が震えた。

「お前は何を聞いてたんだよっ。そんなに力任せにやったら、皮膚が傷つくだろ」

手伝えることが嬉しくて、ついつい力が入ってしまった。反省して、優しく優しく揉み込む。そうしているうちに、冷たくて硬いだけだった腕が……冷たいのは変わらないのに、強張りが取れて柔らかくなっていく気がした。何も感じることのないはずの死体が、自分の手でリラックスしはじめた、そんな錯覚を起こしてしまう。

アルが夢中になってマッサージを続けている間に、暁は薬品であろうボトルをいくつも取り出して、調合らしきことをはじめた。

「マッサージはもういい。下がってろ」

「ぼく　する」

「必要になったらまた呼ぶ。今は離れろ」

アルは死体の載ったステンレスのテーブルから距離を取った。その瞬間、くらりと眩暈がする。両足を踏ん張って倒れるのだけは我慢して、壁際まで歩く。タイルを背に立つと少し楽になったものの、額にドッと汗が浮き出した。我慢、我慢と自身に言い聞かせる。もし今倒れでもしたら、きっとここから追い出される。せっかく手伝わせてもらってるのに、邪魔者になってしまう。

ドクン、と胸が大きく鳴った。血の匂いが猛烈に強くなる。暁が死体の鎖骨近くにメスを入れているのが見える。黒い肌を、たらりと血が伝う。暁の手は迷いも淀みもなく、

「ごめんなさいっ」

機械みたいに素早く動く。

鎖骨につくった小さな傷跡に、鋏《はさみ》の先に櫛《くし》がついたような器具を入れて、暁は傷口を広げた。開いた傷口に、先が曲がった鉄の棒とメスを差し入れ、傷の奥を探っていく。そうしているうち、白いものを探りあてた。おそらく、それが血管なのだろう。暁は血管の周囲にまとわりつく組織を少しだけ切り離すと、血管に糸をかけた。そして再び傷口の中を探り出す。もう一本、見つけ出した血管にも糸をかけ、端を外側に垂らす。エンバーミングは、人間の血管を使って防腐剤を流し込む。暁が処置に必要な血管を探りあてるのにかかった時間は、ほんの僅かだった。

それらの作業を終えると、暁は頭側にある、円筒形の機械へ近づき、スイッチを入れた。死体の傍に戻り、先ほど見つけた血管の一つに鋏で切り込みを入れる。そこから先の細いピンセットを差し込むと、手許にゲル状に固まった血塊が引きずり出される。

暁はもう一方の血管にも切り込みを入れ、こちらにはマシンから出たチューブに繋がった器具を直《じか》に血管の中に差し入れた。ブーンと機械が音をたて、ステンレスの台を這うチューブが生き物のようにうねりはじめる。血液の交換がはじまったのだ。それと同時に血の匂いが部屋中に充満する。小さな傷口からじわっと古い血が溢れ出す。

「アル」

鋭い声で名前を呼ばれハッと我に返った時、自分は暁の真横に立っていた。歩いた、という意識はなかったので、恐ろしくなる。

「処置の邪魔だからあっちへ行け」

怒られた。手伝いにきたのに邪魔になるなんて最悪だ。頭の半分ではわかっているのに、残りの半分が言うことをきかない。血が欲しい。流れて溢れる血が欲しい。人間の血を舐めて、啜りたい。暁の血はとてつもなく美味しかった。

「アルッ!!」

暁の怒鳴り声で、ようやく理性が本能に勝った。アルはよろよろと後ずさった。ぐらりと足許が揺れる。酷い眩暈に、体を支えていられない。咄嗟《とっさ》に何かに摑まろうとしたけれど、前にも後ろにも支えるものはない。ガクリと膝が折れ、あっ……と思った時には、仰向けにひっくり返り、背後にあったステンレス台に激しく頭をぶつけ、気を失っていた。

目を覚ました時、アルはソファの上に寝ていた。天井は低いし、壁に沿って本棚と机もある。処置室では、ない。控え室のような場所だろうか。

暁は向かいの椅子に腰掛けて、じっとアルを見ていた。目を覚ましたことに気がつくと「気分はどうだ」と聞いてきた。そういえば暁はゴムの手袋や防護用の眼鏡、エプロンをつけていない。

「ぼく　しごと　てつだい……」

「今は休憩中だ。修復もないし解剖したご遺体でもないから、あと二時間もかからない」

アルは部屋の中にある時計を見た。午後十一時を回っている。

「お前が気を失ってたのは、十五分ぐらいだ」

アルは眉間にグッと皺を寄せて、泣きそうになるのを必死で堪えた。手伝いをするためについてきたのに、倒れて看病をさせた。余計に手間を取らせた。こんなことになるとわかっていたら、夕飯のレバーをもっともっと食べておくんだった。

「お前、腹が減ってるのか？」

ギクリとする。

「おなか　へる　ない」

「嘘つけ。お前を運ぼうとして抱き上げたら、俺のエプロンについてた血をペロペロ舐めてたじゃないか。腹が減って血が欲しかったから、うまくすれば残り物の血が飲めると思ったから、俺の仕事を手伝うなんて言い出したんだろ」

「ち　がう」

大きな声をあげると頭の中にズキリと響いて、おもわず「アウチッ」と叫んでいた。

暁はため息をつくと、渋い顔でチッと舌打ちした。

「仕事が終わったら、俺の血を少し分けてやる。……それまでおとなしく寝てろ」

血が欲しかったから、強引についてきたと思われている。絶対にそうだ。違うと言っても、きっと信じてはもらえない。

「ち　いる　ない」

震える唇で拒絶した。

「嘘をつくな。お前の考えてることなんか、お見通しなんだよっ」

「あきらの　ち　いる　ない」

暁の眉がヒクリと動いた。

「あきらの　ち　まずい」

無言のまま暁は部屋を出ていった。乱暴にドアを閉めたので、ビリビリと空気が震える。怒りのオーラが伝わってくる。

横向きに寝たままアルは泣いた。不味いなんて嘘だ。暁の血はとても美味しい。美味しくて、美味しくて、吸うのがやめられないほどに。

この前みたいになってしまうのが怖かった。暁がやめろと言ってもやめられなくて、死にそうになるまで吸ってしまったらどうしよう。今度こそ殺してしまうかもしれない。二度とあんな思いはしたくない。絶対に嫌だ。だから暁の血は飲まない。欲しくない。

血が欲しいから強引に手伝いを申し出たと思われた上に、手伝いすらろくにできずブッ倒れた。これじゃあ何のために、無理を言ってついてきたのかわからない。やっぱり自分は何もできない、迷惑しかかけられない……そう思うと、胸が潰れそうになった。

午前一時を回った頃、部屋のドアが開いた。入口に立ったまま、暁はむっつりと不機嫌な顔で口をへの字に曲げている。

「こっちに来い」

仕事は終わったのだろうか。もう帰るのかもしれない。アルはノロノロとソファから立ち上がった。何の役にも立てなかった。それどころか邪魔をした。意地になって手伝いたいなんて言わないで、家でおとなしくしていればよかった。そうすれば、余計に暁の手を煩わせることもなかった。

頭がズクンズクンと鈍く痛む。ぶつけた時に、頭蓋骨にヒビがはいったのかもしれない。触った感じだと、ちょっとこぶができてるぐらいで血も出ていない。頭の中が壊れても大丈夫だ。骨が折れ、どんなに中で出血しても、時間が経てばそのうち治る。

暁に連れていかれたのは、処置室の手前の部屋だった。部屋の中に置かれた見慣れた棺。おそるおそる覗き込むと、そこにはまるで眠るように横たわっている黒人男性がいた。マッサージをしたあの人だ。痩せこけた面影は消え失《う》せ、ピンストライプのスーツと、グレーのタイがとてもよく似合う、品のある老人になっている。

エンバーミングの効果は、祖父の遺体が修繕されたことで実感していたのに、ほんの二、三時間であの痩せこけた死体がここまで変わるとは思っていなかった。きちんとしたスーツと整えられた髪型でみすぼらしさは消え、瞼もふっくらと持ち上がり、頬にも張りができ、口許も優しく微笑んでいる。棺に横たわる老人は暁の手で魔法をかけられ、幸せそうに眠る男になっていた。

「きれい」

棺の老人を前に、自然と言葉が落ちる。

「すごく　きれい」

「こっちへ来い」

暁に呼ばれ、部屋の隅へ行く。そこに置かれているものを目にした瞬間、アルは息を呑んだ。

「エンバーミングをしたあとは、多量の廃液が出る。これもその一つだ。こういった血液は、硫酸を加えて滅菌して捨てるんだが、吸引チューブの間にボトルをかませて、少しだけ残しておいた」

信じられない気持ちで、小さなバケツほどの大きさのプラスティックボトルにためられた赤黒いそれを凝視した。

「お前はあの人が綺麗なご遺体になれるよう手伝った。ちょっとだけだけどな。そのかわり、捨ててしまうものを少しだけ分けてもらうんだ。さっさと傍に行って、礼を言ってこい」

アルはふらふらと棺に近づいた。胸で十字を切り、手を合わせる。自分の苦しみを癒

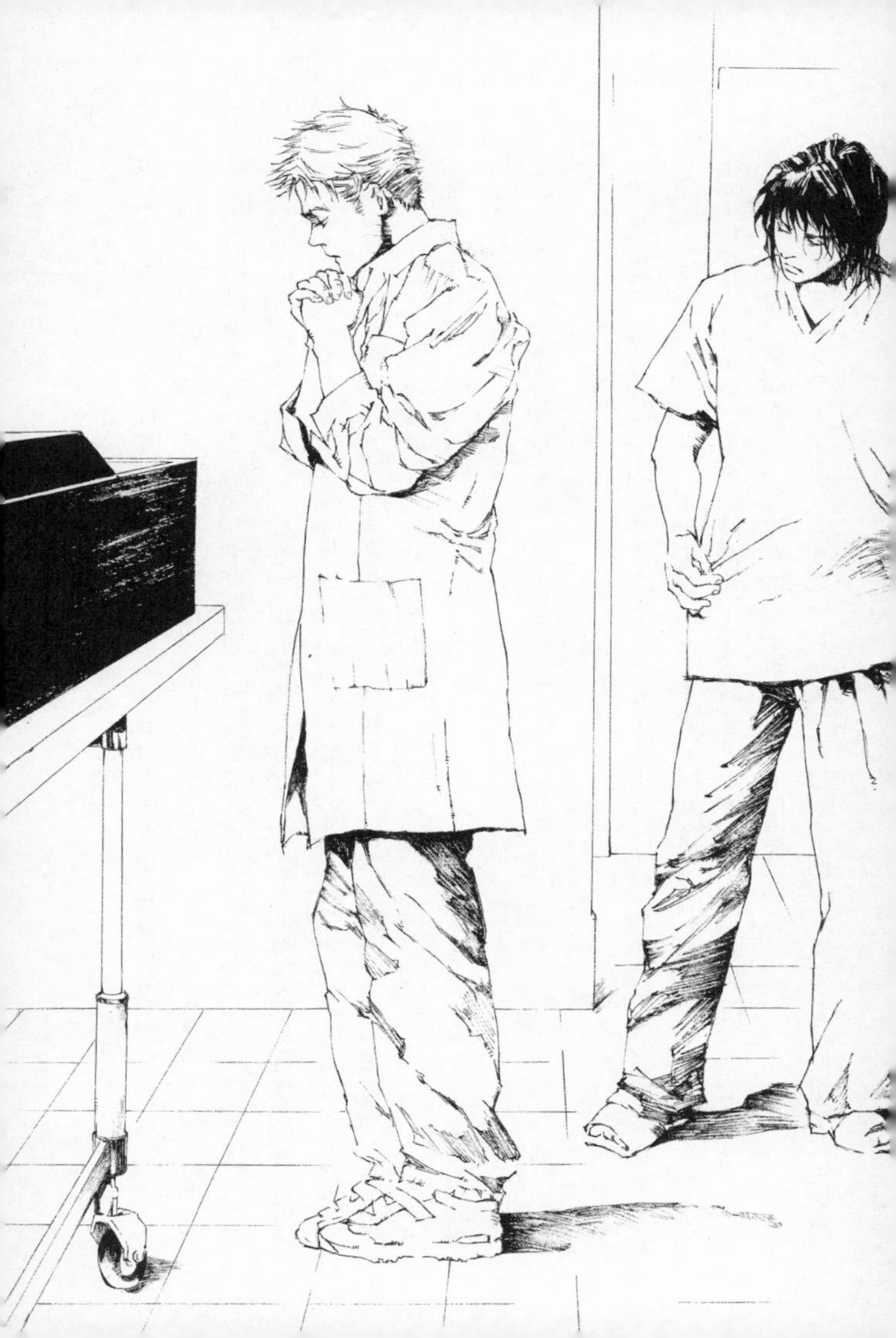

してくれるその人に感謝する。ごめんなさい、ごめんなさい、ごめんなさい。少しだけ分けてください。あなたの最後の命を、この哀れな吸血鬼に分けてください。

長い祈りが終わったあと、ボトルにためられた一ガロン（約三・八リットル）ほどの血を処置室に持っていき、チューブの切れっ端をストローにしてごくごくと飲んだ。少しだけ薬の味がするそれは、なぜか南の地の匂いがして、じわりと涙が浮かんだ。

エンバーミングの処置が終わった老人は、早朝に空港へと運ばれるらしかった。アルと暁は二人とも簡単にシャワーを浴びて、受付の女性に声をかけてから家に帰った。車の中にあるデジタル時計は、午前二時を表示している。

帰りの車の中、暁は「血ってのは、人によってそんなに味が違うものなのか？」と独り言のように呟いていた。

暁の職場である葬祭会館『オールドメモリアルセンター』の中に併設されているエンバーミング施設で、アルは清掃のアルバイトとして働くことになった。ここでのエンバーマーの仕事は基本、午前九時から午後六時までだが、時間通りにはなかなか進まない。それでも緊急の依頼が入らなければ、午後七時までには終わる。

エンバーミングテーブルというステンレスの台は、一回の処置ごとに使用したエンバーマーが表面を清拭《せいしき》するが、一日の終わりには床や台をもう一度消毒薬を使って綺麗に掃除する。葬祭会館の清掃スタッフが、エンバーミング施設にも出張して掃除をしてくれていたが、もとから職員数が少ない上に、葬祭会館がここ一年ほどで忙しくなり、エンバーミング施設の掃除まで手が回らなくなってきていた。

バイトを入れようという話は以前からあり、何度か募集をかけたものの、割のいい時給にもかかわらずなかなか人が集まらなかった。アル側の条件「午後六時半以降から」はあっさり受け入れられ、バイトが決まった。日に二時間ほどではあるが、ちゃんと働けるという状況がアルは嬉しかった。それに暁の職場なので、何か失敗してもフォローしてもらえると思うと、すごく心強かった。

アルは一ガロンほど人間の血をもらえば、一週間は何も口にしなくても平気だとわかってきた。それを過ぎると、少しずつ体力が落ちてくる。暁は午後六時を過ぎる緊急の仕事を引き受けることが多いので、アルは清掃のアルバイトとして処置室に入り、暁のエンバーミングの手伝いをしたあとで血を分けてもらうようになった。そうやって吸血鬼として生きながらえるために必要な血を、確実に確保できることになった。

ちなみにアルバイトはケイン・ロバーツという母方の祖父の名前で登録した。忽滑谷情報によると、脱走したアルは氏名しかわかっておらず、それも本名なのか確認できない上に外国籍と、色々な意味でどうしようもないので、不法侵入&脱走の件は棚上げされているとのことだった。「上の方の人は、逮捕した、取り調べをしたって事実ごとなくなってほしいって感じだったな」と苦笑いし「アルは普通に生活して大丈夫だと思うよ」と言ってくれた。とはいえ一応、脱走犯にはなるので、何かあった時のために、違う名前にしておけと暁にアドバイスされた。

「あ、おはよう、高塚君。今日も寒いわね」

施設に入り受付の前を通ると、松村が声をかけてきた。最初に松村に会ったのは夜、緊急でエンバーミングを依頼された暁に、アルが無理やりくっついてきた時だ。ぱっと見で、松村は三十代かなと思っていたけれど、今年で四十五になるんだと暁に教えられ、驚愕した。アジア系の人間の歳はわからない、本当にわからない。あれのどこが四十代なんだと、違う意味で魔女的な女性を見た気がした。

「おはようございます」

暁はいつもの調子でそっけなく答える。松村はアルと目が合うと、にっこり笑いかけてきた。

「アルも、おはよう」

蝙蝠の時の呼び名は、施設でも「アル」になっている。

「ギャッ」

暁の肩、マフラーの間から顔を出し、アルは返事をした。ここ最近、暁と共に出勤している。最初のうちは、人になるのを待ってから、自転車で三十分かけてセンターに通っていた。車を使えないので、仕方なかった。出勤は天候と日没に左右され、日によって掃除をはじめる時間が遅くなることもある。昼間、暁のマンションにいても何もすることがないので、共に出勤して朝から施設にいても問題はなかった。

いや、家にいるより朝から出てきていた方が断然よかった。仕事がなければ、暁は控え室にいるのでずっと一緒にいられる。たとえ暁がいなくても、従業員の誰かが相手をしてくれるのだ。

「本当にこの蝙蝠、賢いわよね」

褒められるのが嬉しくて、調子に乗って「ギャッギャッ」と二回鳴いた。

「耳許で騒ぐな、うるさい」

ピタリと口を閉じる。

「まるで人の言葉がわかってるみたいね」

松村が感心した顔で呟く。

「蝙蝠は賢いそうですから」

暁は軽く受け流して、廊下の突き当たりを左に曲がり、控え室へと入った。ここはアルが最初に来た時、倒れて休んでいた場所だ。部屋は広く、机と椅子が四つ、本棚、そしてソファセットがローテーブルを挟んでゆったりと置かれている。

「あ、高塚さん。おはようございます」

小柳浩隆《ひろたか》が声をかけてくる。この施設には、エンバーマーが二人いる。一人が暁、もう一人が小柳だ。小柳は暁よりも二歳年下の二十八歳。二人ともアメリカの葬儀大学を卒業し、日本に帰国していた。小柳の歳を聞いた時、アルは初めて暁が三十歳だということを知った。二十代だと思っていたので、やっぱり東洋人は若く見える……と少々騙《だま》された気分になった。

小柳は背も高くがっしりしていて、エンバーマーというよりフットボール選手といった方がしっくりと馴染む巨漢の男だ。いかつい体に似合わず、目は小さくて、声や仕草はおっとりとしている。蝙蝠にも優しいので、アルも好感を持っている。

「おはよう」

暁も小柳に挨拶する。二人は仲がいい。よく喋る小柳と寡黙な暁という刑事ドラマのバディみたいな組み合わせだ。

「アルもおはよう」

「ギャッ」

アルも返事をして、机の前で鞄《かばん》を開きはじめた暁の肩から、ソファの背に飛び移った。そこだとテレビがよく見える。だけど今日はまだ電源が入ってない。アルが「ギャッギャッ」と鳴くと、暁がローテーブルに置かれてあったリモコンのスイッチをブチリと入れた。しかし画面に映し出されたのは、いつもアルが見ている局のニュースキャスターではなかった。

「ギャッギャッギャッ」

リモコンを置こうとしていた暁はそのことに気がついたらしく「まったく、口うるさい奴だ」とぼやきながら、チャンネルを替えた。日本語を叩き込まれて過ごすうちに、アルは大抵の日本語を……たまにわからない単語が出現するも……聞き取ることができるようになっていた。ただ早口だとわからなくなる確率が高い。正しい発音のテレビニュースはかっこうの教科書で、お気に入りのニュースキャスターは、心地よい声で特にゆっくりと喋ってくれるのだ。

ソファの背にしがみついてテレビを見ていると、小柳が近づいてきた。アルの背中と頭をそろそろと撫でてくれる。気持ちがよくて「ギャッギャッ」と控えめに鳴いたあと、親愛の情も込めて小柳の手にスンスンと鼻先を擦りつけた。

「アルって可愛いなあ。高塚さん、どうやったら蝙蝠をこんなに飼い馴らせるんですか?」

「適当に」

「適当でこんなに馴れるもんなんですか。すごいですよ、こいつ。あっちに行けって言ったらちゃんと行くし」

施設に来るようになって気づいたことだが、暁は無愛想だ。ツンケンしているわけではないけれど、口数が極端に少ない。人と会話を楽しもうという気が最初からないみたいに見える。自分と一緒にいる時はよく怒っているので、職場でこんなに無口な男だとは思わなかった。もっとこう、職場の人とコミュニケーションを取ればいいのに……と他人事《ひとごと》ながら気になってしまう。

基本的に二人のエンバーマーは、遺体のエンバーミングがない時はこの控え室で待機になるが、ゆっくりしていることはあまりない。呼ばれればエンバーミングをした遺体のメイクやセットの直し、葬儀にも出席するからだ。スーツを着て出かける時の暁はかっこいい。もとから顔立ちが綺麗なので、ぐしゃぐしゃの髪を整えて黒いスーツを着ると、ストイックかつエキゾチックで、独特の雰囲気を醸し出す。同性ながら思わず見とれてしまう。

二人のエンバーマーには、それぞれ一人ずつ助手がついている。暁には津野《つの》、小柳には丸山《まるやま》。助手の二人は日本でエンバーミングを学び、今はアソシエイトエンバーマー（準エンバーマー）として研修中だった。二人のアソシエイトエンバーマーと小柳はすごく仲がよく、暁だけが一人ぽつんと浮いている。かといって仲間はずれにされているわけでもない。みんな暁に話しかけるのに、暁が会話が続くような返事をしないのだ。

控え室の内線電話が鳴った。近くにいたので暁が受話器を取る。

「小柳、俺は今から葬祭場の方へ行ってくる」

「あ、はい。ひょっとして昨日エンバーミングした二十代の女性ですか？」

「ああ。化粧崩れが気になるそうだ」

暁は控え室を出ていった。この部屋の隣に、職員用のロッカールームがある。喪服に着替えるのも、エンバーミング用の手術着に着替えるのもここだ。部屋の端には、アルのロッカーもある。掃除をする前に暁と同じ手術着に着替えて処置室に入るからだ。飛び散った血液や空気中に飛散した菌諸々《もろもろ》から感染の可能性があるので、掃除のアルバイトにも感染対策は徹底されている。

暁がいなくなってから十分ほどして、アソシエイトエンバーマー、津野と丸山も揃って控え室に姿を現した。丸山はアルを見つけると「アル、おはよう」と駆け寄ってきて、アルの背中をぐりぐりと撫でた。気持ちいいけど、ちょっと乱暴だ。

「うーん、可愛い」

丸山はアルを抱き上げ、じっと顔を覗き込んでくる。エンバーマー集団の中で唯一の女性である彼女は、背が低く、体も小さい。顔は美人というよりチャーミングだ。最初に丸山を見た時は職員とわからず、葬祭場に来ていた中学生が紛れ込んだとばかり思っていたので、実際は二十二歳だと聞いた時は驚愕した。

「こんなに懐いて可愛いんだったら、私も蝙蝠を飼いたいなあ」

「……難しいんじゃない。その蝙蝠は特別らしいから。高塚さん曰《いわ》く」

暁の助手である津野がボソリと呟く。何だか言葉に妙な含みがあるように感じて、少し気になる。津野は背が高く、細身の男だ。フレームのない眼鏡をかけていて、神経質そうに見える。丸山とは同じ歳で、学んでいる学校も同じ。葬儀社の息子なので、ゆくゆくは親の会社を継ぐことになっているらしい。

アルが見る限り、暁と津野の関係はあまりよくない。対立している、という大げさなものではなく、二人とも必要以上に話をしない。そう、一切の雑談をしないのだ。暁はもとから無駄口を叩くタイプではないし、職場なのでそれもありかとは思うけれど、津野はほかの二人、小柳と丸山と接する時の態度と、暁に対する態度は明らかに違っていてそっけなかった。

「けどこの蝙蝠、本当に賢いと思うよ。この前も俺が鍵をなくした時、教えてくれたんだ」

小柳の話に、丸山が「いくら何でもそれは～」と肩を竦める。すると小柳は真剣な顔で「本当なんだって」と力説した。

「鍵がないと車で家に帰れないし、こりゃ困ったなと思って探してたら、アルがソファの下でギャッギャッ鳴くんだよ。何かと思って覗き込んだら、そこに鍵があったんだ」

丸山はアルを胸に押しつけるようにして抱きしめた。

「それって、アルが悪戯してソファの下に持っていったんじゃないですか」

「……そうかもしれないけど。でもこいつ、かなりきっちり躾《しつ》けられてるよ。部屋の中でフンもしないし、高塚さんが『鳴くな』って言ったら、ちゃんと黙るし」

「高塚さんは完璧主義だから、ペットに対しても厳しいんだろうな」

津野の呟きに、小柳が「そうだなあ」と浅く頷く。

「アルって蝙蝠だけど、犬みたいだと思いません？　最初に高塚さんがこの子を連れてきた時はもうびっくりしましたよ」

「あ、俺も」

小柳が相槌を打つ。

「あの高塚さんが職場にペットを連れてきたんだもんな。それも猫や犬じゃなくて蝙蝠でさ。そうきたかって感じだったよ。しかも理由が『一匹で部屋に置いておいたら、精神的に不安定になる』だろ。犬猫ならともかく、蝙蝠のどこを見て精神不安定なのかって、首を傾げたよ」

「でも私、わかるような気がします。だってこの子、すごく甘えん坊だし」

丸山に頬ずりされ、アルもお返しにその頬をちろっと舐めた。

「最初はうるさくて仕事の邪魔になるんじゃないかと心配したけど、おとなしくしてるし、飼い主と違って人懐っこいし、今じゃここのアイドルですからね」

津野の言葉に、小柳は腕組みしたまま大きく頷く。

「アルを連れてくるようになってから、高塚さんって前よりとっつきやすくなってませんか？　蝙蝠の話を振られると、面倒くさがりつつ嬉しそうみたいな」

喋っている途中で、丸山は背中を丸めてククッと笑った。

「高塚さんって、たまにアルと話をしてるの、知ってます？」

「知ってるよ。それでアルも聞こえてるみたいに頷くだろ。それが俺もうおかしくってさ」

「おかしいけど、二人ともすごく可愛いんですよ」

丸山と小柳が二人で盛り上がっている中、津野がぽつりと問いかけた。

「そういえば、高塚さんてどこに行ったんですか？　アルがいるってことは、出勤してきてますよね？」

「来てたけど、葬祭場の方へ呼ばれてたよ。ご遺体のメイク直しだってさ」

津野の表情がザッと曇る。

「……また置いてけぼりか」

「ほら、高塚さんはせっかちだから、待つのが苦手なんだよ。それにまだ始業時間になってないしね。すぐ戻ってくると思うよ」

小柳のフォローに、津野は「はい」と暗い声で返事をすると、椅子に腰掛けて本を広げた。小柳と丸山は一日中ほぼ一緒に行動するが、暁と津野は違う。エンバーミングの際には必ず津野が助手で入るけど、そのほかのこと……葬儀への出席やご遺体のメイク直しには置いていかれることが多い。あと、午後六時以降に入った緊急の仕事には、津野は絶対に入れてもらえない。それも不満のようだった。

アルはバサバサと飛んで、津野の横にある本棚の隅に移った。津野が開いているのはエンバーマー科学の本だ。どうしようかなと迷った末に、アルは思いきって津野のデスクの上に降りてみた。

津野はアルがやってきたことに気づくと驚いた顔をしたものの、追い払ったりと邪険にはしなかった。無視して本に視線を落とす。アルもその本を覗き込んだ。しかし悲しいかな、日本語だ。暁について遺体のマッサージをするうちに、こっちの方面にがぜん興味が湧いてきた。悲しいほどやつれたり、怪我で顔や体が崩れた遺体がほんの三時間ほどで……顔や手足が欠損している場合はもっと時間がかかるが……見違えるほど綺麗になる。美しくなった遺体を見ると、その人の尊厳まで取り戻してあげられた気持ちになる。人は姿形ではないとわかっていても、安らかに眠る表情は、何より見送る人の心を安堵《あんど》させる。

暁の持っているエンバーミング関係の本は全て英語なので楽に読めるが、日本語の本は読めない。それでもじっと目を凝らす。いつまでも苦手だと逃げ回っていてはいけない。平仮名、片仮名、漢字交じりの文章に強制的にでも目を慣れさせないと、いつまで経っても日本語が読めないままだ。

「そういえば先月から、処置室とCDCルーム（遺体の化粧、着衣、納棺を行う場所）の清掃をしてるのって外国人なんですよね」

丸山が思い出したように呟く。自分のことだ。アルは本に集中していた顔を上げ、聞き耳をたてた。

「一回だけ見かけたかな。俺が家族持ちなのを知っているから、午後とか時間外に入った緊急のエンバーミングは大抵、高塚さんが引き受けてくれるだろう。清掃はその後だから、遅くまで残ってることがなくて、会う機会がないんだよ」

小柳が顎を摩る。

「その外国人、すっごく綺麗な男の人なんですよ」

丸山の声が弾けている。

「正統派な美形っていうか。背が高くて、細くて、髪はくすんだブラウンで目はグレー。最初に見た時『どうしてこんなとこにモデルがいるの？』って大興奮しちゃいましたもん」

津野が椅子ごと振り返り、座面がギッと軋んだ。

「俺も会ったことないけど、その外国人のバイトって高塚さんの紹介らしいよ」

丸山が「えっ」と驚いている。

「受付の松村さんが話してた。エンバーマー志望なんだってさ。エンバーミングはアメリカが本場なんだから、わざわざ日本に来ることないんじゃないかって思うけど」

控え室の内線電話が鳴りはじめ、小柳が受話器を取った。

「ご遺体が到着したそうだ。丸山さんは着替えてすぐ処置室へ行って準備して。書類は後でCDCルームまで持っていく」

さっきまでの浮かれた表情を引き締め、丸山が「はいっ」と返事をした。二人が慌ただしく控え室を出ていくと、アルと津野だけがぽつんと残された。

津野がため息をつき、向かいのアルをじっと見つめる。落胆とも、怒りともつかない曖昧な目の色に、ひょっとして叩かれるんじゃないかとビクビクしていると、背中をそろりと撫でられた。指先から悪意は感じない。小さく「ギャッギャッ」と鳴くと、優しげに目を細めて見下ろしてくる。猫をあやすみたいに顎の下を撫でられ、これが尻尾がビリビリするぐらい気持ちいい。うっとりその指に体をゆだねているうちに、津野はぽつりと呟いた。

「お前の飼い主は、俺のことが嫌いなんだよな……」

アルと暁がマンションに帰り着くと、午後八時半を回っていた。暁はアルの仕事が終わるまで、控え室で調べ物をしたり、書類を片づけたり、ソファで居眠りをしながら待っていてくれる。車で一緒に通勤しているので、置いていかれたら帰りは歩きになる。蝙蝠なら飛んで十分だけど、人だと一時間以上かかってしまう。

帰ってから夕食を作りはじめるので、暁が食事をとるのは午後九時過ぎだ。二週間ほど前、「油を使った料理は一回の食事で一品だけしか食わん！」と宣言され、悩んだ挙げ句、レンジで野菜に熱を通すことを思いついた。なので、最近はじゃが芋やにんじん、ピーマンやかぼちゃをぶつ切りにしてラップをかけ、レンジでチンをして出すことが多い。最初にそれを見た時、暁はしばらく無言だった。

「あぶら　つかう　ない　やさい　いっぱい　えいよう　いっぱい」

何かすごく言いたそうな表情だったけど、眉間にムッと皺を寄せたまま暁は野菜を全て食べた。今日も、これ以上はないってぐらいしかめっ面をして食べている。そんな顔を向かいで見つめながら、もっと美味しそうな顔をして食べてくれたらいいのに、といつも思う。

アルは昨日、一ガロンほど血をいただいたので、まだお腹は空いてない。血をもらったのは四十代半ばの白人の男性で、顔立ちが何となくアルの父親を彷彿《ほうふつ》とさせた。手足のマッサージを手伝いながら、少しだけ涙が零れた。後で分けてもらった血は、ほのかに煙草とアルコールの匂いが混ざっていた。

　暁が食事を終えたので食器を片づけていると、玄関のドアチャイムが鳴った。暁の家を訪ねてくるのは、忽滑谷だ。というか忽滑谷しかいない。三日ほど前、近くで二十五歳の女性がナイフで背中を刺されて亡くなった。それが近頃世間を騒がせている「無差別殺人」の手口と同じで、同一犯ではないかと噂されている。三人目の被害者が出たことで、世間の非難は警察に集中した。なぜ犯人を捕まえられない？　警察はいったい何をしているんだ？　と。今度は管轄内で起こった事件だから、忽滑谷も忙しくなるだろうなと暁も話していた。

「アル、聞きたいことがある」

　部屋に入った忽滑谷は、暁ではなくアルを呼んだ。

「なに？」

「三日前の事件を知ってる？」

「うん　てれび　みた」

　忽滑谷は背広の内ポケットに入れてあった手帳から、カラーコピーを取り出した。

「今、容疑者として浮かび上がってるのはこの三人だ。アルに協力してもらった似顔絵とはあまり似てないけど、この中にアルを刺した男はいないだろうか」

アルは三枚のコピーをじっと見つめた。

「いない」

「ちくしょう、外れか！」

忽滑谷は悔しそうに吐き捨てる。アルは忽滑谷が部屋に入ってきた時から気になっていた匂いに、クンクンと鼻をひくつかせた。

「犯人じゃないとわかっていても、アリバイの裏を取りにいかなくちゃならないなんて時間の無駄。最悪だ」

「いいにおい　すき？」

忽滑谷が首を傾げた。

「いい匂い？　あぁ、香水のことかな？」

「ちと　こうすい　におい」

忽滑谷は「あぁ」と呟いて、部屋に入っても着ていたコートを軽く払った。

「そういえば現場に行った時、このコートを着てたな。被害者はフレグランスを集めるのが趣味だったらしいけど……もう三日も前の話だよ」

「ぼく　はな　いい」

「へえ」

忽滑谷が相槌を打つ。

「こうもり　もっと　わかる」

微かに無精ひげの残る顎を忽滑谷は軽く摩った。

「ひょっとして現場に行けば、血の跡を辿《たど》れたりするのかな。警察犬みたいに」

アルは首を傾げた。

「それする　ない　わかる　ない」

忽滑谷がズッと身を乗り出し、アルに近づいてきた。

「こういう言い方をしたら不快に思うかも知れないけど、蝙蝠の時に一度試してもらえないかな」

「ち　さがす？」

「今回も目撃者がいなくて、現場は四苦八苦してるんだ。無理やり捜査線上に浮かび上がらせた容疑者も見当違いとなったら、また無駄な捜査に時間を費やすことになる。僕はもう被害者を一人も増やしたくない。だから犯人が見つかる可能性のあることは、何でもやってみたい」

忽滑谷の目は必死だ。背中を刺されて痛かったことを思い出し、アルも犯人への怒りが再燃してきた。いい匂いのする女の人を、あいつはまた笑いながら刺したんだろうか。殺したんだろうか。みんな自分みたいに、傷を治すことはできない。死んでしまうのに。生き返ったりしないのに。

「ぼく　やる　はんにん　つかまえる　して」

話はまとまり、明日の朝、忽滑谷について現場に行くことになった。鼻のきく蝙蝠の時だと日中になり、朝に出かければ昼前には終わるという話だった。それからエンバーミング施設に行っても、夜のアルバイトには十分間に合う。

仕事の途中だったらしく「明日の朝、迎えにくるから」と言い残して、忽滑谷は慌ただしく帰っていった。

「ぼく　できる　かな」

暁の隣、床の上にぺたりと座り込む。やると言ったものの、全然役に立たなかったら、血の匂いを嗅げなかったら、手間だけかけさせて忽滑谷を失望させるのではないかと不安になってくる。

「まぁ、忽滑谷にしてみれば、藁《わら》にもすがる心境なんだろうな」

「わら　すがる？」

「少しでも望みがあるなら、九十パーセントダメだとわかっていても試してみるってことだ。血の跡を追えなかったとしても、それはお前の責任じゃないから気にすることもないだろ。せいぜい頑張って犬の真似事をしてこい」

最後の一言が余計でカチンときたけれど、前半だけとってみれば「できなくっても気にするな」ということだから、慰めてくれているのだ。アルはフッとため息をついた。

こんなことでいちいち腹を立てていたら、暁とは付き合えない。こっちが大人にならなきゃ、と自分に言い聞かせる。

暁はコーヒーをいれて一人飲みはじめた。自分は血のほかは何を口に入れても腹は張らないし、栄養にもならないので、一切飲み食いはしない。それでもコーヒーの匂いは好きなので、クンクンと鼻をひくつかせた。

日本で暮らしはじめた頃は、靴を脱いで床に座るという日本の生活スタイルをなかなか受け入れられなかったけれど、慣れてしまうとこっちの方が断然気持ちよくなった。すごくリラックスできる。

暁はコーヒーを飲みながら、本を読みはじめる。暁はよく本を読む。だいたいがエンバーミング関係の医学書で、時々恋愛小説みたいなのも読んでいる。それがどうも本人のイメージと合わずアンバランスだけど「似合わない」と面と向かって言えないし「余計なお世話だ」と怒られる絵面が見える。

テーブルに上半身をだらりとのせて、本を読む暁を見上げる。二ヶ月近く一緒に暮らして気づいたことがある。暁には恋人の気配がない。忽滑谷と仕事場のほかに連絡が来ることはないし、夜はずっと家にいる。外へお酒を飲みにいくこともないし、家でも飲んだりしない。こんな偏屈で退屈な男と付き合う女の子は大変だなとしみじみ思う。顔は綺麗でも愛想はないし、優しくてもたまに余計な一言を言う。暁に恋人ができたら……考えているうちに、胸がチクチクとしてきた。暁に恋人ができたら、結婚することになったら、自分はここを出ていかないといけなくなるんじゃないだろうか。けどこの歳で恋人がいないんだったら、怒りっぽくて面倒な性格だし、ずっと恋人ができなくて一人かも……と楽観的な考えが胸を過《よぎ》る。

「おまえ、もう寝るのか？」

暁がそう聞いてくるのは、ソファがアルの寝床になっているからだ。

「まだ　ねる　ない」

「じゃあどうしてこっちをジロジロ見てるんだ？」

見ていることに、特別な理由はない。ふっと視線を逸らしたアルは、昼間の津野の言葉を唐突に思い出した。

「あきら　つの　きらい？」

暁は驚いたように目を大きく見開いた。

「津野？　助手の津野のことか？」

アルはコクリと頷く。

「どうしてそんなことを聞いてくるんだ？」

「つの　あきら　きらわれた　おもてる」

「俺が津野を嫌ってるなんて、誰が言ったんだ？」

「つの」

鼻の頭に皺を寄せ、暁はムッと黙り込んだ。

「つの　しごと　きんきゅう　てつだい　ない　から」

「あいつ、最近妙に感じが悪いと思ってたんだが、そのせいか」

「あきら　つの　はなし　しない　だめ」

アルが指摘すると、暁は読んでいた本をバンッと勢いよく閉じた。

「職場だぞ！　遊びじゃないんだ。必要以上にベラベラ喋れるもんか」

「はなし　たいせつ　きもち　め　みえる　ない」

暁は無言のまま立ち上がり、アルがまだ寝ないと言っているのにブチリと部屋の電気を消してベッドの中に入った。

子供っぽい拗《す》ね方に呆気にとられたけれど、電気をつけ直すことをせずに、暗い中でモゾモゾとスウェットに着替えた。

「あきら」

拗ねた男は、壁と向かいあわせになって背中を丸めている。絶対にまだ寝てないくせに、返事をしない。

「ぼく　あやまる　ない　ぼく　まちがい　ない」

月明かりがカーテン越しに、暁の真っ黒な髪の毛をぼんやり照らす。

「けど　ぼく　きらい　なる　ない　でね」

頭に触れると、暁がビクリと震えるのがわかった。アルは薄暗い中、蝙蝠の時にしていたように、ママに甘える子供のように、暁の頬にそっと鼻先を擦りつけた。

翌朝、アルは迎えにきた忽滑谷の肩に乗って、殺人事件の現場へ向かった。忽滑谷は車で来ていて、運転していたのは忽滑谷よりもう少し若く見える男だった。背が高くてがっしりした体型で、髪も短く眉もきりりとしていて、男らしい印象が強い。それに比べると、忽滑谷の持つ雰囲気は柔らかく、優しい感じだ。

若い男は運転中にもかかわらず、何度もチラチラと忽滑谷を見ている。

「忽滑谷さん。さっきからずっと気になってるんですけど、肩にいるのって蝙蝠ですよね」

「そうだよ」

「今日はこれから現場に行くんですよね？」

「この蝙蝠は友達から借りてきたんだ。すごく鼻がきくらしいから、現場に連れていって、警察犬のかわりに血の跡を追わせてみようと思ってる」

若い男は前を向き、しばらく黙り込んだ。

「……あの、こう言っちゃ何ですが、蝙蝠を捜査に使うってこれまで聞いたことがないんですけど。上の方に許可をもらわなくてもいいんですか？　それに俺たちが割り当てられたのって、雛丘《ひなおか》地区の地取りでしょ。勝手なことしてて、叱られませんか？」

「蝙蝠を使うことに許可は取ってないけど、君が黙っていれば問題にはならないよ」

若い男は「えっ」と眉を顰めた。

「それから、雛丘地区の地取りは後で回るよ。やらないって言ってるわけじゃない」

忽滑谷はアルの頭をそろそろと撫でた。

「けど、やっぱりそういうのってまずくないですか。前も忽滑谷さん、山本《やまもと》警部に怒られてたじゃないですか。スタンドプレーがすぎるって」

「僕のやり方が気に入らないなら、もう帰っていいよ。柳川《やながわ》刑事」

忽滑谷はさらりと言ってのけ、柳川と呼ばれた若い刑事が焦った表情を見せる。

「気に入らないってわけじゃ……」

柳川はそれきり黙り込む。アルは普段優しい忽滑谷が、実はけっこう厳しい男なんじゃないかと、会話の端々から感じ取っていた。そういえば、忽滑谷は暁にもたまに厳しいことを言っている。

車は二十分ほど走り、古い住宅街を抜け、公園の入口近くに止まった。そこからは歩きになる。公園の中を抜け、少し行くとその先に橋がある。街灯は少ない。

橋へ向かうまでの間、コンクリートの道端に沢山の花が置かれた場所があった。そこでアルはおびただしい血の匂いを嗅ぎつけた。水で流され、表面上はわからなくなっていても、中まで深く染みこんでいる。殺されたのはここだ。確信する。

「アル、わかる？」

コクリと頷き、アルは忽滑谷の肩から飛び立った。血の匂いは、まっすぐ橋へと向かっている。アルが飛ぶすぐ後を忽滑谷が、そのずっと後ろをふて腐れた顔の柳川がついてくる。

自分を刺した時、犯人は返り血のついた服や凶器のナイフを鞄に入れて、そしらぬ振りで歩き去った。そうやって隠しても、ズボンの裾や靴についた返り血が、足跡になって地面に残り、染みこんで、道しるべになっている。

匂いの足跡は橋を渡り、家や店の多くなった住宅街へと続いている。信号を四つ過ぎると、今度は大通りに出た。片側三車線の大きな通りだ。そこを右に曲がる。もう十五分ぐらい飛んだだろうか。

「いったいどこまで歩くんですかっ」

後ろから柳川がやけっぱちみたいに叫び、それを忽滑谷は完全無視している。これでも歩きの二人を考慮して、かなりスピードを落としているんだけどな……とアルは苦笑いする。途中から、匂いの足跡がフッと消えかけた。注意して嗅ぐと、途切れてはいないものの、まるで糸のように細くなった。周囲を見ると、駅の出入口があり、自転車が沢山置かれている。犯人はここで自転車に乗ったのかもしれない。それなら匂いの足跡が細くなったのも納得できる。

消えそうな匂いを辿って、アルは嗅覚に全神経を集中させて足跡を追いかけた。ある場所まで来た時、アルは今追っている血とは別の血の匂いが混ざりはじめたことに気づいた。

それは右手にある道路の端、バス停からはじまっている。どうしてこんなに血の匂いが重なってるんだろうと思いつつ飛んでいるうちに、アルの背中がブワッと総毛立った。

また一つ、血の匂いが混ざりはじめた。それは自分の血の匂いだ。間違うはずがない。今辿ってきた血とも、道路の端から感じる血とも違う自分の血の匂いが向かいの道から匂ってきて、ここで三つが混ざり合い、折り重なって右へと続いている。

アルは曲がり角にある家の塀へとまった。少し待っていると忽滑谷が、しばらくしてから柳川が追いついてくる。軽く息をつきながら、忽滑谷が塀の上のアルを見上げた。

「匂い、わからなくなった？」

アルは首を横に振った。血の匂いが三つに増えたんだ、きっと犯人はこの近くに住んでいるよ……この事実を伝えたいのに、伝えられない。喋ることができないのがどうにももどかしくて、ウズウズ背中を揺らした。

「違うの？　じゃあここでちょっと休憩かな。うちには図体《ずうたい》ばかりでかくて、体力のない若者がいるからね」

ゼイゼイと白目をむきながらようやく追いついた柳川に、忽滑谷は強烈な嫌味を発射していた。少し休憩したところで、アルは再び飛びはじめた。十字路をまっすぐに抜け、スーパーマーケットの前を通り過ぎると、右手に白く大きなマンションが見えてくる。アルが飛んできた道の向かいからもう一つの血の匂いが混ざり、匂いは四重奏を奏でながら、まっすぐにマンションのエントランスへと向かっていった。ここだ！　犯人の住処を突き止めた。

アルはマンションの大きく突き出したコンクリートの庇《ひさし》の下にぶら下がった。とまっていればこのマンションだとわかってもらえるとは思ったものの、念には念を入れて「ギャッギャッ」と鳴き、右手を羽ごとマンションの入口へと向けた。

「あの蝙蝠、何かここだって言ってるみたいですね。けどこの辺の地区って柴崎《しばさき》さんたちが聞き込みの担当だったでしょ。俺らが勝手に荒らしたって知られたら、後でまずいことになるんじゃないですか」

「そりゃまずいだろうね。……けど犯人は捕まえられるかもしれない」

忽滑谷は柳川を見上げた。

「面子《メンツ》を気にして犯人を逃がし、次の被害者を出してしまうのと、面子が潰れても犯人

を逮捕できるのと、君はどっちがいい？」

「そりゃ逮捕できる方が……」

柳川はモゴモゴと口許で喋る。

「よかったよ、君が常識のあるタイプで。犯人はこのマンションにいる。間違いない」

アルは庇から忽滑谷の肩へと移動した。三人でエントランスに入り、エレベーターに乗る。忽滑谷は階数ボタンを一階から八階まで全部押した。

「あの、どうして全階押すんですか？」

忽滑谷はもう返事をしなかった。各階ごとにドアは開き、ドアが開くたびにアルはクンクンと鼻をヒクつかせて匂いを嗅いだ。二階、アルは首を横に振る。ここへ匂いは続いてない。三階、ここでもない。四階、ここも違う。五階……ドアが開いた瞬間、あの四つの血の匂いがその先へと繋がっているのがわかった。アルが外へ飛び出すと忽滑谷が、遅れて柳川もその後からついてくる。血の匂いは「５０３」とプレートのついた部屋の前で途切れていた。アルは部屋の前にあるコンクリートの手すりにとまり「ギャッ」と一度、大きく鳴いたあと、追いついてきた忽滑谷の肩にとまった。

「ここなんだね」

もう一度鳴く。忽滑谷は振り返り、今一つ半信半疑の表情を隠さない柳川に「君は一言も喋るな」と鋭く言い放ち、部屋の呼び鈴を押した。最初は反応なし。二度目もなし。

三度目でようやく「はい、誰？」とくぐもった男の声がドア越しに聞こえた。アルの体がブルッと震えた。公園で話しかけてきた男の声とそっくりだ。

「すみません、警察の者です」

忽滑谷は暁と世間話をしている時と同じように、柔らかく声をかける。

「警察？　警察は一昨日も来たけど……」

「何度もすみません。この一帯はもう一度、みなさんに話を聴かせてもらってるんです」

ガチャリとドアが開く。二十センチほどの狭間から、濃い……とても濃い四人分の血の匂いがモワッと漂ってくる。

「この近くであった殺人事件のこと？　それだったら一昨日来た刑事さんにも話したんだけどなぁ」

俯き加減の男が顔を上げる。楕円形《だえんけい》の眼鏡に特徴のない顔。そのくせやたらと目につく曖昧な口許。忘れもしない、自分の背中にナイフを突き立てて笑っていたあいつだ！

忽滑谷は似顔絵にそっくりな男の顔を見ても穏やかな表情を崩さず、微笑みかけた。

「申し訳ありません。お手数かけますが、どうぞ捜査にご協力ください」

忽滑谷は犯人の男とあたり障りのない話をしたあと「何か気になることを思い出したり、近くで不審な人物を見かけるようなことがあれば、すぐ警察にご連絡ください」と言い残してその場を去った。アルは忽滑谷が犯人にとびかかり、手錠をかけて……と有無を言わさぬ逮捕劇がはじまるのではないかとドキドキしていたけれど、ドラマのような展開にはならなかった。

忽滑谷と柳川、アルは再びエレベーターに乗り込む。二人ど一匹になった途端、柳川は「アレはいったい何なんですか！」と逆切れ気味に怒鳴った。二人どうしで

「まさかあれが犯人だっていうんじゃないでしょうね」

「そうだよ。あれが無差別殺人犯だ」

「えっ」

柳川は口許を歪め「そんな馬鹿な」と呟いた。

「犯人っていったって、証拠も何もないのに……」

「アル……蝙蝠が匂いを追いかけていってただろう」

「けど所詮は蝙蝠ですよ。訓練もされてない動物がふらふら飛んでいった先にいた男を犯人だって言われても」

忽滑谷はコートの内ポケットから手帳を取り出し、中に挟んであった一枚の紙片を取り出す。柳川は「んっ」と小さく首を傾げた。それは以前、アルの証言をもとに女性警察官が描いた犯人の似顔絵だった。

「さっきの男によく似てますけど」

「犯人の似顔絵だよ」

「似顔絵って、ひょっとして目撃者がいたんですか！　どうしてそのことを上に言わなかったんですかっ」

「事情があって、警察には関わらせられない」

「けっ、けど目撃者がいたんなら……」

「僕は今『関わらせられない』と言っただろう。目撃者は不法入国の外国人だ。彼も被害者だけど、事情が事情なだけに警察へ届け出ることはできなかった。出頭もさせられない、どこの誰かもわからない、見たという証拠も、刺されたという証拠もない。そんな人間の話を誰が信じる？　笑われて終わりだろう」

　柳川は言い返すことをせず、不機嫌な顔で黙り込んだ。

「これからエレベーターを降りてマンションの外へ出るけれど、絶対に振り返るな。あいつは間違いなく僕たちのことを見ている。二度目の聞き込みを不審に思っているはずだし、これ以上、勘づかれるような動きはするな」

「あ、はい……」

「一旦署に戻る。マンションの管理人に連絡を入れて、５０３号室の男の素性を調べる。君はこれまであった三件の事件当日のエレベーター内の監視カメラの映像をチェックして。あの監視カメラの種類だと、管理はセキュリティー会社になる。万が一管理しているのが管理人だったら、もう一度このマンションに来ないといけなくなるけど、その際は変装して気づかれないようにしろ」

柳川の顔が、緊張のためかだんだんと強張ってくる。ようやくあの男が犯人かもしれないと信じる気になったのかもしれない。マンションを出る際、忽滑谷と柳川はまっすぐ前を向いて歩き、一度も振り返らなかった。アルは忽滑谷の肩に後ろ向きにとまり、五階を見上げた。一つだけ窓が開いている部屋、ベランダからはあの男が忽滑谷の予言通り、帰っていく刑事二人と一匹をじっと見下ろしていた。

マンションから離れて大通りまで帰ってくると、忽滑谷は肩にとまっているアルの頭をぐりぐりと撫でた。

「ありがとう、アル。君のおかげで、犯人の目星をつけることができた」

蝙蝠に感謝ひとしおの忽滑谷を、柳川はどこか胡乱《うろん》げにチラチラと横目で見ている。殺害現場近くに置いた車まで戻り、乗り込むと同時に忽滑谷は「署に戻る前にオールドメモリアルセンターへ寄って」と柳川に告げた。

「そこって確か葬祭会館ですよね」

「そうだよ」

「なぜそんなとこに寄らないといけないんですか」

「蝙蝠を飼い主に返すんだよ」

車は十五分ほどでセンターへ着いた。柳川を駐車場の車に残し、忽滑谷はアルを連れてエンバーミング施設に向かう。葬祭会館と棟続きではあるものの、初めて来る人には施設の入口はわかりづらい。忽滑谷は迷うことなく歩いていくので、前にも来たことがあるんだろう。

忽滑谷は建物の中に入り、受付に顔を出した。

「すみません。忽滑谷といいますが、高塚暁を呼び出してもらえませんか」

松村が近づいてくる。アルは忽滑谷の肩で「ギャッギャッ」と鳴いた。

「あら、その子ってアル？」

「ペットの蝙蝠を高塚に借りていたので、返しにきたんです。昼間はこっちに連れてきていると聞いたので」

「あ、高塚さんは処置中です」

奥にいた事務の女の子が返事をする。

「もしアルを連れてきた人がいたら預かってくれって、伝言されてます」

「あ、そうなの。じゃ私が預かっておきますね。おいで、アル」

アルは差し出された手のひらにふわりと飛び移った。女の人に傷をつけちゃいけないので、爪をたてないように細心の注意を払う。

「では、お願いします。またね、アル」

忽滑谷はニッコリ笑って帰っていった。アルは事務室で二人の女性に「可愛い、可愛い」とぬいぐるみみたいに撫で回されたあと、いつもの控え室へと連れていってもらった。

部屋には誰もいない。アルはソファの背でうつ伏せになったまま、ぼんやりと電源の入っていないテレビを見つめた。

犯人を捜しあてた時のドキドキと興奮がおさまらない。血の匂いをちゃんと辿れるか、自信はなかったけど、追いかけられた。三人も刺し殺した無差別殺人犯を見つけられたのだ。あの犯人は逮捕される。そしたらもう誰も殺されたりしない。これってすごいことなんだよな……と自分に問いかけた。

灰色の羽を広げてバサバサと羽ばたかせたあと、親指でスリスリと鼻を摩った。吸血鬼になってからいいことなんて一つもなかった。おまけに変化のコントロールができないから、普通の生活も送れない。だけどこんな体になったからこそ、役に立つことがあった。人より何倍もよくきく鼻のおかげで、殺人犯を見つけられた。

時代の隙間を、幽霊みたいに生きてくだけじゃない。ちゃんと人の役に立った。じわじわと嬉しさが全身を巡り「ギャッギャッギャッ」と大声で鳴いていた。興奮のまま控え室の中をぐるぐると飛び回る。自分の話を聞いてほしい。暁に聞いてほしい。自分は犬並みに、いや犬以上にすごく役に立ったんだと自慢したい。

　無駄に飛び回っているうちに、疲れてソファの背にとまった。窓から差し込む日差しを見ながら、早く日が落ちて人型になればいいのに……と腰がウズウズする。人間になったら、暁を捕まえて今日あったことを全て話そう。どんな風に血の匂いを嗅いで、追いかけていったのか。ドアの向こうに立っていた犯人を見た時に、何を感じたかとか。暁は嫌な顔をしそうだけど、きっと最後まで話を聞いてくれる。

　午後四時を過ぎた頃、暁と助手の津野が控え室に戻ってきた。二人ともシャワーを浴びたのか、髪の毛がしっとりと濡れている。それでも全身にまとわりつく血の匂いは消えていない。

「あれ？　アル」

　最初に自分に気づいたのは津野だった。アルは暁の肩に飛びつくと、興奮を抑えきれず「ギャッギャッギャッ」と鳴いた。

「あぁ、うるさい。静かにしろ」

　静かにしろ、と言われても喋りたくて我慢できない。アルは暁の右の肩、左の肩、頭を転々と移動しながら興奮のまま「ギャッギャッ」と鳴いた。

「わかったから！　もう静かにしろって言ってんだろ！」

　大声で怒鳴られ、アルは肩にとまったまましゅんと頭を下げた。蝙蝠でよかったと実感したところだったのに、蝙蝠のせいで伝えたい時に気持ちを伝えられないというジレンマで悶々《もんもん》とする。

暁は髪の毛をガリガリと掻き毟りながらデスクに近づくと、鞄の中から二冊の本を取り出し、津野の前に無言で差し出した。

「あの、これは何ですか？」

「米国の業界誌。向こうの最新事情だ。英語、読めるんだろう」

「い……一応」

そう答える津野の頬は、心なしか強張っている。

「教科書の内容しか覚えてないと、何年経っても『そこまで』のことしかできない。特に日本だと向こうと違ってエンバーミングする遺体の数も少ないし、専門の研究機関も発達してないから、自分から知ろうとしないと、何も知らないままで終わる。デジタル配信している世の中で、お前は延々とアナログのレコードを人に聞かせることになる。ああ、本物のレコードだとまだレトロ趣味って逃げ場があるが、この業界でのレトロは無神経を通り越して、犯罪だ」

津野は本と暁を交互に見ながら、戸惑うように「は、はい」と返事をした。

「俺は向上心のない奴は嫌いだ」

言いきった暁に、津野は口をぎゅっと横に引き結んだ。

「はい」

「俺が午後の遅い処置にお前を入れないのは、六時を過ぎるからだ」

午後六時は、センターの終業時間だった。

「おっ、俺は六時を過ぎてもいいです。一体でも多く高塚さんの処置を見て勉強したい」

「助手には六時過ぎたら残業手当はつかない」

津野は「あっ」と小さく叫んだ。

「知識も中途半端なまま、数だけこなしたって駄目なんだよ。助手が午後六時までと決められてるのは、その後に勉強しろってことじゃないのか。俺はそう解釈してる。助手の期間は一年しかないんだ。今のうちにしっかりと学んでおけ」

暁は津野を残したまま控え室を出た。廊下の突き当たりまで行くと、階段を下りて裏庭へ出る。そこには葬祭会館との間に造られた小さな庭園があった。

「コレで満足か、クソ蝙蝠」

肩に乗せたアルにぼやき、暁は真っ赤な顔でガツガツと足許の芝生を踏みつけた。肩口でギャアギャア騒いでいたのを、津野に何を考えているのか伝えてやれとけしかけているると勘違いしたらしい。

本音を口にしただけで、照れてその場を逃げ出してしまう男を見ているうちに、アルの胸がキュッと締めつけられる。口が悪くて、不器用で、それでいて真面目な男が愛《いと》しい。抱きしめてキスしてあげたいけれどそれはできないので、アルは暁の首筋に鼻先を近づけてスンスンと甘えるみたいに鼻を鳴らした。

マフラーや手袋をしている人を多く見かけるようになった十二月の半ば。ニュースの合間に流れるテレビＣＭからは、軽快なクリスマス音楽が途切れることなく聞こえてくる。十二月に入った頃から急に周囲のクリスマス色が強くなり、アルは日本をキリスト教の国なのだと信じ込んだ。しかしよくよく聞いてみると、日本にクリスチャンはそんなにいないらしい。それなのになぜこれほどまでにクリスマスが前面に押し出されるのか、不思議でならない。日本人の心は奥が深い。

クリスマスソングが耳につくのは、犯人を捜しあてたその日から、アルはニュースの時間になると必ずテレビにかじりついているからだ。奴がいつ捕まるか楽しみに待っているのに、無差別殺人犯は相変わらず捜索中で、忽滑谷からも連絡はない。

犯人を突き止めてから三日が過ぎた頃、そわそわして落ち着かないアルを見ていることに苛立った暁が、忽滑谷に連絡を入れた。

「例の犯人、証拠がなくて逮捕できないそうだ。返信にそう書いてある」

「しょうこ?」

ソファにドッと腰掛け、暁はスマホをテーブルに置いた。

「そいつが殺したっていう証拠だよ。蝙蝠が血の匂いを嗅いで見つけましたって言っても、誰も信じてくれないだろう。だから少しでも怪しいって思う部分を見つけないと、署に引っ張れないんだそうだ。そいつ、アリバイが完璧らしい。別件逮捕とかあれこれ模索してるみたいだが、今のところ身辺が綺麗でつけいる隙がないんだと」

「あいつ　はんにん　まちがい　ない」

アルはムッと口を尖らせ両手を握り締めた。

「ぼく　さした　おとこ」

「お前の鼻を疑ってるわけじゃない。犯人だとわかってるのに捕まえられないジレンマは、忽滑谷の方が大きいんじゃないか。けどあいつならきっと上手くやるさ」

確かに、ここで一人でやきもきしても、どうなるものでもない。自分は犯人を見つけただけで、捕まえるのは警察の仕事、忽滑谷の仕事だ。

そう言い聞かせて寝床のソファに横になったものの、やっぱり気になる。忽滑谷に捜査に協力してほしいと言われて犯人を見つけ、かつてないほど興奮した。血が騒いだ。誰にも見つけられないものを、自分が特別な能力で見つけだしたという事実が嬉しかった。絶対に犯人を捕まえてほしい。せっかく見つけたのだから、野放しにしたくない。

証拠を探している間に、犯人が逃げてしまったらどうしよう。例えば国外とか。アルはブランケットの中で、悶々とした。

……あれこれと思い悩んだ末に、蝙蝠の姿である日中は、犯人を個人的に監視することにした。待ってるだけではもう我慢できない。自分も何か手伝いたかった。暁には、昼間にちょっと出かけたいところがあるから、と言うと「どこへ行くんだ？」と怪訝な顔をされたものの、黙っていると深くは追及されなかった。午後五時にセンターの入口へ戻ると約束をして、アルは犯人の住んでいるマンションへ向かって飛んだ。

十二月の風は乾燥して冷たく、アルはブルッと震えた。人間の時よりも毛が生えているだけ暖かいが、寒いは寒い。昔、同類のキエフが、北欧の仲間は冬の間、冬眠しているらしいと話していたことを思い出す。冬眠してしまう気持ちも理解できる。寒くなると吸血鬼も代謝がガクリと落ちるからだ。

空から下を見ているうちに、アルは怪しい人影を見つけた。挙動不審な人間がいる。何だろうと思って低空飛行すると、それは忽滑谷のパートナー、柳川だった。柳川は犯人の住んでいるマンションの向かいにあるアパートの二階、通路の物陰に身を潜め、犯人のマンションのエントランスをじっと見ている。あのマンションに入口は一つしかない。アルが心配するまでもなく、犯人が逃げないよう柳川が監視している。……気づいてくれな頑張っている柳川を激励しようと、アパートの手すりに降りる。

い。アルはコンクリートの通路に降り、じりじりと這って柳川に近づいた。

「ギャッ」

おい、という気持ちで声をかけたら、柳川がビクリと震えた。アルを見つけ「あっ、あれっ？」と首を傾げる。

「この前の……蝙蝠？」

「ギャッギャッ」

そうそう、ご苦労さん……と鳴きながら近づいていく。柳川は身を竦め、野良犬でも追い払うように右手をシッシッと払った。

「あんまり近づいてくるなよ。気持ち悪いな」

ここ最近、蝙蝠の姿だと「可愛い、可愛い」と撫で回されることが多かっただけに、気持ち悪いと言われて、正直ショックだった。しかも仕事中の柳川を激励にきただけなのに。こいつ、絶対に将来出世しないだろうな、と勝手に思う。そして傷つけられた報復に、もっと嫌がることがしたくなり、アルはジリジリと柳川に近づいた。

「くっ、来るなって言ってんだろ。あっ、もしかして近くに忽滑谷さんがいるんじゃないだろうな」

アルは「ギャーギャー」と低音で語尾をのばす、いやらしい鳴き方をしてみた。

「もうあっちに行けよ。俺は生き物、嫌いなんだよ」

柳川が半泣きになってしまったので可哀想になり、アルは少し距離をとって手すりにとまった。離れてしまうと柳川も大丈夫なようだ。

「あの人が来てるわけないか。二人だと目立つし、今日は犯人の職場に聞き込みって言ってたもんな。それにお前の飼い主、忽滑谷さんじゃなくて、忽滑谷さんの友達だったし」

呟き、柳川はコンクリートの上に腰を下ろした。額に手をあて悩ましげなため息をつく。

「俺もついてないよ。一生懸命勉強して、やっと刑事になれて、念願の一課だって張り切ってたら、最初に組まされたのがあの人でさ。最初は優しそうだし、滅茶苦茶《めちゃくちゃ》ラッキーとか思ってたけど、実際は上の人の言うこと全然聞かないし、スタンドプレーが多いし、そのせいで鼻つまみ者だし。一緒にいる俺まで睨まれるようになっちゃってさ。この張り込みだって、上じゃなくて忽滑谷さんの指示だし。もしあれが本当の犯人じゃなかったら、この無駄な時間をどう責任とってくれんだろうなー」

「ギャッギャッギャッギャッ」

あれは間違いなく本物だから、頑張れ！　とエールを送るものの、柳川には蝙蝠の鳴き声にしか聞こえないので「うるさいなあ」とぼやかれた。アルは忽滑谷が柳川をちょっとぞんざいに扱ってしまう気持ちが、わかる気がしてきた。

柳川が見張っているなら、自分まで犯人を監視していなくても大丈夫だろう。たとえ犯人が逃げ出しても、自分は後を追うことはできても引き留めることはできない。人間の柳川の方が適任なのだ。

玄関のドアを開けた時の、むせ返るような血の匂いを思い出す。瞬間的に血を浴びても、洗い流してしまえばあんな風なこもり方はしない。犯人は部屋の中に、血のついた衣服、もしくはナイフをしまっているに違いない。そういう危険な証拠は、捨てるか別の場所に隠しておくものじゃないかと素人の自分でも考えるけれど、あの男はちょっとおかしかった。人を刺すことを楽しんでいたので、記念品としてそれらを部屋にコレクションしておくのもありそうなことだ。

あの部屋の中には、絶対に証拠がある。踏み込んで捜索をすれば、きっと出てくる。だけど、何の口実もなしにそれをやってはいけないのだ。忽滑谷が奴を捕まえられないのも、アルの鼻のほかに何も目に見える証拠がないからだ。

部屋の中に入ることができたら、どこに証拠を隠してあるのか血の匂いですぐに見つけられる。ナイフだったら、くわえて外へ出られるかもしれない。コートみたいな大物でも、引きずれば窓の下へ落とすぐらいはできるかも。それを柳川に渡すことができたら……。

考えているうちに「自分ならあの部屋から証拠品を持ち出せるかも」は確信に変わっ

た。今、自分は蝙蝠だ。人ほど警戒もされないだろう。

よし！　アルは覚悟を決めて飛び立った。部屋がどこなのかは、この前突き止めた時にあいつがベランダから見下ろしていたので覚えてる。

五階にある犯人の部屋は窓が閉じられ、カーテンが引かれているので中は見えないが、柳川が張り込んでいるということは、絶対中にいる。犯人を追い詰める刑事になった気分で、ベランダの周囲を観察した。外には珍しいものは置いてない。枯れた植木の鉢が一つに、サンダルだけ。

証拠の品を持ち出せるか否かは、部屋の中に入れるかどうかにかかっている。ただ待っているだけでは、この窓は開かないだろう。警察の動きを警戒しているなら、尚更《なおさら》。

開けないなら、開けさせるまでだ。アルはベランダの手すりにとまり、声を限りに「ギャーギャーギャー」と大声で鳴いた。ただ叫び続けるのも疲れるので、「twinkle twinkle little star」の節回しで鳴く。

「何よっ!!　うるさいんだけど」

さっそく、隣の部屋から苦情が聞こえてくる。そう、蝙蝠はうるさい。だから窓を開けて、外で何が鳴いているのか確かめにこい。一番目を歌い終わる頃、窓ガラスの向こうにあるカーテンがゆらっと揺れた。隙間から、男がこっちを見ている。目を細め、眉間に皺が寄った、とんでもなく迷惑そうな顔だ。

男が窓ガラスをダンダンッと叩いた。その音に驚いて一瞬、鳴き声を止めたものの「負けるもんか」という対抗心がメラメラとわき上がり、もっともっと大きな声で、喉が張り裂けんばかりの大声で鳴いた。声の狭間に、カチャリと鍵の開く音がしたのを聞き逃さなかった。カーテンが引かれ、窓が開く。男がベランダに出てくる。今だっ！と勢いをつけて、部屋の中に飛び込んだ。その途端、混ざり合う四つの血の匂いに全身が取り囲まれた。背筋がぶわっと総毛立つ。間違いなく、確実に、この中に証拠はある。

「おい、出てけっ」

男が傍にあった雑誌を丸めて追いかけてくる。叩かれないよう高い本棚から机の上、食器棚へと飛び移りながら、確信を強める。四つの血の匂いが強いのは、クロゼットと机の引き出し。あそこに証拠の品が隠されているに違いない。だけどこの姿じゃ、引き出しを引くことも、クロゼットの扉を開けることもできない。

机かクロゼットを、犯人に自主的に開かせる手段はないだろうかと考えているうちに、唯一の退路である窓がピシャリと閉じられてしまった。ギョッとする。犯人と二人、この部屋の中に閉じ込められた。しまった、どうしよう……あ、けど、上の方を逃げ回って、隅っこに隠れて、こいつが出かけた時に外へ……と考えているうちに、男は本棚の上にいたアルに向けて赤い缶のスプレーを勢いよく吹きつけた。

「ギャッギャッギャッギャッ！」

スプレーから噴射された霧状の液体が強烈に臭い上、目に染みる。苦しさのあまり転がり回って、本棚の上から床へ落ちた。フローリングの上でもがいているうちに、雑誌でバンッと頭を叩かれ、アルはフッと気が遠くなった。

……ジャキッという鋏の音と、鋭い痛みで目を覚ました。腕から指先にかけての焼けつくような痛み。それが何からくるのかわからなくて闇雲に暴れるけれど、身動きがとれない。大きな手で体を床に押しつけられているからだ。続けてジャキ、ジャキと鋏の音が響く。そのたびに腕を切り刻まれる痛みが全身を走り抜けた。

「ギャッギャッギャッギャッーギャーッ」

助けて、助けて、痛い、痛いよう……力の限り叫んだ。

「あ、やっぱり死んでなかった」

蝙蝠を鷲摑みにした男の声は、嬉しそうに弾んでいる。押さえつける指の力が油断したのを感じ、体を無理に捻《ねじ》って自分を拘束する手から逃れた。とにかく男から離れたくて羽ばたくけれど、飛べない。体が浮かない。いつもの、羽で空気を包み込むあの感覚がない。左右の羽を見ると、普段はテントみたいにピンと張っている羽が、破れた傘のようにボロボロになっていた。

飛べないなら……羽を畳んで床の上を這った。机か本棚の下に忍び込もうとするも、入り込む寸前に男に捕まえられた。

「やっぱり羽とか切っちゃうと、飛べないんだな」

男はアルを摑み上げると、破れた傘になった羽を広げ、にやにやと笑う。

「お前ってさ、この前うちに来た刑事の肩に乗ってたやつ？」

呟き、男は切り刻んだアルの右の羽、前腕を摑んで小枝でも折るように外側へ曲げた。ピキッと小さな音がして、腕に激痛が走った。

「ギャーッ!!」

痛さのあまり、涙がダラダラと零れる。苦しむ蝙蝠を、男は涼しげな顔で見下ろしていた。

「こいつの体のどこかに発信機か集音機を仕込んでたりして」

男は、アルの体を表に向けたり、裏に返したりしながら、ついでみたいに左の前腕もピキリと折った。両腕を変な方向に捻って折られ、飛ぶことはおろか、羽を畳んでしまうこともできなくなる。

「とりあえず、見えるところには何もナシか」

……アルは男に鷲摑みにされたまま、ブルブル震えた。見た目も服装も普通で、街を歩いていたら、人ごみに溶け込む容姿でも、この男は三人も殺した。普通じゃない。だからこそ、笑いながら楽しそうに動物をいたぶれるのだ。

痛みと恐怖に震える蝙蝠を傍にあったテーブルの上に押しつけ、男はゾッとするほど薄気味の悪い顔でニコリと笑った。

「じゃあ体の中に隠してるのかな?」

まさか、まさか……と悪い予感が頭の中を覆い尽くした時には、お腹にズンと衝撃があった。

「ギャウンーッ!!」

アルの小さな腹を突き抜けた鋏の先は、背中の皮膚も突き破ってテーブルの天板に突き刺さる。

「変なモノはないかなっと」

歌うように喋りながら、男は突き立てた鋏をグリグリと掻き回す。腹の中を火で焼かれるが如《ごと》く強烈な痛みに、アルは悲鳴をあげながら悶えた。ようやく鋏が抜け、これで終わりだと思った。お腹にないのを確かめたら、もうこれ以上酷いことはないと。

……甘かった。男はアルの体内に「何か」ないかを探す振りで、痛めつける行為そのものも楽しんでいた。

男は痛くて動けない蝙蝠のお腹を鋏で縦に切り裂いた。そしてむき出しになった臓器を、まるで庭木の剪定《せんてい》でもするかのように、チョキチョキと切りはじめたのだ。アルはガタガタブルブルと震えながら全身にドッと汗をかいた。喉も切られたので、もう声も出せない。アルの体に刻まれるのは、死をも通り越した凄絶な痛みの連打だった。

切り刻む行為は、長く長く続いた。痙攣《けいれん》してビクビクと震えるアルを見下ろし、男は「動物ってしぶといな」とぼそりと呟いた。

「けっこう面白かったわ。けどやっぱ、人間の方が興奮するな」

ぺろりと上唇を舐めると、男はアルを鷲掴みにしてベランダへ出た。血だらけの蝙蝠を、紙飛行機のように遠くへ投げ飛ばす。

飛べない体は放物線を描き、石ころみたいにまっ逆さまに下へと落ちていった。地面に叩きつけられた瞬間、全身の骨が砕け、頭が壊れるのがわかった。体中が火だるまになったように痛い、痛い、苦しい、苦しい……。

ザッザッと足音が近づいてくる。あの男がとどめを刺そうとしにきたんじゃないかと思い、アルは恐怖で震えながら泣いた。

「おい、これマジかよ……」

右が潰れて飛び出し、左しか見えないアルの目に映ったのは、自分を見下ろしている柳川の渋い顔だった。

「どうしてこんなぐちゃぐちゃになって落ちてくるわけ？　ただ落ちただけで、こんなボロボロになるもんかよ。どう考えてもおかしいだろ」

足音が遠ざかっていく。だけどすぐまた戻ってきて、ダンボール箱の中に入れられた。柳川は箱を抱えて歩きながら、誰かと話をはじめた。

「あっ、忽滑谷さんですか、柳川です。今、例のマンションから五十メートルぐらい離れたコンビニの前なんですが、奴を別件で署に引っ張れるかもしれません。逮捕は無理でしょうが事情聴取って形で……。えっ、どうしてかって？　その、動物虐待って確かいけますよね。俺、証人になれます」


ダンボール箱の中、上にかけられたタオルをはぐった暁が息を呑むのがわかった。

「どうしたんだよっ、これはっ」

エンバーミング施設の一階、静かな廊下に怒鳴り声が響く。暁の傍に帰ってこられた、それが嬉しくて鳴きたいけど、肺も気管も切られたので、声が出ない。体の修復ははじまらない。体の中に修復に使えるだけの血がほとんど残ってない。痛い、痛い、痛い……助けて、助けて、助けて、暁……体中が痛いよう。アルは顎の骨が砕けて閉じることのできなくなった口をパクパクと動かした。

「僕もどうしてこんなことになったのかわからないんだ。アルに捜査の協力をお願いしたのは、似顔絵を作った時と、血の跡を追ってもらった時の二回だけだ。犯人のマンシヨンの張り込みをさせてた相棒が言うには、アルは九時頃にやってきて、犯人の部屋のベランダでうるさく鳴いたそうなんだ。それで苛ついた犯人が窓を開けて出てきて、その隙に部屋の中に飛び込んだ。アルが出てこないまま窓が閉まって……二十分ぐらい経ってから、ゴミみたいに五階から放り出されたらしい。その時に飛んでなかったそうだから、放り投げられる前に飛べないぐらい傷つけられていた可能性が高い」

「何でこいつがそんなこと……」

言いかけて、暁はハッと何か思い出した表情を見せた。

「わからない、わからないけど……ひょっとしたら、アルなりに警察の捜査に協力しようとしてくれたのかもしれない。せっかく犯人を見つけたのに、捕まえられないことをずっと気にしてたんだろう。どんな理由があるにしろ、被害者だったにしろ、この件に巻き込んだのは僕だ。本当に申し訳なかった」

忽滑谷は唇を噛み締め、沈痛な面持ちで呟く。暁はぐっと奥歯を噛み締め、忽滑谷の手からダンボール箱を奪うように取り上げた。

暁は骨が潰れた頭を、指先でそっと撫でてきた。返事をしたくても、顎を上げようとしただけで全身に激痛が走り、ピクピクとアルの体は痙攣した。

「動物病院に連れていったけど、もう手の施しようがないと安楽死をすすめられた。僕はアルの体のことはよくわからないから……」

暁がため息をつく。

「前に怪我をした時も、人間だったら生きてられる状態じゃなかった。けど二、三日したら、自然に傷は塞がった。今回も時間が経てば治るだろうが……」

暁はぎゅっと目を閉じた。

「……こんなのは見てるほうが辛い」

早退した暁に連れられて、ダンボールに入ったままマンションに帰った。柔らかいタオルを敷いた籠の中にそっと横たえられる。安心する場所に戻ってこられたせいなのか緊張感が和らぎ、逆に痛みが余計に酷くなった。だけど叫ぶことも転がり回ることもできず、ただブルブルと震えてた。

日が落ちそうになると、籠からブランケットを敷き詰めたベッドに移された。ものの数分もしないうちに、蝙蝠から人間への変化がはじまる。人型になっても、治っていない傷は治らないまま変化する。両腕は折れ曲がり、両足は捻れた上に砕け、腹はぱっくりと開いたまま、切り刻まれた内臓が見える。目玉は飛び出し、顎の骨も折れ、頭蓋骨の後ろから中身がはみ出している。体の小さい蝙蝠の時と比べ、パーツが大きくなる分、見た目はもっとグロテスクになった。

アメリカでエンバーマーのライセンスをとり、変死体は見慣れているであろう暁が、人型に変化した自分から最初、目を逸らした。

男に切り刻まれている間に体中の大半の血液を失い、高いところから落とされ、体のダメージに更に追い討ちがかけられた。残った僅かな血液で体の修復を進めないといけないので、回復は少しずつしか進まない。回復が遅いと、のたうちまわる痛みと苦しみは延々と続く。アルは声の出ない喉で叫んでいた。痛い、痛い、苦しい、苦しいと。暁は、傍でじっとアルの悶える様を見ていた。放っておくことなく、怖い顔のままずっと傍にいた。

普段は最初に皮膚が閉じて修復がはじまるけど、ぱっくりと開いた傷が大きすぎたのか、体の内側、ダメージが少ない臓器からはじまった。夜の十時頃に破れた声帯が修繕されたものの、最初に出たのは叫び声だった。

「ギャ――――」

傍にいた暁が驚いてアルの顔を覗き込んできた。

「ギャッ――ギャ――ギャ――――」

激しい痛みは、意味を持つ声にならない。人なのに、蝙蝠みたいな声しか出ない。痛みの一部が声になって、喉の奥からひっきりなしに絞り出される。かろうじて顔の中におさまってる左目から、ぼろぼろと涙が零れた。痛くて痛くて、自然と出てくる。

辛そうな目が、自分を見下ろしている。叫んだら、暁が困る。暁だってどうしようもない。わかっていても、痛みと苦しみは耐えがたかった。気が狂いそうになる。それでも、どうしても伝えたいことがあった。

「……あ…きら……あ…きら……」

「どうした、何か言いたいことがあるのか」

声は出ても顎の骨は壊れたままだから、言葉が上手く出てこない。

「……つ…くえ………なか」

「机？　机がどうしたんだ！」

「…つくえ……なか……ち……」

「机の中が血？」

「ぬか…りや……おしえ…る……」

暁がぐっと眉を顰め、スマホを手に取った。時刻はもう夜中の一時を過ぎている。ほんの一、二分で、暁は通話を終えた。

「お前が言っていたことは、忽滑谷に伝えた。それでいいんだな？」

頷きたいのに、首の骨が治ってないから動かない。唯一、鼻先だけがヒクヒク動く。

少し歪んだ額を、暁はそっと撫でた。

「こんなんでお前、朝までに治るのか？　蝙蝠の時よりは、人間の方が治りはよさそうだが、ぱっくり開いた腹は相変わらずそのまんまだぞ。刺された時は一晩で傷は閉じてたのに、今回のは傷がでかいからか？　縫って治りが早いってのならやってやるが、そうでないなら針で刺されて余計にお前が痛いだけだしな……」

アルの傍で、じっと付き添っていた暁がおもむろに立ち上がる。クロゼットに近づき、何かごそごそしていると思ったら、プンプンと血の匂いをさせながら戻ってきた。

前と同じ。血の滴る腕をアルの前に差し出してくる。溢れるそれが、ぽたりと唇に落ちた。

「い……や」

アルは必死に声を絞り出した。

「いる……ない」

「飲めよ。そしたら早く治るんだろ。前もそうだった」

「いや……いや……」

血の雫が口の中に落ちないよう首を振ろうとすると激痛が走り、アルは「ギャッ」と叫んだ。

「無闇に体を動かすな。レントゲンも検査もできないから、俺はお前の体がどうなっているのかわからん。投げ落とされたってことは、骨もあちこち折れてんだろうな。見た目で大抵の想像はつくが、考えたくない」

唇に落ちてくる血は甘い。飲みたくないのに勝手に舌がすくい取る。

「いる……ない」

「いらないじゃない。飲んでその腹とか目とか脳味噌とか自分で修復しろ」

「あきら……ま……まずい」

それを口にした途端、暁の腕が無理矢理口に押しつけられた。

「贅沢言わないで、飲め！」

口の中に勝手に流れ込んでくる美味なものを、拒めなかった。理性に本能が勝る。体が欲する。

だから嫌だ。治りたいと、早くこの痛みから解放されたいと渇望する。

夢中になったら、セーブできない。こんなに美味しかったらやめられない。また暁が倒れるまで吸ってしまうかもしれない。やめたいのに唇が動く。傷口から血を吸い上げる。

「お前、とりあえず俺が死ぬ寸前でやめろよ……って、もう聞こえてないか……」

夢中になって吸い上げるアルの額を、暁は優しく撫でてくれる。痛くもないのに、目に涙が溢れてくる。こんなに優しくしてくれなくてもいいのに……優しくなくてもいいのに……アルは甘い血を吸いながら、はらはらと涙を零した。


……結局、暁が貧血で真っ青になるまで血を吸い続けた。今回は暁が意識のあるうちにアルの口から腕を強引に引き剝がしたので倒れることもなく、何とか救急車を呼ばずにすんだ。暁はアルに血を飲ませたあと、ふらふらしながらキッチンに近づき、牛乳や水をがぶ飲みしていた。

人の生血の威力は絶大で、一晩で目に見える傷は全て塞がった。ぱっくり割れて、内臓が飛び出していた腹も皮膚がくっついた。頭の傷も閉じ、飛び出た目も引っ込んだもののの、骨はまだガシャガシャと音をたてている。個体の維持に必要な内臓を優先し、骨は後回しになった感じだ。背中の骨もじゃりじゃりして、声を出すとズキズキ痛む。まだ首を動かすこともできないし、手足は変な方向に捻れたままだ。

翌朝、暁はアルを入れた籠を抱えてふらふらしながらセンターに出社した。青色を通り越して顔が土気色の暁をみんな心配しているのに、本人だけが「大丈夫だ」と言い張っていた。だけど控え室でひっくり返り、そのまま救急車を呼ばれて病院に担ぎ込まれた。

輸血をして三時間ほどで病院から帰ってきた暁は、みんなが止めるのも聞かずに「俺の担当だから」と言って、その日最後のエンバーミングの処置に入った。

「高塚さん、大丈夫かな……」

午後六時を過ぎた控え室で、丸山は時計を見上げた。

「あの人が何を考えてるか、わからないよ」

津野は憤慨したように、鼻息も荒く吐き捨てる。

「具合が悪いなら、無理する必要はないと思う。それなのに、自分がやるって言い張って……」

まあまあ…と、小柳が津野を宥《なだ》めた。

「高塚さんが頑固なのは昔からだからさ。でも、こういう時ぐらい頼ってほしいよね。津野君のフォローがあれば俺も安心だったんだけど。やっぱり午後六時までを気にしてたのかな」

「そりゃ助手は午後六時までだけど、それも時と場合ってもんがあるでしょ。今日は僕も入らせてもらってもよかったと思います」

津野の硬い口調に、小柳は苦笑いした。

「高塚さん、アルのこともあるし、ちょっと苛々してたのかも」

呟き、丸山は膝の上に載せた籠、白いタオルの上でうつ伏せたままぴくりとも動かないアルの頭をそっと撫でた。津野も心配そうに覗き込んでくる。

「犬に嚙まれたんだっけ……」

「そのうち治るって言ってたけど、その時の高塚さんの顔がちょっと怖かった。アルも全然動かないし、鳴かないし、見てると涙が出てきそうになっちゃって」

バンッと音をたててドアが開き、部屋の中にいた全員が振り返った。

「……まだいたのか。六時を過ぎてるぞ」

手術着のまま、トーンの低い声で暁が呟く。小柳が驚いた顔で時計を見上げた。

「さっきのご遺体、もう終わったんですか！　入ったのって四時前だったでしょう」

「修復もないし、検死体でもなかったからな……」

こともなげにそう言い、暁はソファにドッと腰掛けた。丸山の膝に置かれた籠を覗き込む。

「こいつ、動いた？」

「まだ……全然」

ハーッと息をつくと、暁は部屋に残っている面々をぐるりと見渡した。

「おまえたち、俺に何か用でもあるのか？」

暁が心配でみんな残っていたのに、無神経男は気づかない。気遣いが報われないまま、三人は帰っていった。みんながいなくなるのを待っていたかのように、暁は蝙蝠の入っている籠を抱えてＣＤＣルームに入った。ストレッチャーの上に蝙蝠のままのアルを載せ、自分は部屋の隅でぐったりと座り込む。

日が落ち、体が人型に変化すると同時にボトルにたっぷり入った血をもらった。起き上がれないので、寝たままチューブをストローがわりにチュウチュウと啜る。暁の生血には及ばないものの、人の血はすごくよく効く。飲みながら、背骨や腕の骨、頭蓋骨がミチミチと音をたてて修復されていくのがわかる。いつも一ガロンなのに、今日は普段よりも量が多い。倍はありそうだ。飲んでも飲んでもなくならない。処置で出た廃液をほぼ全て残してくれたんじゃないだろうか。

「お前、随分と顔色がよくなったな」

間違いなく青い顔をした暁が、嬉しそうに頭を撫でてくれる。アルはそれを口にするのが申し訳なかった。

「なおった」

「治った？」

暁は怪訝な顔をする。

「ち　たくさん　ほね　なおった　いたいの　ない」

「さっきまで鳴けないぐらい弱ってたのに、どうしてそんなに簡単に治るんだよっ」

よくなったのに怒鳴られ、アルは「ごめんなさい」と謝った。

「……それだけ血が効くってことか。お前は血しか栄養になるモンがないわけだから、沢山入れれば治るのもまあ、理屈にはあってるが」

アルはストレッチャーの上でガバリと起き上がった。慌てて周囲を見渡す。

「ぼく　きょう　まっさーじ　する　ない」

ご遺体から血をもらう前には、その代価……ではないけれど、気持ちとお礼をこめてマッサージをしている。それなのに今日はできなかった。血をくれた人がどんな顔をしているのかも見てない。

「血をもらったご遺体は家に帰った。お前のかわりに、俺がしっかり礼を言っておいた」

「……ごめん　なさい」

うなだれて謝るアルを、暁はじっと見つめた。

「俺に謝る必要はない。もうわかってると思うが、お前にマッサージをさせるのは形式的なもんだ。ご遺体から抜き取った血は消毒して捨てる。お前にやろうが捨てようが、どっちも変わらない。乱暴に言っちまえばな。けど、たとえそうだとしても、何ていうか……それをくれるのは人間なんだっていう気持ちを、お前に持っていてほしかった」

それにしてもなあ、と暁は苦笑いした。

「お前はとんでもない奴だよ。ほとほと手を焼かされる」

「ごめん　なさい」

「けど、お前が吸血鬼でよかったよ」

アルは目を大きく見開いた。

「人だったら死んでるだろ。あんなにグチャグチャになったらさ。アメリカでインターンをやってた頃、この世の地獄かってぐらい酷い状態の遺体を見て、流石《さすが》にこれ以上のやつにはもうお目にかかることはないだろうと思ってたが、お前はその上をいったからな。けどどんな状態でも、痛そうで辛そうでも、お前は吸血鬼だから死んだりしない。血さえ飲ませたら、ちゃんと治る」

　暁が床の上に、ヘタヘタと座り込んだ。

「あぁ、何かしんどい。家へ帰って、飯を食うのも面倒くさい」

　アルはストレッチャーから飛び降りた。手足、背中、頭、体のどこも痛くない。そんなアルをじっと見ていた暁の眉間にだんだんと気難しげな皺が寄ってくる。

「体が治ったのはいいが、治るを通り越して無駄に跳ね回ってるのを見ると何かムカつくな……」

　アルは暁の前で膝を深く曲げてしゃがみこんだ。

「……お前、何してるんだ？」

「ぼく　あきら　せおう　ひかえしつ　いく」

「それぐらい自分で歩ける」

　アルの背中を乱暴にパシンと叩いて、暁はストレッチャーに摑まりながら立ち上がった。ぐっと歯を食い縛り、頰はヒクヒクと痙攣している。どこからどう見ても、無理をしているとしか思えない。

　手を出したら怒られるかな……とハラハラしながら見ていると、一歩踏み出した暁の体がぐらりと揺れた。慌てて抱きかかえる。今しかチャンスはない。予告せず、暁をひょいと横抱きにした。たっぷりの血のおかげで全身に力がみなぎり、抱きかかえる体も軽い。

「おっ、お前っ」

怒鳴り声を無視して、CDCルームから真っ裸のまま飛び出した。控え室まで走り、ソファの上に暁をそっと横たえる。

「余計なことをするんじゃない！」

ソファの上で、暁は怒鳴った。

「ごめんなさい」

怒鳴っている暁に殴られないだけの距離をとり、アルはペコリと頭を下げた。暁は刺身のケチャップがけを目にした時のような、果てしなく渋い顔でチッと舌打ちした。

「……それだけ元気があるなら、CDCルームのストレッチャーを片づけて、お前が飲み干したあとの吸引ボトルを消毒薬につけとけ」

「はい」

くるりと踵を返したところで、控え室のドアが大きく開いた。そこにいたのは津野で、アルを見た途端「うわああっ」と大声をあげた。それに驚いて、アルも思わず三歩後ずさる。

「おっ、お前は誰なんだよっ」

部屋の奥に暁がいることに気がついたのか、津野はハッとした顔をする。

「高塚さんも、どうして……」

津野はアルと暁を交互に見ている。

「津野、そいつは怪しい者じゃない。清掃のアルバイトだ」

暁はガリガリと頭を掻いた。

「アルバイト……ですか」

「そう、アルバイトだ」

自分が何者か判明しても、津野の瞳の中にある疑惑の色は消えない。

「アルバイトはいいんですけど、どうして彼は全裸なんですか」

あっと小さく叫び、暁は津野から目を逸らした。

「……そいつは着替えの途中だったんだ」

アルは上に羽織れるものはないかと辺りを見回すけれど、ない。仕方ないから、暁の座っているソファの後ろに回り、しゃがみこんだ。

「着替えっていっても、ロッカールームは隣だと思うんですけど……」

「へっ、部屋を間違えたんだ」

どう考えても苦しい言い訳だったが、暁はそれで押し通した。津野も納得のいかない表情ながらも「そうですか……」と呟いて、デスクに向かった。どうやらスマホを忘れ

ていたようだ。

帰り際、津野はドアの前で振り返った。

「俺が言うことじゃないかもしれないけど、その……職場とプライベートは分けた方がいいと思います。それから今日はもう無理しないで、家でゆっくり休んでください」

津野が帰ってから、アルはソファの裏からモゾモゾと四つんばいで這い出した。

「つの　きた　びっくり」

そう言った途端、上から大きなゲンコツが落ちてきた。治ったばかりの頭蓋骨に響いて、アルは両手で頭を抱えて涙ぐんだ。

「お前がさっさと服を着ないからこんなことになったんだぞ。あれは絶対に誤解してる」

「ご、ごめんなさい」

アルが立ち上がると、暁は眉毛をV字形に吊り上げた。

「そんなモンをブラブラさせてないで、さっさと服を着て片づけをしてこいっ。……ったく、家で見慣れてるから、ついここでも同じ調子でいたじゃないか」

暁は一通り文句を言うと、怒り疲れたのかソファで横になり目を閉じた。アルはとぼとぼ控え室を出て隣のロッカールームに入り、清掃用の服を着て、言いつけられたストレッチャーと吸引ボトルの片づけをした。それだけだとものの十分もしないうちに終わる。機嫌の悪い暁とすぐに顔を合わせるのが気まずくて、ついでにエンバーミングテーブル、床、壁と掃除をしていった。一時間ほどみっちり綺麗にし、軽くシャワーを浴びてから控え室に戻る。

暁はドアの音にも、アルのささやかな呼びかけにも目を覚まさないほど、深い眠りに落ちていた。

「あきら　かえる」

肩を揺さぶっても、鬱陶しそうに背中を向けられる。

「かえる　ごはんたべる」

「……ダルい」

「あきら　たべる　からだ　よわる」

「いっそここに泊まるか」

「ごはん　たべる　ねえ」

「……あぁ、そういやこのソファ、ベッドにもなるんだったな」

暁はモゾモゾ起き出すと、ソファの背もたれを倒してベッドにした。

「お前も適当に休め。俺は寝る。目が覚めたら……帰る」

暁は目を閉じると、再びスーッと眠りはじめた。昨日は一晩中、悶え苦しむ自分の傍にいて、一睡もしてない。おまけに、倒れる寸前まで血をくれた。病院で輸血を受けたとはいえ、疲れていて当然だった。

アルは床にしゃがみこみ、ベッドになったソファに手をついて、眠る暁の横顔をじっと見つめた。綺麗な顔が心なしか青ざめている。自分のせいでこんなに疲れているんだと思うと申し訳なくて、だけどどこか嬉しい困った気持ちもあって、暁の頬に鼻先を擦りつける。すると鬱陶しそうに右手で押しのけられた。

ずっとこの人の傍にいたいとアルは思った。昨日は酷かったけど、気が遠くなるぐらい痛みが続いたけど、暁がいたから怖くなかった。痛くて苦しくても、怖くなかった。虚しくもなかったし、惨めでもなかった。

両手を固く組み合わせた。冷凍肉と一緒に輸出された不運に、蝙蝠の自分を暁のところまで連れてきてくれた忽滑谷に、そしてこんな小さなアジアの島国で、優しい人に巡り会わせてくれた神様に心の底から感謝した。

昼間は蝙蝠で夜は人、食事は血だけ……とてもまともとはいえない現状でも、ここでだったら、暁の傍でだったら、自分は人間らしく生きていけそうな気がした。


夜が明けるまでは狭いソファベッドの上で、暁の背中にぴったりとくっついて眠った。蝙蝠になってからは寝返りで潰されないよう暁の喉許で丸くなってうとうとしていたけど、寝ぼけ半分の暁に叩き落とされて床に転がり、切ない気持ちで目を覚ました。

時計を見ると午前八時。あと一時間もしたらみんな出勤してくる。アルは好意から「ギャッギャッ」と鳴いて起こしてあげたのに「朝っぱらからうるさい！」と怒鳴られた。怒りながらも起き出した暁は、ザッとシャワーを浴びると、近くにあるコンビニでパンと牛乳を買ってきてモソモソと食べはじめた。

そうしているうちに、小柳と丸山が出勤してくる。丸山は一晩で元通りに回復し飛び回っているアルに「よかった！　元気になってる」を連発し、普段より優しく頭を撫でてくれた。

小柳は暁の服が昨日と同じだと気づいたらしく「ひょっとして、家に帰らなかったんですか？」と聞いてきた。

「帰るのが面倒になったから、ここで寝てた」

「大丈夫ですか？　昨日と比べると顔色は幾分マシみたいですけど」

暁がしめっぽい髪をガリガリ掻いていると、津野が控え室に入ってきた。

「泊まるのは別にいいんですけど、ゆっくり休めましたか？」

小柳の声に、津野がビクリと体を震わせた。暁と目が合うとぎこちなく逸らし、挨拶もそこそこに机へ向かう。津野の不自然さは流石の暁も気になったのか、何か言いたげな表情で自分の助手の後ろ姿を見ていたけれど、結局声はかけなかった。

小柳と丸山が朝一で運ばれてきた遺体の処置に入り、控え室は暁と津野の二人だけになった。単なる沈黙ではない、なんとも気まずい空気が流れている。普段はそういう雰囲気に無頓着な暁も、この違和感は居心地が悪いのか、椅子をガタガタと揺らしていた。

「津野」

暁の呼びかけに、津野は弾かれたように振り返った。

「昨日のことなんだが……」

「出すぎたことを言って、すみませんでした」

先に謝られてしまい、暁は「あ、あのな……」と出端《ではな》をくじかれていた。

「場所が気になっただけで、高塚さんの性的指向がどうこういうわけじゃないです。偏見はありませんから。誓ってコレだけは言えます」

「昨日も言ったが、奴とはそういう関係じゃない」

津野はどこか、憮然とした表情のままだ。

「けど……」

「確かに俺は生身の女性は苦手だが、だからといってゲイというわけじゃない」

津野は難しい顔で黙り込む。暁が話しているのは事実なのに、何をそんなに悩んでいるんだろうとアルは不思議に思った。

「……わかりました。何となく」

津野はようやく自分の中で折り合いをつけたらしい。そこを暁が突っ込んでくる。

「その『何となく』っていうのはどういうことだ？」

「何となくわかったからです」

奥歯にものが挟まったような言い方をする津野に、暁が苛立っている。顔を見ていればわかる。

「はっきり言ってみろ！」

怖い顔の暁に促され、津野は渋々口を開いた。

「高塚さんって、えっ、Sなんですよね」

長い沈黙のあと、暁は「俺は違うぞ」と否定した。「はい」と返事をしたものの、津野の中の「暁S説」が払拭されている気がしない。

アルは緊迫感漂う二人の間に挟まれたまま、いつかこの誤解が解ける日はくるんだろうかと心配になった。


アルが大怪我をした当日、無差別殺人犯は動物虐待の件で警察に呼び出され、事情聴取を受けた。「蝙蝠は鋭利なもので切り刻まれた痕跡が明らかである」という動物病院の医師の診断書、傷つけられた蝙蝠の写真、実際にベランダから傷つけた蝙蝠を投げ落としたのを目撃したのが刑事だったことから、男は言い逃れができなかった。署に呼びつけられてからああでもない、こうでもない、最後は書類の不備が……とうでもいいことで半日も足止めされた男は、午後になってから、殺人の容疑者として警察署の中で逮捕された。

犯人が警察署に呼び出されている間に、男の住んでいるマンションで「たまたま」火災報知器の誤作動があった。念のため、全戸の住人に確認をしていた管理人は「たまたま」不在だった男の部屋を合鍵で開けた。そしてテーブルの上にびっしりとついた血の跡を発見。男が何か犯罪に巻き込まれたのではないかと不安になり「たまたま」近くを通りかかった刑事に相談。現場に出向いた刑事は「たまたま」机の引き出しの中から血のついたナイフを数本見つけ、それが近頃続けて起きていた、無差別殺人の被害者の血液とDNA鑑定で一致した……。

たまたまが多いのは、その約九割が、忽滑谷が作ったシナリオだからだ。マンションの火災報知器は誤作動なんかしていない。管理人は、住人が犯人かもしれないと忽滑谷が耳打ちすると、自ら進んで偽装工作に参加したらしい。恐ろしいものを、一刻も早く傍から排除してほしい、捕まえてもらいたいと思うのは、人として当たり前の心理だ。テーブルの上に血がべったり……おそらく蝙蝠が切り刻まれた跡……というのは予測外だったそうだけど、管理人から連絡があった時点で忽滑谷がすぐさまシナリオに織り込んだ。おかげで一連のナイフ発見までの流れがスムーズにいったらしい。

忽滑谷はめでたく犯人を逮捕し、諸々後始末に奔走したあと、翌々日に暁のマンションを訪ねてきた。翌日も怪我をした蝙蝠のことが気がかりで顔を出してくれたようだけど、その日は二人でセンターの控え室に泊まったので、会えなかった。

忽滑谷はマンションに来る前、すっかり元気になったアルに電話で「何かお詫《わ》びがしたい」と言って聞かなかった。あれは自分がろくに計画も立てずに勝手に乗り込んだせいで、忽滑谷には何の責任もないのだと説明しても「それじゃあ僕の気がすまないよ」となかなか引き下がらない。困ったアルは、考えて考えて考え抜いた末に「あるもの」が欲しいとこっそり告げた。

その日、アルは忽滑谷からお詫びの品として「あるもの」を差し入れられた。

「本当にそんなものでよかったの？　多めに買ってきたけど……」

困惑気味の忽滑谷に向かって、アルは大きく頷いた。

「これ　ほしかった」

「お前、忽滑谷に何をもらったんだ？」

気になるのか、暁が手許を覗き込んでくる。アルはそれを袋から取り出すと、ビニールの包装をビリビリと剝いだ。両手でバッと広げてみせる。

「ぱんつ」

暁が「はっ？」と口を大きく開ける。

「ぼくの　ぱんつ」

アルは肌触りのいいボクサーショーツに頬擦りした。暁はチッと舌打ちする。

「変な奴だ。パンツに頬擦りなんかしてるぞ」

それを見ていた忽滑谷が、遠慮がちに切り出した。

「アルは居候だし、僕が口出しすることじゃないけど……服はともかく、下着まで共有っていうのは、ちょっと可哀想だよ」

心外だとでも言わんばかりに暁はムッと眉を顰めた。

「汚れたものを共有しているわけじゃない。洗えば衛生的に問題はないだろ」

「そりゃそうだけど……」

「あ　くつした」

袋の底に靴下が隠れていた。茶色の落ち着いたいい色合いだ。

「それはパンツのおまけ」

忽滑谷が目を細める。嬉々として新品の下着類を撫で回していたアルは、ふと心配になって暁に振り返った。

「ぼくの　ぱんつ　はかないで　ね」

「誰がお前のパンツなんか穿くか。間違われたくなかったら、全部に自分の名前を書い

とけっ！」

机から油性マジックを取ってきて、アルは白、グレー三枚ずつのボクサーパンツと、靴下五足に「ある」と平仮名で名前を入れた。そんな自分を、忽滑谷は同情的な眼差しでじっと見ている。

「あ、そうだアル。柳川なんだけど、僕がきっちり叱っておいたから」

「柳川？　誰だ、それは？」

油性マジックの蓋を閉じ、アルは暁に教えてやった。

「ぬかりや　あいぼう」

「相棒？」

「今、僕がコンビを組んでる後輩。要領が悪い上に文句が多くて、使いづらいんだ。アルが大怪我をした時も、入ったのを見てたのなら『迷子の蝙蝠を捜しにきた』とか理由をつけて犯人宅に突撃することだってできたのに、ただぼーっとしてるだけ、まったく機転がきかなかった。次は少しでも頭が効率よく回るよう、過去の事件のデータ整理をたっぷりさせているから。あれだとしばらく帰りは終電になるだろうね」

忽滑谷は天使のようにニコリと微笑む。動物が嫌いだと言っていた柳川が、ブチブチと忽滑谷への呪いの言葉を吐きながらパソコンに向かっている姿が頭に浮かんだが、深くは考えないことにした。

「あきら　ぼくの　ぱんつ　くろぜっと　いれる　いい？」

暁の眉がピクリと動いた。

「右側にある引き出しの、一番下の半分だけ使っていい。言っとくが、半分だけだぞ！」

アルはクロゼットを開けて、一番下の引き出し、きっちり半分にパンツと靴下をしまった。クロゼットの中、モノトーンばかりの服を眺めながら、いつかこのクロゼットの三分の一ぐらいが僕の服になればいいな、とアルは思った。

こうもりと噂話

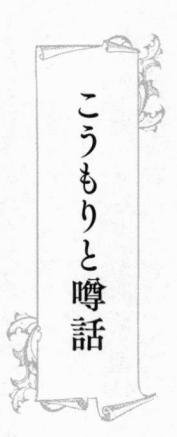

大きな窓から差し込む日差しは、控え室の奥まで届いている。ソファの背もたれで腹ばいになっていると、ほわっとした太陽光と暖房で体がぬくぬくして、二月末とは思えないほど暖かい。

うとうとしながらテレビを見ていたアルは、コンコンとドアがノックされる音に大きく瞬きした。

「失礼しま〜す」

軽やかな声と共にドアが開き、受付の松村がひょいと顔を覗かせる。首を左右に動かし「誰もいない？」と呟く。

「人の声がしてると思ったけど、テレビだったのか」

松村は分厚い週刊誌ほどの大きさの箱を手に控え室へ入ってくる。そしてテーブルの上にあったリモコンをおもむろに摑み、ブチリとテレビを消した。

「ギャッギャッギャッ」

日本語の勉強も兼ねてつけっぱなしにしてもらってたのに……うとうとしていたことはさておき、アルは抗議の声をあげる。松村は「ひゃっ」と驚いて飛び上がり、エンバーマーのペット、蝙蝠がソファにいることにようやく気がついた。

「あぁ、アル。そこにいたんだ」

松村は目を細め、アルの頭を人差し指で優しく撫でてくれる。それは嬉しいけど、テレビはつけ直してほしい。「ギャッギャッ」と訴えるも「可愛いわねぇ」と更に撫でてくるだけ。蝙蝠の言葉が人に伝わらないのは仕方ないとはいえ、もやもやする。

蝙蝠語はまあいいとして、暁による猛特訓と、強制的に日本語環境の中に放り込まれて生活しているおかげで、喋る方は片言ながらも、リスニング力はめきめきとあがり、簡単な会話なら大部分聞き取れるようになっている。

「そうだ、アル。みんなが戻ってきたらこれ、白川《しらかわ》花壇さんからの差し入れですって伝えてくれない？」

松村が箱を軽く振る。今、自分は蝙蝠だ。ギャッギャッとしか鳴けないのにどうしろと……困って「ギュー」と俯くと、松村は「フフッ」と笑った。

「本当にわかってるみたいなのよね。とりあえずメモでも置いていきましょうか」

伝えてというのは冗談だったらしい……まぁ考えてみたら当然だが。松村はスーツの胸ポケットからメモ帳とペンを取り出し、何か書き付けて箱の横に置いた。そして出ていく前に「じゃあまたね、アル」と蝙蝠の頭をもう一撫でしていった。

松村がいなくなってから、テーブルに置かれた箱に近づきクンクンと匂いを嗅いでみる。ふんわりとバターの香り。多分、お菓子だ。隣にある松村のメモを見て、これは何て書いてあるんだろうと首を傾げる。松村はとても字が上手いと暁から聞いているけれど、アルには糸ミミズが蠢《うごめ》いているようにしか見えない。上手いというのは読みやすいこととは別らしく、芸術的な意味も含まれるらしい。こういう日本人の美的センスはアメリカで生まれ育った自分にはどうにも理解しづらい。

カツカツと二つの足音が近づいてきて、ドアが開く。エンバーマーの小柳と助手の丸山が部屋に戻ってきた。二人で朝早くから交通事故で亡くなったご遺体の修復に入っていたので、それが終わったんだろう。アルは首を傾げて柱時計を見上げた。午後四時を過ぎているから、普段より時間がかかっている。修復か所の多いご遺体だったのかもしれない。暁と一緒にエンバーミング施設の控え室に出勤しはじめてから、アルは職員の日々の仕事状況を把握できるようになっていた。

「丸山さん、今日は長時間で疲れただろう」

小柳が助手を労《いたわ》って、優しく声をかけている。

「大丈夫です！　私、体力だけはあるんで」

小さくガッツポーズをする丸山は元気だ。笑っている小柳の方がどちらかというと疲れて見える。

「んっ、テーブルに何かある」

最初、箱に気づいたのは丸山だった。

「ティベ堂のバターサンドだ。白川花壇さんからの差し入れです、皆さんで食べてください、だそうです！」

丸山は声がワントーンあがり「美味しそう～」と箱ごと食べてしまいそうな熱い眼差しをそれに送っている。

「ティベ堂、美味しいよね～。開けて食べちゃっていいよ」

箱を手にしたまま、丸山が勢いよく振り返る。

「えっ、けど津野君と高塚さんを待たなくっていいですか？」

「ここに戻ってくる時間がはっきりしないからね。二人の分は残しておけばいいよ」

丸山は「やったー！」と両手をあげて喜び「コーヒーいれますね～」と控え室の中にあるミニキッチンへ向かった。

「ただいま戻りました」

いいタイミングで津野が部屋に入ってきた。それに気づいた丸山が「津野君さ～、コーヒーでいい？」と聞いている。

「えっ、えっと、うん」

スーツ姿の津野は、鞄を自分のデスクに置くとソファまでやってきた。菓子折を見て「あ、おやつだ」と呟く。

「昨日処置したご遺体の葬儀に呼ばれてたんだよね。どうだった？」

小柳に振り返り、津野は「あっ、はい。そちらは滞りなく」と返事をする。

「帰ってきてから高塚さんの処置を手伝おうと思ったんですけど、もう終わるからいいと言われてしまって」

「俺が見た時も、高塚さんはあと二、三十分かなってとこだったしね」と相槌を打ちながら、小柳は箱の包装紙をバリバリと破いた。お菓子は一つ一つ個包装されていて、十二個入っている。

ソファの背で腹ばいになっていた蝙蝠に気づいた津野が「アル、ただいま～」と手のひらを差し出してきた。その上にポンと乗ると「可愛いな」と頭を優しく撫でてくれる。愛《め》でられているうちに、丸山がマグカップを載せたトレイを手にソファにやってきた。

三人でテーブルを取り囲み、お菓子を食べながら、コーヒーを飲む。津野の肩の上、仕事が終わった後のちょっとしたブレイクタイムのゆるっとした空気の中に、何となくアルも混ざっている。

「津野君のスーツ姿って何か新鮮」

丸山はバターサンドをもぐもぐしながら、向かい側からじーっと津野を見ている。

「ロッカーに常備はしてるけど、着たのは五、六回かな。まだ慣れなくて」

津野がネクタイをちょっと緩めて、ふうっと息をつく。

「俺らは手術着が制服みたいになってるからね～」

のんびり返事をしながら、小柳は「俺の分の残りをもらってくれ。奥さんがこれ、好きなんだよ」と菓子を二つ摘んだ。

「そういえば高塚さんって、スーツ姿がメチャかっこいいですよね」

喋りながら丸山が二個目に手を伸ばす。暁の名前に反応して、アルの両耳はピンと立った。

「高塚さんは、もとがいいからね」

小柳がコーヒーを一口飲む。

「最初に会った時は、ほんと芸能人かと思ったもんな。スタイルよくて、美形でさ。近寄りがたい雰囲気でちょっと緊張したけど、話してみたら真面目で率直な人だってすぐにわかったし」

小柳の暁語りに、丸山が何度も頷いている。

「私もです。高塚さん、無駄に顔が整ってて無口だから、こう、何て言うかピリピリした圧みたいなのを感じたんですよね。今は全然気にならないですけど。逆に高塚さんがニコニコしてたら、もうモテモテで大変だったと思います」

「高塚さんは今の、ちょっと不器用な感じでも十分にモテモテだと思うよ」

小柳が鼻の下を手の甲で擦る。

「モテモテでもそうでなくてもいいんですけど、私、高塚さんが女の子と仲良くしてるのって想像できないんですよね」

暁は女性の影どころか、美女の写真を見てデレッと鼻の下を伸ばすこともない。丸山に完全同意で、思わずアルも頷いてしまった。

小柳がプッと吹き出し「今、アルが頷いたみたいに見えたよ」と面白そうに背中を震わせる。

「アル、ほんとリアクションのタイミングが神がかってますよね～」

それはそうと、と丸山が早くも三つ目のバターサンドを摘む。

「どうして高塚さんは、私服も一年中白シャツに黒ズボン、黒靴下のお悔やみコーデなんだろ」

お悔やみコーデ？　と津野に聞かれて丸山は「あっ、えっと、私服もモノトーンだなって」とバターサンドを手にしたまま両手をバタバタと振った。そんな丸山に津野は苦笑いしている。お悔やみが英語で言うところの condolence だというのは、最初に覚えた。ここでよく使われる言葉だからだ。

「冬になるとシャツとパンツの布地は若干厚めになってるみたいだけど」

津野も暁の服装は気になっていたらしく、チェックしていたようだ。暁の白と黒、モノトーンのクロゼットがもやっと脳裏に浮かぶ。最初は色がないなと思ったけれど、今は慣れて気にならなくなった。そういえばどうして暁はモノトーンの服ばかり着るんだろう。

「外国で、いつも同じ服装で出てくる有名人がいただろ。そういうシンプル志向なんじゃないかな」

小柳が暁を分析する。じっと話を聞いていた丸山が「私は高塚さんがシンプル志向だとはとても思えないです」と暁の机を指さした。そこは本や海外の雑誌がいくつも積み重なってごちゃっとしている。ものすごく汚くはないものの、綺麗でもない。微妙なところだ。

「机はいつもあんな風だし。白と黒の組み合わせには『これを着てたら未来永劫《みらいえいごう》、誰もコーディネートで文句言わないだろ』っていう、思考放棄みたいなのを感じるんですよね～」

難しい言葉はわからないが、アルも何とな～く丸山の意見にシンパシーを感じる。パンツすら共用できる男だし、綺麗好きとは言い難い。家も散らかしている。ものが少ないので、すぐ片付くけれど。

「俺は高塚さんはポリシーがある派だな。手技とか見てても、細かくて繊細で、すごく神経が行き届いているし。あのシャツやパンツもどこかのデザイナーズブランドで、デザインやディテールに高塚さんなりの哲学があるんじゃないかと思うんだ」

いや、暁はそこまでブランドにこだわりはない……多分。「アルもそう思わないか？」と津野に同意を求められるも返事ができず、じわっと首を傾げた。

「まあ服装なんて、結局は個人的なものだしさ。俺はシンプルな服が高塚さんには似合ってると思うよ」

小柳がこの話題を何となく締めくくる。そこへカッカッと足音が聞こえてきて、ふと三人の会話が止まった。もしやの予想通り、暁が控え室に入ってくる。

「お疲れさま〜」

小柳に声をかけられて、暁は「んっ」といつもの如く愛想のない返事をしたあと、津野に振り返った。

「葬儀はどうだった？」

「ご家族とお話ししましたが、最初はよくわからなくて不安もあったけど、エンバーミングをして本当によかったと言ってもらえました」

不機嫌な顔が標準装備の暁が「そうか」とフッと頬を緩める。

「高塚さん、お菓子の差し入れがあるんですよ。食べませんか？」

丸山に声をかけられて、暁はチラッとテーブルを見た。「美味そうだな」と呟き、キッチンに行く。丸山が「コーヒーいれますよ」と立ち上がりかけたけど、冷蔵庫の扉を開けながら「ペットボトルの茶でいい」と断っていた。

暁は津野の隣にドスンと腰かけた。バターサンドを掴み、バリッと乱暴に包装を剝《む》いでパクリと一口で食べる。いかにもお腹が空いてたって感じの食べ方だ。津野から隣にいる暁の肩にアルがひょいと乗り替えると、一瞬だけ右肩を揺らしたものの、ペットの蝙蝠には目もくれずバターサンドをもぐもぐする。

丸山が津野に何か目で訴えている。津野は視線を泳がせながらも、チラリと横目で暁を見た。

「……高塚さんて、普段着は白シャツに黒いパンツですよね」

津野に聞かれてもそちらを向かないまま、暁は「あぁ」と面倒くさそうに返事をする。

「そういうシンプルな服装が好きなんですか？」

「別に好きなわけじゃない。服っていうのは、その時代の人間が不快に思わない程度に清潔で、見苦しくなければいいんだろう」

津野が「時代……ですか」と反芻《はんすう》する。

「石器時代は半裸だったわけだが、今はそうもいかんからな」

「比較が石器時代っていうのは、ちょっと年代が遠すぎて……」と津野が口ごもる。

「じゃあどうして白シャツと黒パンツで固定なんですか？」

丸山が果敢にツッコんでくる。すると暁は一瞬ムッと押し黙り「この組み合わせだったら、俺が死ぬまで文句を言う奴はいないだろ」と言い訳した。

あー、と丸山が人差し指を頬にあてる。

「服のことを考えるの、面倒くさいんですね」

「……そうだ」

結局、暁のファッションスタイルを正確に見抜いていたのは、丸山だった。

その後、丸山は研修を終えて、施設を卒業していった。最後の日、丸山は暁に「お世話になりました」と蝙蝠柄の靴下をプレゼントしていた。暁はそれを「こんなの使えんだろ」としばらーくクロゼットの中に寝かせていたけど、休日の外出にこそっと履いているのをアルは見逃さなかった。

本書は、二〇〇六年十二月、書き下ろしノベルスとして蒼竜社より刊行されました。文庫化にあたり、加筆・修正し、書き下ろしショートストーリー「こうもりと噂話」を加えました。

本文デザイン／目﨑羽衣（テラエンジン）
本文イラスト／下村富美

木原音瀬の本

捜し物屋まやま（全三巻）

放火に遭い家が全焼した引きこもりの三井を助けたのは、謎の〝捜し物屋〟を営む間山兄弟と、ドルオタ弁護士で……。ちょっと不思議で怖くて愉快。四人（と一匹）のドタバタ事件簿！

集英社文庫

集英社文庫

吸血鬼《きゅうけつき》と愉快《ゆかい》な仲間《なかま》たち

2023年7月30日　第1刷
2023年11月6日　第3刷

定価はカバーに表示してあります。

著　者　木原音瀬《このはらなりせ》

発行者　樋口尚也

発行所　株式会社　集英社
東京都千代田区一ツ橋2-5-10　〒101-8050
電話　【編集部】03-3230-6095
　　　【読者係】03-3230-6080
　　　【販売部】03-3230-6393（書店専用）

印　刷　大日本印刷株式会社

製　本　大日本印刷株式会社

フォーマットデザイン　アリヤマデザインストア　　マークデザイン　居山浩二

ISBN978-4-08-744548-0 C0193